心之罪 克莉絲蒂一生非寫不可的六個愛的故事 1

Agatha Christie

未完成的肖像

Unfinished Portrait

阿嘉莎·克莉絲蒂 著　黃芳田 譯

遠流出版公司

名家如獲至寶推薦

（依姓名筆畫排序）

吳念真 知名導演、作家

詹宏志 PChome Online 董事長

楊　照 知名作家／評論家／新匯流基金會董事長

鍾文音 知名作家

Agatha Christie

目錄

名家推薦

（依姓名筆畫排序）

這不是導讀，也不是序，只是一點點閱讀的感觸

——吳念真　知名導演、作家

阿嘉莎．克莉絲蒂的書迷遍及兩、三代數億的人口，而我承認自己只是其中極其平庸的一個。

平庸的證據之一是，每回出國前都不會忘記在隨身行李中塞進一、兩本她的書，但總要在飛機上或旅館中看完幾頁之後才猛然發現：搞什麼，這一本不是多年前就早已看過？

是，依稀看過，但結果是一路讀下來卻依舊樂趣無窮。內容大部分已然遺忘的，讀起來彷彿又是一本新書，內容記得的，則在翻閱書頁的過程中伴隨著起伏的記憶，總會難以避免地想起第一次讀到這個故事時的過往時日，以及當時的點點滴滴，一如

一首老歌在耳邊輕輕響起。

時光飛逝，眨眼間遠流出版公司推出克莉絲蒂的推理全集至今已將近十年，且不說在這之前已陸續讀過這位「謀殺天后」的人，即便對當時才開始接觸克莉絲蒂的讀者來說，想必也無法否認那一個一個的故事也已經都是老歌一首了。

記得推理全集出版的當年許多人都撰文推薦，包括金庸先生。他說：「閱讀她的小說，在謎底沒有揭露前，我會與作者鬥智，這種過程令人非常享受。」這是高手之言。然而對一個單純的讀者來說，詹宏志先生說得準確，令人會心，他說：「整個世界對聽這些故事如此熱情，他們捨不得睡覺，每天問後來還有嗎？還有嗎？永遠不肯離去。」

克莉絲蒂……還有嗎？你是否也曾這樣問過，一如全世界不同世代的許多讀者？正如金庸先生曾說過的，克莉絲蒂的「佈局巧妙，使人完全意想不到！」她果然還有。

我們無法想像一九三〇年代當阿嘉莎．克莉絲蒂以一系列的推理小說開始扮演類似「《天方夜譚》故事中每天說故事說個不停的王妃薛斐拉柴德」（詹宏志先生的形容）這個角色的同時，她以「瑪麗．魏斯麥珂特」這個筆名在二十幾年中寫下【心之罪】這六部風格完全迥異的小說，並且隱瞞作者真實的身分長達十五年之久。

或許大家都熟悉某些對跨界作家的描述，比如「左手寫小說，右手寫散文」或者「右手寫評論，左手寫詩」，但請原諒，我實在無法對阿嘉莎．克莉絲蒂和瑪麗．魏斯麥珂特這樣的「分身創作」給予一個準確的形容。

總要在讀完瑪麗・魏斯麥珂特這六部小說之後，才約略可以想像：啊，如果阿嘉莎・克莉絲蒂是幕前亮麗的角色，那麼瑪麗・魏斯麥珂特彷彿才是落幕之後她真實的自己。

如果前者是以無比的才華用一個一個精彩的故事取悅自己、迷醉讀者的話，後者則是在離開掌聲和絢爛的燈光之後，冷靜而誠實地挖掘自己內心深處所累積的種種疑惑和祕密，以另一種形式故事跟讀者交心。

這些小說裡不但真實地呈現阿嘉莎・克莉絲蒂童年的記憶以及一次世界大戰中她個人的經歷，甚至自己不圓滿的婚姻以及對家庭、情感的質疑，都能在其中找到蛛絲馬跡。

寫作最難的不是無中生有的虛構，而是最直接的自剖。

自剖對創作者來說有一首歌的歌名正是準確無比的形容：痛並快樂著。

一九四四年克莉絲蒂以瑪麗・魏斯麥珂特的筆名出版了《幸福假面》。

她在自傳中是這樣描述這本書的：「……我寫了一部令自己完全滿意的書（請注意『自己』這兩個字）。……這本書我寫了整整三天……一氣呵成……我從未如此拚命過……我一個字都不想改，雖然我並不清楚書到底如何，但它卻字字誠懇，無一虛言，這是身為作者的至樂。」

看到這樣的描述當下熱淚盈眶，相較於她或許沒有資格定位自己為寫作者，但在某些文字形成的時刻裡，這樣的感覺……我完全都懂。

你將讀到的是瑪麗・魏斯麥珂特——那個真實的阿嘉莎・克莉絲蒂——推心置腹的六部小說。

讀完之後也許你還是會問：還有嗎？

我似乎只能這樣回答你了：虛構可以無窮，真實的人生卻唯獨一回。

「心理驚悚劇」的巨大實驗

——詹宏志 PChome Online董事長

人生的彼此傷害並不限於掠奪與謀殺；人際間的誤解、嫉妒、傲慢、背叛、猜忌，甚至是個人野心或感情的挫折與心碎，也都足以構成暴烈的衝突。

英國「謀殺天后」阿嘉莎．克莉絲蒂當然是編構謀殺情節的高手，但她人情練達，洞悉世情，早就看出人心險峻不限於謀殺，光是家庭裡、情人間的心底波瀾就足以讓任何一個故事驚心動魄，讓你像讀謀殺故事一樣屏息以待，心情跟著七上八下。她在生前曾經以化名瑪麗．魏斯麥珂特寫出這系列堪稱「心理驚悚劇」的巨大實驗，如今這些書回歸阿嘉莎名下，重新出版，不讀它無法全面了解謀殺天后的全貌。

【名家導讀】（依姓名筆畫排序）

比克莉絲蒂更貼近克莉絲蒂

——楊照　知名作家／評論家／新匯流基金會董事長

我們所熟悉的推理小說家阿嘉莎．克莉絲蒂曾經藏身在另外一個身分裡，寫了六部很不一樣的小說。

一九三〇年，出版克莉絲蒂推理小說的英國出版社，出版了一本名叫 *Giant's Bread* 的書（中譯《撒旦的情歌》），作者是 Mary Westmacott（瑪麗．魏斯麥珂特）。之後在一九三四年、一九四四年和一九四八年，這位魏斯麥珂特女士又出版了另外三本小說。再過一年，一九四九年，一篇刊登在《泰晤士報》週日版的專欄公開宣告：瑪麗．魏斯麥珂特其實就是克莉絲蒂。克莉絲蒂沒有出面否認這項消息，也就等於承認了。之後，即使大家都已經知道魏斯麥珂特就是克莉絲蒂了，還是有兩本書以這個名字出版，一本在一九五二年，另一本在一九五六年。

為什麼克莉絲蒂要換另外一個名字寫小說？為什麼隱藏真實身分的用意破功了，她還是繼續以魏斯麥珂特的名字寫小說？

最簡單的答案：因為她要寫很不一樣的小說，所以要用不一樣的名字。藏在這個簡單答案底下有稍微複雜些的條件：

第一、因為克莉絲蒂寫的小說風格太鮮明也太成功，儘管到一九三〇年，她不過才累積了十年的小說資歷，卻已經吸引了許多忠實的讀者，在他們心目中，克莉絲蒂的名字就是精彩推理閱讀經驗的保障，克莉絲蒂和出版社都很了解這種狀況，他們不願意、不能冒險——如果讀者衝著克莉絲蒂的名字買了書，回家一看，從第一頁看到最後一頁，卻完全沒看到期待中的任何推理情節，他們將會如何反應？

第二、克莉絲蒂的創作力與創作衝動實在太旺盛了。十年之間，她寫了超過十本推理小說，平均每年至少一本；推理小說不比其他小說，需要有縝密的構思、規劃，照理講是很累人的。但這樣的進度卻沒有累倒克莉絲蒂，她還有餘力想要寫更多的小說，寫不一樣的小說。

如此旺盛的創作力與創作衝動從何而來？或許我們能夠在魏斯麥珂特寫的小說中得到些線索。

第一本以魏斯麥珂特名字發表的小說是《撒旦的情歌》。小說中的男主角在備受

保護的環境中長大，自然地抱持著一種天真的人生態度。不過，接踵而來的大事：戰爭與婚姻，讓他迷惑失落了。和他那一代的其他歐洲青年一樣，他們原本對戰爭抱持著一種模糊而浪漫的想像，認為戰爭是打破時代停滯、提供英雄主義表現的舞台。但真實的戰爭，卻是無窮無盡不斷反覆、可怕殘酷的殺戮。

同樣地，真實的婚姻也和他的想像天差地別。婚姻本身無法創造和另一個人之間的親密關係，反而在日日相處中更突出了難以忍受、難以否認的疏離。

儘管他幸運地躲過了戰場上的致命傷害，可是家中卻接到了誤傳的他的死訊。他太太以為他死了，很快就改嫁。在憂鬱迷惑中，他遭遇了一場嚴重車禍，短時間內遺忘了自己究竟是誰。在失去身分的情況下度過一段時間後，他恢復了記憶，記起自己所有的不快樂，於是他決定乾脆放棄原本的人生，和過去切斷了關係，給自己一個新的名字，一份新的職業，變成了一個音樂家。

可以跟大家保證，整部小說裡沒有一點推理的成分。但如果我們對照這段時期中克莉絲蒂自身的遭遇，卻可以很有把握地推理出她寫這部小說的動機。

一九三〇年克莉絲蒂再婚，嫁給了在中東沙漠裡認識的考古探險家。邁向第二次婚姻的過程，想必給了克莉絲蒂足夠勇氣來面對自己失敗的第一次婚姻。她的第一次婚姻，在一九二六年，她三十六歲那年瓦解的。那一年，她母親去世，她必須去處理後事，並整理母親的遺物，她的丈夫卻無論如何不願意陪她同去。她的丈夫曾經參加過第一次世界大戰，是英國皇家空軍的飛行員。丈夫表示：戰場上的恐怖經歷，使得他徹底失去面對死亡傷痛的能力，他就是沒辦法跟她一起去。克莉絲蒂強撐著，孤單地回到童年的房子裡，孤單地忍受了房子裡再也不會有媽媽在的空洞與冷清。

然而，等到她從家鄉回來，等著她的卻是丈夫的表白：他愛上了別的女人，一定要和克莉絲蒂離婚。連番受挫的克莉絲蒂失蹤了十一天，被找到後她說她失去了記憶，忘記了自己是誰。她投宿飯店時，在登記簿上寫的，果然不是她自己的名字，而是她丈夫的情婦的名字。

兩相對照，很明白吧！克莉絲蒂用小說的形式整理了自己的傷痛、婚姻的疏離與突然的離棄，另外她也明確給了自己一條生命的出路：換一個身分——當然不是換成丈夫愛上的情婦，而是換成一個創作者，創作出自己可以賴以寄託的作品來。

這樣高度自傳性的內容，無法寫成克莉絲蒂最拿手的推理小說．或者該說，如果添加了推理元素來寫成小說，那就無法保留具體經驗的切身性，為了這切身的感觸，克莉絲蒂非得把這些內容寫下來，即使必須另外換一個筆名，都非寫不可。

以魏斯麥珂特名字發表的第二本小說，是《未完成的肖像》，裡面有著同樣濃厚、甚至更加濃厚的自傳意味，就連克莉絲蒂的第二任丈夫都提醒我們：閱讀這部小說，對我們了解克莉絲蒂會有很大的幫助。小說主角希莉亞內向、愛幻想而且性格依賴，和《撒旦的情歌》裡的男主角同樣在封閉、受保護的環境中長大。然後她長大、結婚、有了一個孩子、開始寫作，接著承受了巨大的心理創傷。小說裡的細節和克莉絲蒂自己的生平有些出入，但小說中描寫的感受與領會，卻比克莉絲蒂在《克莉絲蒂自傳》中所寫的，更立體、更鮮明也更確切。

還有一本魏斯麥珂特小說，應該也反映了克莉絲蒂的真實感情，那是《幸福假面》，一個中年女性被困在沙漠中，突然覺察到她的人生，她和自己、她和家人、她和世界的關係，豈不也受困了嗎？她不得不懷疑起丈夫、孩子究竟是如何看待她的，更重要的，她究竟如何看待自己，自己的生活又是什麼？

這些小說，內在都藏了克莉絲蒂深厚的感情，在這裡我們看到的，不是推理小說中的那個聰明狡獪、能夠設計出種種巧計的克莉絲蒂，而是一個真實在人間行走、觀察、受挫、痛苦並且自我克服的克莉絲蒂。

弔詭地，叫做魏斯麥珂特的作者，比叫做克莉絲蒂的作者更接近真實的克莉絲蒂。換個方式說，寫推理小說時克莉絲蒂是個寫作者，設計並描寫其實並不存在的犯罪與推理情景，只有化身做魏斯麥珂特，她才碰觸自我——藏在小說後面探測並揭露自我的實況。

推理之外的六把情火，照向浮世男女

——鍾文音　知名作家

克莉絲蒂一生締造許多後人難以超越的「克莉絲蒂門檻」。八十六歲的長壽，加上勤寫不輟，一生發行了超過八十本小說與劇本。且由於多數作品圍繞著兩大人物，以至於克莉絲蒂的名字常與其筆下的「名偵探白羅」與「瑪波」掛在一起，猶如納博科夫創造「羅莉塔」，最後筆下的人物常超越了作者盛名，轉為流行語與代名詞。其作品《東方快車謀殺案》、《尼羅河謀殺案》、《捕鼠器》也因改編成影視與舞台劇，與作者同享盛名。

總之「阿嘉莎·克莉絲蒂」等同是推理小說的代名詞，那麼「瑪麗·魏斯麥珂特」呢？她是誰？

她是克莉絲蒂的另一個分身，另一道黯影，另一顆心，另一枝筆。

曾經克莉絲蒂想要從自我的繭掙脫而出，但掙脫過程中，她必須先和另一個寫推理的自我切割，好得以完成蛻變與進化；因而她用「瑪麗·魏斯麥珂特」這個筆名寫出推理之外的人生與愛情世界。妙的是，她寫的愛情小說卻也帶著推理邏輯，一個環套著另一個環，將人性的峰迴路轉不斷地如絲線般拉出，人物出場與事件的鋪陳往往在關鍵時刻留予讀者意想不到的結局，或者揭櫫了愛情的真相。把愛情寫得像推理劇，把推理劇寫得像愛情，箇中錯綜複雜、細節幽微往往是克莉絲蒂最擅長的筆功。

這六本愛情小說，克莉絲蒂，這位謀殺天后企圖謀殺的是什麼？愛情是一場又一場不見血的謀殺，愛情往往是殺死人心的最大元凶，愛情是生命風景裡最大的風暴，也是在際遇裡興風作浪的源頭。時間謀殺愛情，際遇謀殺愛情，悲愴謀殺愛情，失憶謀殺愛情……克莉絲蒂謀殺的是自己的心頭黯影，為的是揭開她真正的人生故事。

為何克莉絲蒂要用筆名寫出另一個「我」？從而寫出《未完成的肖像》、《愛的重量》、《幸福假面》、《母親的女兒》、《撒旦的情歌》、《玫瑰與紫杉》等六本環繞「情」的小說？光從書名就知道，書中情節洋溢著愛情的色彩與人生苦楚的存在探勘。處女座的她對寫作一絲不苟，有著嚴格認真的態度，同時這種秩序與理性也表現在語言的簡潔與簡約，不炫技的語言往往能夠很快進入敘事核心（此也是其能大眾化之故）。

我們回到克莉絲蒂寫這六本小說的處境與年代或許會更靠近她，這些小說陸續發表於一九三〇至五六年間，這漫長的二十六年裡，她經歷第二次世界大戰與自己的人生戰爭：喪母之慟、失憶事件、離婚之悲……接著是再婚，人生和其筆下的故事一樣高潮迭起。其中被視為克莉絲蒂半自傳小說的《未完成的肖像》，描述「希莉亞」為人妻與人母的心理恐懼黯影，有如女作家的真實再現，「她留下了她的故事以及她的

恐懼——給我……我不知道她去了哪裡，甚至不知道她的姓名。」讀畢似曾相識卻又陷入迷惘的想不起來之感。

這六本小說的寫作結構雖具有克莉絲蒂的推理劇場元素，但其寫作語言卻回歸愛情的浪漫本身，詩語與意象的絕妙運用，出現在小說的開始與情節轉折處。可以讀出克莉絲蒂試圖想要擺脫只寫推理的局限，她費盡多年用另一枝筆想要擺脫廣大的閱讀群眾（金氏世界紀錄寫克莉絲蒂是人類史上最暢銷的作家）。至於寫得成不成功，我以為是另一件事，重點是她竟能用另一個筆名（另一種眼光）在當時揚起一場又一場愛情書寫的生命大風。

故這套書系用的雖是筆名，可堪玩味的是故事文本指向的卻是真正的克莉絲蒂。誠如在《母親的女兒》裡她寫出了雙重雙身的隱喻：「莎拉過著一種生活。而她，安妮過著另一種生活，屬於自己的生活。」

克莉絲蒂擅長描繪與解剖關係，在《愛的重量》裡寫出驚人的姊妹生死攸關之奇異情境，姊與妹彼此既是罪惡的負擔，也是喜悅的負擔，最後妹妹為姊姊的罪行付出了代價。在《母親的女兒》裡處理母女關係——母親因為女兒放棄了愛，但也開始憎恨女兒的奧妙心理。克莉絲蒂往往在故事底下埋藏著她的思維，各種關係的拆解與重組，夫妻、母女、姊妹、我……之心理描摹，絲絲入扣至引人深省。心之罪就像是「七宗罪」，藉此探討了占有、嫉妒、愛的本質、關係的質疑、際遇的無常性、不平等的處境、自我觀照、個體與他人……六本愛情小說也可說是六本精神分析小說。在克莉絲蒂寫實功力深厚的基礎下，步步布局，故有了和一般愛情浪漫小說不同的文本，不到最後關頭，不知愛情鹿死誰手，不知故事最後要謀殺分解愛情的哪一塊，貪嗔痴慢疑皆備。

克莉絲蒂筆下的愛情帶有自《簡愛》時代以來的女性浪漫與女子想要掙脫傳統以成為自我的敘事特質，但克莉絲蒂也許因為經歷外在世界的戰爭與自我人生的殘酷撕裂，故其愛情書讀來有時具有張愛玲的惘惘威脅之感，尤其是《未完成的肖像》裡的希莉亞，逐步帶引讀者走向無光之所在，乍然下恍如是曹七巧的幽魂再現。

「要做個藝術家，就得要能不理全世界才行——要是很自覺別人在聽著你演奏，那就一定要把這當成是種刺激的動力。」《未完成的肖像》裡鋼琴老師對希莉亞的母親說的這麼一段話，是我認為克莉絲蒂的「內我」對藝術的宣告。作為一個大眾類型小說的作者，要「不理全世界」、要擺脫「別人」，這簡直是難上加難，莫怪乎她要有另一個舞台，好掙脫大眾眼光與推理小說的緊箍咒。

但克莉絲蒂畢竟還是以克莉絲蒂留名於世，她獲得大眾讀者的目光時，也悄悄地把真正的自己給謀殺了。於是她只好創造「瑪麗．魏斯麥珂特」來完成真正的自己。

也因此「瑪麗．魏斯麥珂特」才是真正的克莉絲蒂。而克莉絲蒂的盛名卻又謀殺了「瑪麗．魏斯麥珂特」。但最後兩個名字又巧妙地合而為一，因為為了辨識度，這六本小說往往是兩個名字並列，虛實合一。

她把自己的生命風暴與暗影寫出，也把愛情的各種樣貌層層推理出來。這六本愛情小說是她留給讀者有別於推理的愛情禁區與生命特區。克莉絲蒂寫作從不特別玩弄技巧，她僅僅以寫實這一基本功就將愛情難題置於推理美學中，將人生困境隱藏在羅曼史的浪漫外皮下，於今讀其小說可謂樸實而有味，反而不那麼羅曼史（甚至是藉羅曼史反羅曼史）。

其擺脫刻板的力道，源於克莉絲蒂在這套書系裡也一併藉著故事誠實處理了自己的內我故事，也因此故事不只是故事，故事這時具有了深刻性，故能如鏡地折射出不同讀者的內心。當一個女作家將「自我」擺入寫作的探照鏡時，往往具有再造自身的深刻力量。

在《母親的女兒》這本小說裡，克莉絲蒂結尾寫道：「多麼美好安靜……」

女作家藉著小說人物看到什麼樣的心地風光與世界風景？

「神所賜的平安，非人所能理解……」

是寧靜。

是了解。

是心若滅亡罪亦亡。

種種體悟，故從房間的黑暗深處往外探視，黎明已然再現，曾有的烏雲在生命的上空散去。

女作家藉著書寫故事與自己和解。猶如克莉絲蒂所擅長寫的偵探小說，其寫作主要使用都是密室推理法，層層如洋蔥剝開內裡，往往要到結局才知誰是真凶。這回瑪麗先是企圖殺死克莉絲蒂，但反之被克莉絲蒂擒住，最後兩人雙雙握手言歡。

故事的字詞穿越女作家的私密心房，抵達了讀者的眼中，我們閱讀時該明白與珍視的是克莉絲蒂這樣坐擁大眾讀者的天后級人物，是如何艱難地從大眾目光裡回到自身，從而又從自身的黑暗世界裡再回到大眾。

我覺得此才是克莉絲蒂寫這套書的難度之所在。

她的這六本小說創造一個新的自己，她以無盡的懸念來勾引讀者的心，冷酷與溫暖的色調彼此交織，和其偵探小說一樣適合夜晚讀之，讀一本她的小說猶如走一趟驚險與華麗的浪漫愛情之旅。但閱讀的旅程結束，真正的力道才浮上來，那就是讀者應該掙脫故事情節的表層，從而進入女作家久遠以來從未離去的浪漫懷想之岸，屬於女作家的浪漫是知其不可而為之，即使現實往往險惡，即使愛情總是幻滅，即使有一天自己也會遠離大眾。

寫作是克莉絲蒂抵抗一切終歸無常的武器，而愛情則是克莉絲蒂永恆的浪漫造山運動，如靜靜悶燒的火焰，是老派的愛情（吻竟是戀人身體的極限書寫），這種老派愛情現在讀來竟是真正的相思定錨處，不輕易繳械自己的愛情，一旦繳械就陷入彼此生命而難以脫鉤。

克莉絲蒂筆下的相思燎原，六本小說猶如六把情火，火光撲天，照向浮世男女，各種世間情與人性頓時被她照得無所遁形呢。

前言

我親愛的瑪麗：

把這稿子寄給你，是因為我不知道該拿它怎麼辦。想來，說真的，我是想要讓它面世吧。人真的是這樣的。我猜想道地的天才是把畫作堆藏在畫室裡，從來不給任何人看。我向來都不是這種人，但話說回來，我也從來不是天才，只不過是拉瑞比先生，一個還算有前途的年輕畫家而已。

親愛的，你最清楚斷絕自己喜歡做又做得好的事是什麼滋味，而你所以做得好，是因為樂在其中。這也是為什麼你我會成為朋友的原因。可你懂得寫作這回事，我卻不懂。

你看了這份稿子以後，就會明白我已經聽了柏吉的勸告。還記得嗎？他說：「試試新的媒介體。」這是一幅肖像，可能是差得要命的肖像，因為我並不懂得運用文字。要是你說它不好，我就會認為它是不好的，但要是你認為起碼還有一點點我們兩個都認同的藝術基礎形式的話，那麼，何不讓它出版呢？我在書中用了真名，不過你可以改成假名，有誰會在意呢？邁克不會的。至於德莫特，他才不會認出自己呢！他沒這本事。總而言之，就像希莉亞說的，她的經歷是很平常的，大有可能發生在任何人身上，事實上也經常發生。我感興趣的倒不是她的經歷，而一直都是希莉亞本人。對，她本人……

話說我本來是想要把她捕捉到畫布上的，但卻辦不到，所以就試著用另一個方法，不過所運用的媒介體卻是我不熟悉的文字、句子以及逗點、句號等等，這些不是我的看家本領，我敢說，你一定會留意到，que ça se voit[1]！

你知道嗎？我曾經從兩個角度去看她。第一個是從我自己的角度。第二個，是在因緣巧合的二十四小時裡，我曾得以不時地進入到她內心，從她的角度去看。這兩個角度所見未必總是一致，因此對我來說就特別誘人又引人入勝！我很想當當上帝，知道真相。

小說家可以創造人物，當這些人物的上帝。他能隨自己喜好來處置他們，要不也是這樣認為；而筆下人物的確也會給他帶來驚喜。不知道真正的上帝對人類是否也有同感……是的，我納悶……

好吧，親愛的，我不多扯了。你就為我盡盡力吧。

摯友

J．L．上

1 que ça se voit，法語，意謂「一看就知道了」。

第一卷

島

有座孤島
遺世獨立
位於汪洋大海中央
鳥兒南飛
長途之中
在此棲息
牠們停留一晚
然後展翅而去

飛向南方海洋……
我是座遺世獨立的島
位於汪洋大海中央
一隻從大陸飛來的鳥兒
棲息在我身上……

第一章　花園裡的女子

你知道那種似曾相識卻又怎麼也想不起來的感覺嗎？

走在那條蜿蜒通往鎮上的白色小路時，我就有這種感覺。從可以俯瞰大海的別墅花園裡的高地開始走時，我就有這種感覺了，而且每走一步就愈加強烈，也愈加迫切。最後，沿著棕櫚大道來到海灘時，我停下腳步。因為我曉得現在不弄清楚的話，以後就永遠沒機會了。盤旋在我腦海底的陰影，非得要現在把它拉出來探討、檢驗一番，弄個清楚，好讓我知道究竟是什麼。我非得要把這東西確定，要不然就太遲了。

我做了人在意圖回憶時一定會做的事：去翻尋既有的事實。

從鎮上一路走來，塵土飛揚，太陽曬到我脖子上。這部分沒有什麼。

這處別墅的園林涼爽又令人耳目一新，一株株大絲柏樹矗立著，在天際線上勾勒出暗影。綠草小路通往高地，那裡設置的可俯瞰大海的座位，以及當我見到已經有個女子占據那座位時所產生的驚訝和有點不高興的感覺。

我手足無措了一下，她已經轉過頭來看著我，是個英國女人。我覺得應該說說話，講點什麼來掩飾我的卻步。

「這上頭景色真好。」

這就是我說的話，只不過是很平常的老套話。而她回我的話也完全就是個普通、好教養的女人會說的。

「心曠神怡，」她說道，「而且天氣又這麼好。」

「但是從鎮上走來，這段路還挺長的。」

她表同意，還說的確是風塵僕僕的一段長路。

就這麼多了。只不過是兩個在海外碰見的英國人禮貌客套了一番，他們以前沒見過面，也不指望以後還會碰到。我往回走，繞著那別墅走了一、兩圈，欣賞橙色的小虆植物（要是這種植物是叫這名稱的話），然後準備走回鎮上。

全部的事實就這麼多，然而，我就是覺得不僅止這樣，老感到似曾相識卻又想不起來。是那女人的神態嗎？不，她的神態完全正常而且很愉快的樣子。她表現得看起來就像百分之九十九的女人會表現的樣子。

只除了——沒錯，是真的——她沒有看我的雙手。

就是這點！把它寫下來真是奇怪，我自己看了都覺得驚訝。要是有自相矛盾、荒誕可笑的說法的話，我說的這話就是了，而且即使無誤地寫下來也無法完全清楚表達我的意思。

她沒看我的雙手，要知道，我是習慣了女人看我的雙手的。女人的反應很快，而且她們心很軟，所以我已經習慣了她們臉上會出現的表情。祝福她們也去她們的。同情、謹慎，以及決定不要表露出她們已經留意到的，還有態度馬上來個大轉變——和藹可親。

但這女子根本沒看到或留意到。

我開始進一步思忖起她來。怪的是，我轉身背對她之後，就一點也沒辦法描述她了，只能說她長得還不錯，大概三十多歲，就這樣。然而走下山的路上，她的影像愈來愈浮現，活脫像是在暗房裡沖洗底片（那是我早年的回憶之一：跟父親在家中暗房裡洗底片）。

我一直忘不了那種震撼。顯影劑沖洗過一片空白之後，突然間，有個小黑點出現了，很快地加深、擴大。最讓人震撼的就是那種沒把握感。底片色調很快加深了，但還是看不出什麼來，只是一片混雜的明暗。然後慢慢看出來了，知道那是什麼：是樹枝，或者某個人的臉孔、椅背等等，也知道底片倒反了沒有，如果拿倒了，你就會轉過來拿正，然後又看著整張底片從無到顏色開始加深，又再黑掉直至什麼都看不到為止。

嗯，這就是我對發生在我身上的事所能想到的最好的形容。往鎮上走回去的路上，我愈來愈清楚地看到那個女人的臉，見到她小巧的耳朵貼著頭長著，還有從耳朵垂下的深藍色耳墜，掠過耳上的淺金色波浪秀髮。我見到她的臉孔輪廓、眉心寬度，眼睛是淡淡的清澈湛藍色。我見到濃密的深棕色短睫毛，眉筆略微畫過的眉毛，帶點驚訝的感覺。我見到那張方形小臉蛋以及緊繃的嘴。

整個五官臉孔不是突然地呈現，而是一點一點地，完全就像我剛才說的，如同沖洗底片的顯影過程。我沒法解釋接下來發生的。你看，顯影過程已經結束了，我已經到了影像開始黑去的階段。

不過，你也知道，這並非一張黑白底片，而是個活生生的人。因此這顯影階段持續了下去，從這表面往後（或者往裡）深入，隨便你怎麼想都可以，起碼，我所能想到最接近的說法就是這樣了。

想來，其實我老早知道真相了，一直都知道，從我見到她的那一刻就知道了。這顯影過程是在我心裡發生的，這影像是從我的下意識顯影到意識裡……

我知道了——但是當時我並不曉得自己知道了什麼，是突然間才醒悟！黑白突然出現！先是一個黑點，然後成了影像。

我轉身沿著那條土路，幾乎是跑回去的。我的體能狀況不錯，但當時在我看來還不夠快。跑進了別墅大門，經過了絲柏樹，跑上了那條草徑。

那個女子依然坐在我剛才離她而去的地方。

我跑得上氣不接下氣，喘著氣撲過去坐在她身邊。

「聽我說，」我說，「我不知道你是誰，也不知道你的事。可是你千萬不能做，聽到嗎？千萬不能做。」

第二章　喚起行動

想來最奇怪的（這也是事後回想才看出來的），就是她並沒有刻意做出老套的防衛，她本來大可以說：「您究竟在說些什麼呀？」或者「您根本不曉得自己在說什麼。」又或者就只是冷冷看我一眼就算了。

當然她老早就超越了這個階段，已經來到了最底。到了最底時，任何人說什麼或做什麼，都不會讓她感到意外了。

她對那件打算做的事相當鎮靜、有理性，這才真是讓人害怕的。你可以應付情緒反應，情緒是會平息的，而且情緒愈強烈的話，反應也就愈完整。但是冷靜又理性的決定就很難了，因為是慢慢形成的，可沒那麼容易放下。

她若有所思地看著我，卻什麼也沒說。

「起碼，」我說，「你可以跟我說說原因吧？」

她低下頭，彷彿認定這理由很正當。

「很簡單，」她說，「這真的看起來像是最好的做法。」

「這你就錯了，」我說，「徹徹底底錯了。」

激烈的措詞也不會惹她生氣，她已經冷靜到根本不會生氣的地步。

「我已經想了很多，」她說，「這真的是最好的，簡單又容易，而且很快，又不會……給任何人添麻煩。」

聽到最後一句話時，我了解到她就是那種所謂「有教養的人」，被教導「為別人著想」是可取之事。

「那……之後呢？」我問。

「人難免顧不到那麼多。」

「你相信後面還有吧？」我好奇地問。

「我想，」她緩緩地說，「我是相信的。若說之後就一了百了，那幾乎是好到不可能是真的。如果只是像安詳地睡著了，而且乾脆就不會醒過來，那就太美妙了。」

她矇矓地半闔上眼睛。

「你小時家裡的育嬰室壁紙是什麼花色的？」我突然問。

「淡紫色鳶尾花……纏繞在柱上……」她一驚。「你怎麼知道我剛才在想這個？」

「我只是認為你會這樣想而已。」我說下去，「你小時候心目中的天堂是怎麼樣的？」

「綠草牧地……綠谷……有羊和牧羊人。你知道，〈詩篇〉[2]上寫的那種。」

「誰念給你聽的？是你母親還是保母？」

「我保母……」她露出一絲微笑。「那個好牧人。你可知道，我想我從來沒見過牧羊人，但有塊地上有兩隻小羊跟我們挺接近的。」她停了一下又說：「現在那塊地都蓋滿房子了。」

於是我心想：「奇怪，要是那塊地沒蓋滿房子的話，現在她大概也不會在這裡。」所以我就說了：「你小時候快樂嗎？」

「噢！快樂。」迫不及待地肯定，沒有絲毫懷疑的口吻。她接著說：「太快樂了！」

「這可能嗎？」

「我認為是可能的。你瞧，人對於發生的事沒有心理準備，永遠沒想到它們會發生。」

「你有過很悲慘的經歷？」我試探地問。

但她搖搖頭。

「沒有……我不認為……不算真的悲慘。我的遭遇沒什麼不平常，那是曾經發生在很多女人身上的愚蠢、平凡經歷，我不算是特別倒楣的。我是……笨而已。對，就是笨。而這個世界卻沒有餘地留給笨人。」

「親愛的，」我說，「聽我說，我知道自己在說什麼。我也曾經處在你現在的情況裡，跟你一樣覺得活著沒意思。我知道那種盲目的絕望會讓你只看到一條出路，但我要告訴你，孩子，會過去的。創痛不會持續到永遠，沒有什麼是永遠持續的。只有一樣東西是真正的安慰和治療——時間。你要給時間一個機會。」

我苦口婆心，但馬上見到自己犯了個錯誤。

「你不明白，」她說，「我知道你的意思，我也曾經這樣感覺。事實上，我還努力過，可是沒有結果。但是之後我很高興沒有奏效。這次是不同的。」

「跟我說說看。」我說。

「這次來得相當慢。你知道……挺難說得清楚。我三十九歲了，身體很健康強壯，很有可能會活到起碼七十歲，說不定還更久。可是我就是受不了，如此而已。受不了還要活三十五年那麼長的空虛歲月。」

「但這些歲月不會空虛的，我親愛的。這就是你弄錯的地方。人生會再盛放出花朵充實這些歲月的。」

她看著我。

2 此處指《聖經．詩篇》第二十三篇。

「這就是我最害怕的。」她低聲說，「我根本不能面對這樣的想法。」

「你其實是個懦弱的人。」我說。

「對。」她馬上認了。「我向來都是個懦弱的人。有時候覺得好笑，別人竟然都沒有我看得清楚這一點。對，我害怕、害怕、害怕。」

一陣沉默。

「畢竟，」她說，「這也很自然。要是火堆迸出的煤碴火星燙到了一隻狗，這狗以後就一直會怕火，永遠不知道什麼時候又會迸出火星燒到牠。說真的，這是經一事、長一智。十足的傻瓜才會認為火不過是種又好心又溫暖的東西，不知道燒傷或者煤碴火星為何物。」

「這麼說來，其實，」我說，「你怕的倒是自己『不會面對幸福』的可能性了。」

這樣說聽起來很怪，但我卻知道並沒有聽起來的那麼怪。我懂得關於神經和精神方面的事，我有三個最要好的朋友在戰爭中罹患彈震症[3]，知道生理殘缺對一個男人來說是什麼滋味、會對他造成什麼影響。我也知道人可以是心理上殘缺的，當傷口癒合之後，那種殘缺是看不到的，但仍然在那裡，會有個弱點、缺憾，使你殘廢、不完整。

我跟她說：「這一切都會隨著時間成為過去的。」嘴上這樣保證，心裡卻沒那把握，因為表面上的治療其實沒什麼用，疤痕已經太深。

「你不會冒這個險，」我接下去說，「但你會冒另一個險，一個龐大無比的險。」

這回她說話少了些冷靜，反而帶著點迫切。

「可是這完全不同，完全不一樣。那種險是你知道怎麼回事而不願去嘗試的；另一個未知的險反而有點誘人，那是挺大膽、冒險的事。畢竟，死亡可以是任何一種情況……」

這是頭一回我們之間真正說到這字眼：死亡……

然後，她像是頭一次產生好奇心似地，偏過頭來問：「你是怎麼知道的？」

「我也說不上來，」我老實承認說，「其實我自己也經歷過，嗯，某些事情。所以我想我能體會。」

她說：「原來是這樣。」

她沒有表現出對我經歷了什麼感興趣，我想就是那時，我暗自發誓一定要捨命陪君子。因為，跟你說，我也受夠了婦人之仁的同情和溫柔。我需要的——雖然當時並不知道這點——並非受，而是施。

希莉亞可沒有一點溫柔，也沒有任何同情，她揮霍、浪費掉了全部，就像她所見到的自己，在這點上她是很笨的。她太不快樂了，以至於再也沒有任何憐憫留給別人。緊繃的嘴是受盡苦痛折磨所產生的。她也很快就了解、瞬間就知道「曾有事情發生」在我身上，我們同病相憐。她對自己沒有憐憫之情，當然更不會在我身上浪費憐憫之情。在她看來，我的不幸，最多只不過是能讓我因此猜出表面上看似無法猜測之事。

那一刻，我看出了她是個孩子，她的真實世界其實是那個包圍著她的世界。她刻意要回到童年世界裡，在那裡找到避難所，躲開現實世界的殘酷。

她這種態度大大激發了我，這正是過去十年裡我所需要的。說來，我需要有個行動的號召。

嗯，我採取行動了。我不放心留她獨自一人，所以就沒離開她，像跟屁蟲般緊黏著她。她欣然跟我走回鎮上，因為她也很明理，曉得當時自己的意圖已經受阻，達不成了。她並沒有放棄，只不過將行動往後推遲而已。這點即使她沒說，我也知道。

其他細節我就不贅述了，這又不是紀事表，所以沒必要描述那個別緻的西班牙小鎮，或者我們一起在她

3 彈震症（shell-shocked）因為耳聞、目睹砲彈爆炸，因而受到驚嚇並產生的精神病。

旅館裡吃的那頓飯，以及我偷偷命人把行李送到她住的那家旅館去等等。

不，我只寫重點部分。我知道得要緊黏著她，直到某事發生，直到突破她心防，讓她投降為止。誠如我所說，我緊跟著她，寸步不離。當她要進房間時，我說：「給你十分鐘，然後我就進來。」

我不敢給她更長的時間，你要曉得，她房間在四樓，搞不好她會不顧「為別人著想」的教養，結果雖沒從懸崖跳下海，卻從房間窗口跳樓，事後讓旅館經理為難。

嗯，後來我進了她房間，她已經上了床，靠在床上坐著，淺金色頭髮往腦後梳去，沒再遮到臉上。我不認為她看得出我們這樣做有什麼奇怪，我自己就沒看出來。旅館方面怎麼想，我不知道，要是他們知道我那天晚上十點鐘進了她房間，第二天早上七點才離開，我想，一定會只想到一個結論。但我管不了這許多了。

我是去救一條人命，還管他什麼名譽。

嗯，我坐在她床上，然後我們談起來。

我們談了通宵。

一個奇怪的晚上，我從來不知道會有這樣奇怪的夜晚。

我沒有談她的苦惱事，不管那是什麼事。我們反而從頭開始談起：壁紙上的淡紫色鳶尾花，空地上的小羊，車站旁邊山谷裡的報春花……

談了一陣子之後，就只有她在講，我沒說話了。對她來說，我已經不存在，只不過是個宛如人類的錄音機，讓她對著講話。

她就像在對自己，或對上帝講話般談著，你明白的，就是沒有一點情緒波動或強烈的感情，純粹只是在回憶，東扯一點西扯一點，逐漸組成人生，猶如把重點事件連結起來。

當你細想，就會覺得我們人選擇去記住哪些事是個挺奇怪的問題。說選擇，當然是一定有，不管你是否意識到。不妨回想一下童年時代，隨便哪一年好了，你記得的大概有五、六件事，也許都不是重要的，但為什麼偏偏在三百六十五個日子中，你只記得它們呢？其中有些事甚至可能在當時對你根本沒多大意義。然而，不知怎地，這些記憶卻很持久，在之後的那些年裡一直跟著你……

就是從那天晚上起，我說自己透視到了希莉亞內心世界。我可以從上帝的立場去寫她，誠如我前面所說過的……我會努力這樣做。

你瞧，她跟我說了一切，包括要緊的和不要緊的，她也沒想要從中說出個故事來。她沒這樣打算，可是我卻想要！我像是窺見了某種她看不見的模式。

我離開她時是早上七點，她終於翻過身去，像個小孩般睡著了……危險期過去了。彷彿她肩上的重擔卸了下來，轉移到我身上，她已經安全了……

那天將近中午時我送她上船，看著她走了。

我就在那時產生了念頭。這件事，我的意思是，讓整件事情體現出來……

也許我弄錯了……也許這不過是件平常小事……

總之，我現在不會寫下來……

除非等到我嘗試過做上帝而失敗或成功了。

試著將她捕捉到畫布上，用新媒介體……文字……

將字詞串連成句……

不用畫筆，不用一管管顏料，完全不用我所熟悉的東西。

這是一幅四度空間的肖像，因為，在你那行的技巧裡，瑪麗，還用上了時間和空間……

第二卷

畫布

把畫布架好，

這裡有個現成的主題。

第一章 家

希莉亞躺在小床裡，看著育嬰室牆壁上的淡紫鳶尾花，她感到快樂又想睡。

小床的床尾圍著屏風，這是為了遮住保母那盞燈的燈光。希莉亞看不到屏風後面，保母就坐在那裡讀《聖經》。保母的燈很特別，是盞圓鼓鼓的銅燈，有粉紅色的瓷燈罩。這燈從來都不會發出異味，因為負責客廳和臥室的女僕蘇珊很細心。蘇珊是個好女孩，希莉亞知道的，雖然有時犯了「橫衝直撞」的毛病，一旦犯時，她身旁總免不了有些小擺設會遭殃，被她碰翻而打破。蘇珊是個大塊頭的女孩，手肘色如生牛肉。希莉亞老把她的手肘跟「手肘加油」（意謂「苦幹」）[4]這個神祕詞語聯想到一塊兒。

聽得到細語聲，這是保母在小聲念著書，聽在希莉亞耳中很有催眠作用，她的眼皮逐漸下垂……

房門開了，蘇珊端著托盤走了進來，盡量設法不發出聲響，但那雙鞋子卻又響又會發出吱嘎聲，使得她力不從心。

她用低沉的聲音說：「保母，對不起，這麼晚才把你的晚飯送來。」

4 此處「苦幹」，原文是 elbow grease，跟「手肘」（elbow）用字相同。elbow grease 意謂「要動手苦幹，所以手肘需要加點油，好像機器得上油，才能禁得起不斷使用」。

保母只是說：「小聲點，她睡著了。」

「哦，我肯定絕對不想要吵醒她。」

蘇珊從屏風一角探頭偷窺了一下，呼吸聲很重。

「真是可愛的小寶貝，可不是？我的小外甥女就趕不上她一半懂事。」

從屏風角轉回身時，蘇珊撞到桌子，湯匙掉到了地板上。

保母溫文地說：「蘇珊，乖孩子，你得小心點，不要橫衝直撞的。」

蘇珊悲哀地說：「我絕對不是有心的。」

她踮著腳尖走出房間，這一來，鞋子吱嘎響得更厲害。

「保母！」希莉亞小心翼翼地叫著。

「什麼事？親愛的。」

「我沒睡著，保母。」

保母不理這暗示，只是說：「沒睡啊？親愛的。」

然後停了一下沒聲音。

「保母？」

「嗯，親愛的。」

「保母，你的晚飯好吃嗎？」

「很好吃，親愛的。」

「有什麼吃的？」

「有白煮魚和糖漿塔。」

「哦！」希莉亞欣喜若狂地嘆了口氣。

停了一下沒有動靜。接著，保母從屏風後面現身了。她是個灰髮小老太太，戴了睡帽，帽帶繫在下巴底下。她手上拿了叉子，叉尖有很小塊糖漿塔。

「喏，你馬上乖乖睡覺去。」保母語帶警告地說。

「哦！好的。」希莉亞熱切地說。

真是極樂世界！美妙天堂！那小口糖漿塔到了她嘴裡，好吃得難以置信。

保母又消失在屏風後面。希莉亞翻過身朝著她那邊，見到在火光中閃現的淡紫鳶尾花。口中仍留有好吃的糖漿塔味道，房間裡有人發出窸窣聲音，聽起來很令人安心。太令人心滿意足了。

希莉亞睡著了……

這天是希莉亞的三歲生日，他們在花園裡開茶會，有巧克力奶油泡芙，但是希莉亞只被允許吃一個，希瑞爾卻吃了三個。希瑞爾是她哥哥，已經是個大男生了——十一歲。他還要再吃一個，但媽媽說：「夠了！希瑞爾。」

跟著就是常見的對話。希瑞爾沒完沒了地說：「為什麼？」

有一隻紅色小蜘蛛，小得不得了，爬過了白色桌布。

「你們看，」母親說，「那是隻帶來好運的蜘蛛。它要爬到希莉亞那裡，因為今天是她生日，表示她有很大的好運。」

希莉亞感到又興奮又像個大人物。希瑞爾的質疑心力遂轉移到別的地方。

「媽，為什麼蜘蛛會帶來好運？」

好不容易希瑞爾終於離開了，留下希莉亞和母親在一起。這下子媽媽整個是她的了。母親隔著桌子坐在對面向她露出笑容，親切的笑容，不是那種把你當成滑稽小女孩而露出的笑容。

「媽咪，」希莉亞說，「講個故事給我聽。」

她很愛聽母親的故事，那些故事跟別人講的都不一樣。當別人應邀講故事時，講的不外是灰姑娘、傑克與豌豆、小紅帽等等。保母就講約瑟和他的哥哥們，以及在蘆葦裡的摩西[5]（希莉亞總是把「蘆葦」這個字眼想像成木屋裡有很多公牛[6]），偶爾也會講講史垂頓船長在印度的幼小兒女的故事。可是媽咪就不同了！

首先，媽媽會講什麼樣的故事，你永遠不知道、一點頭緒也沒有。可能是跟小老鼠有關，或者跟小孩子有關，或者是講公主的，反正什麼都有可能……媽咪講故事的唯一缺陷就是：她從來不講第二遍。她說（希莉亞最搞不懂這點）自己不記得了。

「好吧，」媽咪說，「故事內容是什麼？」

希莉亞屏住了氣。

「是關於亮晶晶眼睛，」她提示說，「還有長尾巴以及乳酪的故事。」

「哦！我已經全部忘了。不講這個了，我們另外講一個新的故事。」她的視線橫過了桌子，彷彿一下子看不到眼前的一切，明亮的淺棕色眼睛閃爍著，鵝蛋形臉孔露出了很認真的神色，抬起了小巧的鼻梁，全神貫注地想著。

「我想到了……」她突然回過神來，「這故事叫做『好奇的蠟燭』……」

「噢！」希莉亞眉飛色舞地吸了口氣。她已經好奇得不得了，簡直入迷了……好奇的蠟燭！

希莉亞是個很認真的小女孩，思考很多關於上帝以及要做個神聖善良人的事。每次有許願機會時，她總是說要做個乖孩子。嗚呼！她無疑是個一本正經的小古板，不過起碼她只對自己古板而已。

有時她也會生怕自己很「世俗化」，（很讓人心亂的神祕字眼！）特別是當她穿上漿燙過的薄紗衣裙，繫上金黃色大緞帶下樓去吃甜點時。但大致上來說，她對自己是挺沾沾自喜、感到滿意的。她是上帝的選民，她得救了。

然而家人就讓她操心得要命了。真的很糟糕，她對媽媽就不很肯定。萬一媽咪進不了天堂怎麼辦？真是折磨得她很受罪的想法。

《聖經》上已經清清楚楚定下了戒律。星期天打槌球是壞事，彈鋼琴也是（除非是彈詩歌）。希莉亞寧可殉道而死，也不願在「主日」去摸槌球棍，不過在別的日子裡獲准去打槌球卻是她一大樂趣。

母親卻在星期天打槌球，父親也是。而且她父親還邊彈鋼琴邊唱歌，唱的是「他趁施先生去鎮上時，拜訪施太太，還跟她喝茶」，顯然根本就不是首神聖的歌！

希莉亞為此擔心得要命，於是焦急地去請教保母。保母是個熱心的好女人，這下子左右為難。

「你父母就是你父母，」保母說，「無論他們做什麼事情，都是正當的，所以你千萬不要想太多。」

「可是，星期天打槌球是不對的。」希莉亞說。

「沒錯，親愛的。這樣做是沒遵守安息日。」

「可是那……那麼……」

「這些事情不用你操心，親愛的，你只要盡自己的本分就好。」

5 兩者皆為《舊約聖經》裡的故事。

6 蘆葦（bulrush），此處用複數形 bulrushes，使希莉亞把它想像成 wooden sheds containing massed bulls（木屋裡有很多公牛）。

所以當家人要給她槌球棍，好讓她「開心一下」時，她就繼續搖頭拒絕。

「你是怎麼啦？」她父親說。

而她母親則悄聲說：「都是保母，她告訴她說這是不對的事。」

然後又對希莉亞說：「沒關係的，親愛的，如果不想打就不要打。」

但有時候她會很和藹地說：「你知道，寶貝，上帝為我們創造了一個很美好的世界，希望我們開心。祂自己的日子是個很特別的日子，在這天我們可以特別享受一下，只不過我們不可以要人家工作，譬如僕人。但是自己開心享受一下是可以的。」

然而奇怪的是，儘管她深愛母親，她的看法卻沒有因為母親而動搖。因為保母知道事情是這樣，所以事情一定就是這樣。

不過，她沒再為母親擔心了。母親房間牆上掛了聖方濟的像，床邊還擺了本叫做《模仿基督》的小書。因此希莉亞覺得，上帝或許不會理會星期天打槌球這件事。

但是父親就很讓她憂心了，他經常拿神聖的事情開玩笑。有一天吃中飯時，他說了個關於牧師和主教的笑話。希莉亞一點都不覺得好笑，只覺得糟糕透了。

終於有一天，她哭了起來，嗚咽地把她恐懼的心事講給母親聽。

「可是，親愛的，你爸爸是個很好的人，而且很虔誠，每天晚上都像個小孩一樣跪下來禱告。他是世界上最好的人之一。」

「他笑那些神職人員，」希莉亞說，「而且在星期天玩遊戲，還唱那些很世俗的歌。我很怕他會下地獄、被火燒。」

「你對地獄的火懂得多少？」母親說這話時，聽起來很生氣。

「要是你壞的話，就會下地獄被火燒。」希莉亞說。

「誰拿這些話來嚇你的？」

「我沒有被嚇，我並不害怕，」希莉亞很驚訝地說，「我才不會去那兒呢！我會永遠都乖乖的，將來上天堂。可是……」她雙唇顫抖，「我想要爸爸也上天堂。」

然後她母親講了一大堆關於上帝的愛和善，以及祂絕對不會那麼不慈悲地讓人永恆被火燒。

但是希莉亞一點也聽不進去。明明就是有地獄和天堂，有綿羊和山羊。只要……只要她能相當肯定爸爸不是山羊[7]就好！

當然有地獄，也有天堂，這是生活中不可動搖的事實，真實得很，就跟米布丁，或者把耳背洗乾淨，或者說「好，請」以及「不，謝謝」這些事情一樣真實。

希莉亞作很多夢。有的夢很好玩又很古怪，所有發生過的事情都混在一塊兒。有的夢特別美妙，夢中出現的是她知道的地方，但在夢境裡卻變了樣。

很難解釋清楚為什麼這樣的夢那麼震撼，但（在夢裡）的確如此。

夢中出現的有火車站再過去的那座山谷。在真實生活中，鐵軌沿著山谷行進，但在那些美夢裡山谷中卻有條河，河岸上開滿了報春花，一直延伸到樹林裡。每次她都會驚喜地說：「哎呀！我從來都不知道——我一直以為這裡是條鐵軌。」結果取而代之的卻是美麗的綠谷和閃耀的溪流。

7 源自《聖經．馬太福音》第二十三章，末日審判時，天使將人類比做綿羊和山羊，被祝福的、證明自己是耶穌忠貞臣民的是綿羊，得以享永生，放在右邊；山羊則是受斥責、不歸附上帝王國者，放在左邊。

夢中的花園最下面是塊美麗空地，現實生活中那裡卻有棟很醜的紅磚房子。但最令人興奮的，是夢裡家中那些祕密房間，有時可以從食品儲藏室穿過去走到這些房間裡，有時又非常出其不意地通到爸爸的書房。儘管被遺忘了很久，這些房間卻總是還在，每次又見到時，都會興奮不已。然而，說真的，每次它們都很不一樣，不過找到它們時的那種莫名暗喜卻總是一樣的……

此外，就是那個可怕的夢了：頭髮撲了粉，穿著紅藍色制服，帶著槍的槍手。最恐怖的是，當他從衣袖裡伸出手臂時，竟然沒有手，只有樹墩般的手腕根！每次他出現在夢中，她會尖叫著嚇醒。這是最安全的做法，因為這一來自己就很安全地躺在床上，保母就在床邊守著自己，一切都很好。

這個槍手為什麼這麼嚇人，她實在說不出特別的理由。並不是他可能會開槍打她，因為他的槍只是個象徵而已，並不真的具有威脅。不，是他的臉孔有些什麼，他那嚴厲無情的藍眼睛，看人時的凶狠目光，讓人怕得要死。

此外，還有白天想的事情。沒有人知道當希莉亞安然走在路上時，其實她是騎在一匹白色名駒上（她對「名駒」的概念很模糊，想像中的名駒是匹如大象般龐大的馬）。當她走在黃瓜菜園磚圍牆的狹窄牆頂上時，她其實是走在無底深淵旁的懸崖上。她也是不同場合裡的公爵夫人、公主、養鵝女郎、乞丐女孩。這一切使得希莉亞的生活變得很有趣，因此她也是所謂的「乖小孩」，意思是她很安靜，自己一個人玩得很開心，不會纏著大人要人陪她玩。

對她來說，那些送給她玩的洋娃娃從來都很不真實，每當保母建議她玩時，她只是乖乖聽話玩著，卻不會玩得很起勁。

「她是個很乖的小女孩，」保母說，「雖然缺乏想像力，可是人沒有十全十美的。史垂頓船長的大兒子湯米少爺就不一樣了，老是用沒完沒了的問題來尋我開心。」

希莉亞很少提問題，她的世界大部分存在於腦中，外在世界甚少激起她的好奇心。

❖

有一年發生了一件事，使得她害怕起外在世界。

她和保母去採報春花。那是個四月天，天清氣朗，藍天飄著小朵浮雲。她們沿著鐵軌走下去（在希莉亞夢中，鐵軌處是一條河），然後過了鐵軌走上山，走進一片矮林，遍地報春花宛如一張黃色地毯。她們採了又採，那天的天氣很好，報春花散發出甜美帶點檸檬味的香氣，希莉亞非常喜歡。

就在那時（頗像夢中槍手般），突然響起了凶巴巴的大吼聲。

「喂！」那個聲音吼說，「你們在這裡幹什麼？」

那是個有張紅臉的高大男人，穿著燈心絨衣服，皺著眉頭。

「這是私有地方。擅自進入會依法究辦的。」

保母說：「對不起，我明白。但我並不知道這是私有土地。」

「好吧，那你們就離開這裡，快點，現在就走。」她們轉身要走時，那個聲音又在背後說：「我會把你們活活煮熟，沒錯，我會的，要是你們三分鐘之內還不趕快走出這林子的話。」

希莉亞緊揪著保母衣角，跌跌撞撞地往前走。保母怎麼不走快一點？那個人會追上來，會抓住她們，把她們放在大鍋裡活活煮熟的。她嚇得要死……沒命地往前走，嚇到整個小身軀都在發抖。那人要來了……追上來了……會把她們煮熟……她恐懼得要命。快點！哦！快點！

她們出了林子走回到路上。希莉亞大大喘了口氣。

「他……他現在抓不到我們了。」她喃喃說。

保母看著她，見到她面如土色，吃了一驚。

「嗄？怎麼啦，親愛的？」她心念一動，「他說要煮熟我們，你該不會是嚇到了吧？那只是開玩笑說說而已，你知道的。」

基於每個小孩都有的「順水推舟說謊」精神，希莉亞喃喃地說：「哦，當然，保母，我知道那只是個玩笑而已。」

但過了很久之後，她才從當時那種恐懼心情中回復過來，而且一輩子也沒怎麼忘記。

那種恐懼感實在是真實得要命。

四歲生日的時候，希莉亞得到了一隻金絲雀，還幫牠取了個頗通俗的名字：小金。小金很快就馴服，會棲息在希莉亞的手指上。她很愛小金。這是她的小鳥，她用大麻籽餵牠，牠也是她的歷險同伴。一起歷險的還有迪克的夫人，是個女王，以及她兒子迪奇王子，母子倆浪跡天涯，有很多歷險故事。迪奇王子很英俊，穿金色天鵝絨衣服，袖子是黑色的。

那年後來又幫小金找了個太太，叫做「妲芬」，妲芬是隻大鳥，身上有很多棕色。牠又醜又笨，會把水弄灑，棲息時會把棲木打翻，一直都沒能像小金那麼馴服。希莉亞的父親叫牠「蘇珊」，因為牠老是打翻東西。

蘇珊老愛用手去戳成雙成對時的鳥兒，以便「看牠們會怎麼樣」。結果鳥兒見了她就怕，一見她來，就會在鳥籠裡撲來撲去。蘇珊認為所有的怪事都很好笑，她看到老鼠夾上有一條老鼠尾巴時，就笑了半天。

蘇珊很喜歡希莉亞，跟她玩很多遊戲，譬如躲在窗簾後面，然後突然跳出來大叫一聲。希莉亞卻不怎麼喜歡蘇珊，她塊頭那麼大，又那麼橫衝直撞的。她對廚娘龍斯維爾太太有好感多了。希莉亞叫她「龍斯」，這個體形極為龐大的女人堪稱冷靜的化身，從來不急急忙忙的，在廚房裡一板一眼慢慢來，行禮如儀地做她的飯。她從不忙忙碌碌或慌慌張張，永遠準時讓飯菜上桌。龍斯很沒想像力，每當希莉亞的母親問她：「你建議今天午飯吃什麼好？」她總是給同樣答覆：「嗯，太太，我們可以燒個好吃的雞和薑布丁。」龍斯維爾太太會做舒芙蕾、千層酥皮捲、奶油點心、法式回鍋肉、各種糕點，以及最花功夫的法國菜，但她除了雞和薑布丁之外，什麼都不提議。

希莉亞很喜歡到廚房去，廚房就跟龍斯一樣，非常大，非常寬敞，非常乾淨，而且非常寧靜。坐鎮在這片乾淨寬敞空間裡的是龍斯，下顎隱約動著，她總是在吃東西，一點這個，一點那個，還有其他。

她會問：「喏，希莉亞小姐，你想要什麼？」

接著那張大臉上緩緩露出笑容，她會走到碗櫃前，打開一個鐵罐，倒一把葡萄乾或黑醋栗出來，放進希莉亞併攏的手掌中。有時候給她的是一片塗了糖漿的麵包，有時是一小塊果醬塔，反正總會有東西給她。

然後希莉亞就帶著賞賜到花園牆邊的祕密地方，躲在樹叢裡，成了躲避敵人迫害的公主，而忠心擁戴她的追隨者則在深夜偷偷為她送來食糧……

保母在樓上的育嬰室裡縫東西。能有個這樣安全的好花園玩耍（沒有討厭的池塘或危險的地方），對希莉亞小姐真是好事一樁。保母上年紀了，喜歡坐著縫紉、想事情，想史垂頓家那些小孩，現在都長大成人了，小小的麗莉安小姐，現在也嫁人了，羅德力克和菲爾少爺，兩個都在溫徹斯特……她的思緒慢慢追溯回到多年前……

糟糕的事情發生了，小金不見了。由於牠馴服得很，所以鳥籠都不關上的，牠習慣在育嬰室裡飛來飛

去。牠會棲息在保母頭頂上，啄著她的軟帽，這時保母就會和藹地說：「喏，喏，小金少爺，這樣不可以的唷！」小金會棲息在希莉亞肩膀上，從她雙唇間啄下大麻籽。牠就像個被寵壞的小孩，如果不理牠的話，就會鬧脾氣吵你。

這天很糟糕，小金不見了，育嬰室的窗戶是開著的，小金一定是從這裡飛出去了。

希莉亞哭了又哭，保母和媽媽兩人都拚命哄她。

「說不定牠會回來的，寶貝兒。」

「牠只是去盤旋一下，我們把牠的籠子放在窗口等著。」

可是希莉亞只是傷心地哭。她聽人講過別的鳥兒把金絲雀啄死的事情，小金一定已經死了，死在樹下某處，她再也感受不到牠那小小的鳥喙了。一整天她哭哭停停，不肯吃飯，也不肯吃下午茶點心。放在窗口的鳥籠一直是空的。

最後到了就寢時間，希莉亞躺在白色小床上，還是忍不住抽抽答答的，緊握著母親的手。這時她更想要媽媽，而不要保母陪。保母曾表示或許希莉亞的父親會再送她另一隻小鳥，但母親懂得她的心。她要的不是一隻「鳥」，畢竟她還有妲芬。她要的是小金。噢！小金，小金，小金……她愛小金，可是牠卻飛走了，被啄死了。她用力握著母親的手，母親也用力回握她。

除了希莉亞沉重呼吸聲之外，室內一片寂靜。就在這時，忽然傳來一陣細小的聲音——鳥兒的啁啾聲。

小金少爺從窗簾楨頂上飛了下來，原來一整天牠都安靜地窩在那裡。

希莉亞一輩子都忘不了當時那種難以置信的狂喜感覺……

後來家裡就有了一句俗話，每當希莉亞又開始擔心起什麼事情時，家人就會說：「喏，你還記得上次小金躲在窗簾楨頂上嗎？」

❖

槍手的夢改變了，變得更嚇人。

夢一開始的時候都很好，都是開心的夢，野餐或派對什麼的。接著，就在正玩得開心時，突然間有種怪異感覺襲上心頭，有些地方很不對勁……是什麼？哎呀，那還用說，槍手在那裡。可又不是他本人，而是其中一個客人是槍手……

最可怕之處就是這個，他可能是任何一個人。你看著他們，每個人都興高采烈、嘻嘻哈哈地在講話。接著，你突然知道了，可能是爸爸或媽媽，也可能是保母或某個你剛才還在跟他講話的人：你抬頭看媽媽的臉，那當然是媽媽，接著你看到冷冰冰的藍眼睛，而從媽媽衣袖裡伸出的……啊！好可怕！那可怕的樹墩般的手腕。那不是媽媽，是那個槍手……然後她就尖叫著醒過來了……

可是又沒辦法跟任何人──不論是媽媽或保母──講清楚，因為講出來時聽著就沒那麼可怕了。有人說：「沒事，沒事，寶貝兒，你作了個惡夢而已。」然後拍拍你。沒多久，你又睡著了，但你並不喜歡睡覺，因為那個夢可能又會出現。

希莉亞在夜裡會拚命告訴自己：「媽媽不是那個槍手，她不是的，不是的，我知道不是。她是媽媽。」

可是到了晚上，陰影襲來、惡夢糾纏時，就很難搞清楚任何事了。說不定所有事情都不像表面看到的那樣，而你其實向來都很清楚這一點。

「太太，希莉亞小姐昨晚又作惡夢了。」

「什麼樣的惡夢，保母？」

「關於帶了一把槍的男人的夢，太太。」

希莉亞這時就會說：「不是的，媽咪，不是帶了槍的男人，是那個槍手，那個槍手。」

「你是害怕他會開槍打你嗎？親愛的，是不是這樣？」

希莉亞搖頭，打了個冷顫。

她解釋不清楚。

母親並沒有逼她解釋的意思，反而很和藹地說：「親愛的，你在這裡跟我們在一起，很安全的。沒有人能傷害到你。」

真讓人感到寬心。

「保母，那是什麼字？在海報上面，那個大的字？」

「『心怡』，親愛的，『替你自己泡杯心怡的茶』。」

這情況每天上演，希莉亞對文字展現出貪得無厭的好奇。她已經認得字母，但她母親對於孩子太早學會閱讀有偏見。

「我要等希莉亞滿六歲了才開始教她閱讀。」

然而教育理論卻未必總是能如願實現。希莉亞五歲半時，已經能閱讀育嬰室書架上所有的故事書了，海報上的字也差不多全看得懂，雖然有時她也會弄混了字詞。她會跑去問保母說：「請問保母，這個詞是『貪婪』還是『自私』？我不記得了。」因為她是靠眼見的字形而不是靠拼字來閱讀的，她一輩子拼字都有困難。

希莉亞發現閱讀很令人著迷，為她展開了一個全新的世界，這個世界裡有精靈、女巫、怪物、巨魔等。她熱愛童話故事，對現實生活中的兒童故事倒不怎麼感興趣。

她有幾個同年齡的玩伴。她家位在偏遠地點，當年汽車很少，而住家之間又離得很遠。有個小女孩比她大一歲，名叫瑪格麗特．麥克瑞。有時是瑪格麗特來喝茶，有時是對方邀請希莉亞去喝茶，每次希莉亞都會拚命哀求，她不要去。

「為什麼？親愛的，你不喜歡瑪格麗特嗎？」

「我喜歡她。」

「那為什麼不肯去呢？」

希莉亞只能搖著頭。

「她害羞，怕見人。」希瑞爾輕蔑地說。

「不想見別的小孩，這很奇怪。」她父親說，「很不合情理。」

「會不會是瑪格麗特捉弄她？」她母親猜測著。

「沒有！」希莉亞大聲說著，湧出了眼淚。

她沒辦法解釋，根本說不出口，然而事實卻那麼簡單：瑪格麗特的門牙都掉光了，講起話來嘶嘶嘶的，每個字都很快冒出來，結果希莉亞一直沒能聽懂她在說什麼。最嚴重的那次，是瑪格麗特陪她一起散步時。她說：「希莉亞，我講個好聽的故素給你聽。」然後就馬上講了起來，吱吱嘶嘶地說了「公醋和俗死的小矮能」故事。希莉亞痛苦地聽完了。瑪格麗特還不時停下來問：「很胖的故素吧？」希莉亞一面很英勇地隱瞞事實上自己根本不知道這故事在說什麼，一面還要想辦法巧妙回答她的話。內心裡，一如她所習慣的，只有求助於祈禱。

「噢！求求您，求求您，上帝啊！趕快讓我回家，不要讓她知道我聽不懂。噢！拜託，我們趕快回家，求求您，上帝。」

她依稀感到，讓瑪格麗特知道自己講話別人聽不懂，是最殘忍的事，所以千萬不能讓瑪格麗特知道。

但這樣憋著實在太辛苦了，所以到家時，她已經臉色慘白含著淚，大家都以為她不喜歡瑪格麗特，其實正好相反。就是因為她那麼喜歡瑪格麗特，所以才受不了讓瑪格麗特知道真相。

可是卻沒有人明白，一個都沒有。這點使得希莉亞感到很怪異又心慌，而且心裡寂寞得不得了。

逢星期四有跳舞課。希莉亞第一次去上課時很害怕，練舞室裡擠滿了穿著絲裙的耀眼孩子們。

練舞室中央是戴了白色長手套的麥金塔小姐，可說是希莉亞前所未見、最讓她敬畏又讓她著迷的人。麥金塔小姐長得很高，希莉亞認為她大概是世界上最高的人了（在後來的人生裡，當她曉得麥金塔小姐不過比中等高度稍高一點之後，感到很震驚。原來麥金塔小姐主要是靠飄逸長裙、筆直挺胸的姿態以及個性，才產生出這樣的效果）。

「啊！」麥金塔小姐親切地說，「這位就是希莉亞。譚德頓小姐在哪裡？」

譚德頓小姐是個面露焦慮的人，舞跳得很好，但卻沒有特色，這時像隻急於討好的小狗般趕快過來。

希莉亞被交給了她，不久就站在一排在練「伸展器」的小孩之中，伸展器是個兩邊有把手的寶藍色鬆緊帶。練完伸展器之後，就輪到神祕的波卡舞了，之後，幼小的兒童就坐下來看那些穿閃耀絲裙的人拿著鈴鼓，跳一種花樣很多的舞蹈。

然後，就宣布跳歐洲方塊舞了。有個流露出頑皮目光的黑眼小男生趕快走到希莉亞身邊。

「欸——你願不願意做我的舞伴？」

「不行，」希莉亞遺憾地說，「我不會跳。」

「噢！真可惜。」

可是過了一下，譚德頓小姐就朝她俯衝而來。

「不會跳？對，當然不會，親愛的，不過你就會學到了。喏，這是你的舞伴。」

希莉亞跟一個沙金色頭髮、滿臉雀斑的男生成了搭檔。對面正好就是那個黑眼男生和他的舞伴。當他們跳到中央擦身而過時，男生責怪希莉亞說：「呀！原來你是不想要跟我跳舞。我認為這真丟臉。」

她心中一痛，爾後的歲月裡她對這種心痛更加清楚。得怎麼解釋呢？要怎麼說「我是想跟你跳舞呀！我寧願跟你跳舞。整件事搞錯了」。

這是她少女時代體會到的第一個悲劇——配錯了對象！

然而，方塊舞的忽合忽分舞步把他們分開了，後來又在整排相連時碰到了一次，但那個男生只是深深責怪地看了她一眼，並緊握了一下她的手。

那個男生以後再也沒有來上跳舞課，希莉亞一直都不知道他的名字。

希莉亞七歲的時候，保母走了。保母有個比她還老的姊姊，姊姊的身體很差，所以保母得回去照顧她。

希莉亞傷心得痛哭。保母走後，她每天都寫短信給保母，內容混亂，拼字一塌糊塗，讀起來困難重重。

她母親委婉地說：「你知道，親愛的，其實不用每天寫信給保母，她不會指望你天天寫的。一個星期寫兩次就夠了。」

可是希莉亞堅決地搖搖頭。

「保母可能會以為我忘掉她了。我絕對不會，永遠都不會。」

她母親去跟父親說：「這孩子感情很執著，真要命。」

她父親笑著說：「這跟希瑞爾少爺正好相反。」

住校的希瑞爾從來不主動寫信給父母，除非是學校要他寫，或者他有求於父母。但他的言行舉止充滿了魅力，以至於大家都很容易原諒他的小過。

希莉亞對保母念念不忘的死忠，很讓母親擔憂。

「這太不正常了。」她說，「她這年紀應該很容易就忘記的。」

沒有新保母來替補。蘇珊負責照顧希莉亞，程度僅止於晚上幫她洗澡、早上叫她起床。穿好衣服之後，希莉亞就到母親房間去，母親總是在床上吃早餐，會給希莉亞一小片塗了果醬的烤麵包，然後希莉亞就會把一隻胖嘟嘟的小瓷鴨放在母親的洗臉盆裡浮水玩耍。父親則在隔壁的更衣室裡。有時他會把希莉亞叫進去，給她一分錢，這一分錢會按照囑咐放進一個彩繪木製存錢盒裡。硬幣裝滿盒子之後，就會存進銀行，等到有足夠存款時，希莉亞就可以用自己的錢買樣真正讓她興奮的東西。計畫要買什麼東西，成了希莉亞生活中的要務。每個星期她的最愛都不同。先說第一樣，那是個玳瑁梳子，上面全是圓粒裝飾，可以簪在母親的黑髮上。這是經過一家店鋪櫥窗時，蘇珊指給希莉亞看的。「貴婦人就可能會插這樣的梳子。」蘇珊以崇敬的口吻說。然後還有一件白色的百褶絲裙，可以穿去上跳舞課，這是希莉亞另一個夢想。只有跳長裙舞的兒童才穿百褶裙。雖然要等到很多年以後，希莉亞才夠大到能學跳長裙舞，不過，那天總會到來的。此外還有一雙真正的金色拖鞋（希莉亞毫不懷疑世界上有這種東西），以及樹林裡的避暑屋和一匹小馬。總之，等她「銀行裡的錢存夠了」時，上述這些令她垂涎不已的東西，會有一樣等著她的。

白天她都在花園裡玩耍，滾著鐵環（可以假裝成很多東西，從驛馬車到特快火車都行），小心翼翼又不太有把握地爬著樹，在濃密的矮灌木叢中弄個窩，她可以躲起來躺在裡面編織她的浪漫幻想。如果下雨，就在育嬰室裡看書，或者畫《女王》故事集的畫。吃過下午茶，到晚飯之前，是跟母親玩很多開心遊戲的時光。有時她們會把毛巾搭在椅子上變成一個個房子，然後在這些房子裡爬進爬出。有時吹泡泡。你永遠不會事先知道要玩些什麼，但總是會有個很引人入勝又玩得很開心的遊戲，那種遊戲是自己想不出來的，只有跟媽媽一起玩才有可能的。

如今早上要「上課」了，這一來讓希莉亞感到自己很重要。課程包括有算術，由爸爸來教希莉亞。她很喜歡算術，也喜歡聽爸爸說：「這個孩子很有數學頭腦，可不像你一樣要用手指頭來計算，米莉安。」然後她母親就笑著說：「我向來對數字都很不行。」希莉亞先學了加法，然後學減法，學乘法很好玩，除法則看來很大人，而且很難。最後有一頁頁的「算術題」，希莉亞很傾心於算術題，都是些關於男生和蘋果、田野裡的綿羊、蛋糕、工作的男人等，雖然是些加減乘除，答案卻都是男生或蘋果還有綿羊等，所以就更加令人感到興奮。除了算術之外，還有「抄書」，在練習本上抄寫字句。母親會在本子最上端寫下一行字句，然後希莉亞就照抄，往下寫、往下、往下，一直抄寫到那一頁底端。希莉亞不怎麼喜歡抄書，不過有時媽媽會寫些很好玩的句子，譬如「鬥雞眼的貓沒法順利抓老鼠」等等，讓希莉亞笑得要命。此外還有一頁拼字功課要學，很簡單的短字，希莉亞卻得費很大功夫。由於求好心切，反而使她總是多加了很多不必要的字母到那個字裡，結果搞到令人認不出那些字。

晚上，蘇珊幫希莉亞洗過澡以後，媽媽會到育嬰室來幫希莉亞「蓋好被子」。希莉亞稱之為「媽媽蓋的被子」，然後她會盡量躺好不亂動，以便到第二天早上「媽媽蓋的被子」還在。不過，到頭來總是不曾如願。

「要不要讓燈開著，親愛的？或者讓門開著？」

但希莉亞從來都不要開著燈，她喜歡陷入黑暗中的溫暖舒適感，覺得黑暗是很友善的。

「嗯，你不是那種怕黑的人。」蘇珊經常這樣說，「我的小外甥女就不一樣，要是把她留在黑暗中，她會沒命地尖叫。」

蘇珊的小外甥女，希莉亞私下想了好一段時間，一定是個很不討人喜歡的小女生，而且也很傻。幹嘛怕黑呢？唯一會讓人害怕的是夢境，夢所以嚇人，是因為夢裡把真實的事物搞得亂七八糟的。要是她夢見了槍手而尖叫醒來的話，就會從床上跳下來，沿著通道跑到母親房間裡，即使在黑暗中她也清楚知道途徑。然後母親會帶她回房間來，坐著陪她一下，一面說：「沒有槍手，親愛的，你很安全，相當安全。」接著希莉亞會再度入睡，知道媽媽的確讓樣樣都很安全。幾分鐘之後，她就會漫步走入河邊的那道山谷裡採報春花，以勝利者的姿態對自己說：「我就知道這裡並沒有鐵軌，真的。不用說，這條河是一直在這裡的。」

第二章　出國

保母走了六個月之後，媽媽告訴希莉亞一個很令人興奮的消息：他們要出國了，去法國。

「我也去嗎？」

「對，親愛的，你也去。」

「希瑞爾也去？」

「對。」

「蘇珊和龍斯呢？」

「她們不去。只有爸爸、我還有希瑞爾和你去。爸爸身體不好，醫生要他找個暖和的地方過冬。」

「法國暖和嗎？」

「法國南部很暖和。」

「那裡是怎麼樣的？」

「嗯，那裡有很多山，山頂上有雪。」

「為什麼山頂上有雪？」

「因為那些山很高。」

「有多高？」

然後她母親很努力解釋山有多高，可是希莉亞還是很難想像。她知道伍柏瑞的碧肯丘，走到頂上要花半小時，可是那根本算不上是座山。

一切都令人興奮無比，尤其是旅行包。她有自己的旅行包，是深綠色皮製的，裡面有瓶瓶罐罐，還有放牙刷、梳子以及衣服刷的地方，也有個小小的旅行時鐘，甚至有小小的旅行用墨水瓶！

希莉亞覺得這真是她前所未有、最可愛的財物了。

旅途很新鮮刺激，首先，他們要橫渡英倫海峽。母親去躺了下來，希莉亞則和父親留在甲板上，這下子讓她感到自己像個大人一樣重要。

等到真的見到法國時，她卻有點失望，這兒看起來就跟其他地方一樣。不過穿藍制服的腳夫講著法文，挺令人耳目一新的，他們搭的火車也高得可笑。要在火車上過夜睡覺，在希莉亞看來又是很刺激的事。

她和母親共用一個包廂，父親和希瑞爾共用隔壁的另一個包廂。

不用說，希瑞爾擺出一副司空見慣的樣子。他十六歲了，所以特別重視面子，絕不肯表現出對任何事情興奮的神態，提問時也好像懶得問似的，即便如此，此時的他也難掩對法國引擎的熱衷與好奇。

希莉亞跟母親說：「媽媽，真的會有山嗎？」

「對，親愛的。」

「非常、非常、非常高？」

「對。」

「比伍柏瑞的碧肯丘還要高？」

「高很多很多，高到山頂上有積雪。」

希莉亞閉上眼試著想像。高山，很大的山往上升、升、升，升高到可能看不到山頂。希莉亞的脖子往後仰、再後仰，因為正在想像自己往上看著陡峭高山的情景。

「怎麼啦，寶貝，脖子扭到了嗎？」

希莉亞刻意搖搖頭。「我是在想大山的樣子。」她說。

「傻丫頭。」希瑞爾以幽默口吻說她。

不久，就到了擾攘上床的時候了。等到早上醒來時，他們應該就到了法國南部。

第二天早上十點，他們到了法國南部的坡市。領取行李時麻煩了好一陣子，因為有弧形蓋子的大行李箱就起碼有十三件，再加上很多口皮箱。

不過，最後總算出了火車站，坐上了車往旅館駛去。希莉亞從車窗口眺望各個方向。

「媽媽，山在哪裡？」

「在那邊，寶貝，你看到那雪山頂的輪廓嗎？」

就是那些！天邊呈現出曲折的白色輪廓，好像用紙剪出來般，很低矮的天際線。那些高聳入雲霄的山，深深印在希莉亞腦海中的高山，在哪裡？

「噢！」希莉亞說。

一陣失望的痛楚襲上她心頭。這些山，真是的！

等到她對山的失望情緒過去之後，希莉亞倒是非常享受在坡市的生活。吃飯就是件很令人興奮的事，不

知是什麼奇怪原因，旅館裡的餐叫做「Tabbledote[8]」，坐在長飯桌前，桌上有各種奇怪又新奇的菜。旅館裡住了另外兩個小孩，是一對雙胞胎姊妹，比希莉亞大一歲。她和這對姊妹小芭和碧翠絲一起到處跑，希莉亞循規蹈矩活到八歲，生平第一次發現調皮搗蛋的樂趣。三個小孩會在陽台上吃橙子，身穿紅藍制服的軍人經過樓下時，她們就把籽往下扔到軍人身上。等到軍人生氣抬頭望時，三個小孩已經縮到對方看不見的地方。她們還在桌上擺設好的盤子裡放上一小堆、一小堆鹽和胡椒粉，惹得那個年老的服務員維克多很生氣。她們躲在樓梯底下的一個凹處，住客下樓吃飯時，就用一根長長的孔雀羽毛搔對方的腿。終於有一天，這些壯舉成為最後一次，因為她們讓負責打掃樓上房間那位很凶的女僕氣惱到了忍無可忍的地步。話說她們緊跟著女僕，跑進了放拖把、水桶和刷子的小儲藏室裡，女僕對她們發脾氣，罵了一堆聽不懂的話（法文）就衝出去，把門一甩，鎖上門，三個小孩就被關在裡面了。

「她收拾了我們。」小芭悻悻地說。

「不曉得要過多久，她才來放我們出去？」

她們沉著臉面面相覷，小芭眼中閃現出反叛目光。

「我受不了讓她爬到我們頭上，得要想想辦法才行。」

小芭永遠是帶頭的人，她的視線落到儲藏室內唯一窗戶的隙縫上。

「不知道能不能從那裡擠出去。我們都不很胖。希莉亞，你看看外面有什麼。」

希莉亞報告說有一道排水溝。

「大到可以走在上面。」她說。

「好，我們就給蘇珊點顏色看看，等我們蹦到她眼前時，她不嚇昏才怪！」

她們費了很大的勁兒才打開了窗戶，然後一個個從窗戶裡擠出來。排水溝在屋簷上，大約一英尺寬，有大約兩英寸高的護緣，在這之下就是陡峭的五層樓高。

住在三十三號房的比利時女士命人送了張很客氣的字條給五十四號房的英國太太：夫人可察覺到她家的小女孩以及奧文家的兩個小女生正走在五樓的屋簷上呢？

接下來的慌張混亂對希莉亞而言相當不尋常，而且也很不公平，因為從來沒有人告訴過她不可以走在屋簷上啊！

「你可能會掉下去摔死的。」

「噢！不會的，媽咪，那裡空間很大，兩腳放在一起都行。」

這宗事件成為大人莫名其妙、瞎緊張的事件之一。

❖

當然，希莉亞得要學法文。有個法國青年每天來教希瑞爾。至於希莉亞，則找了位小姐每天帶她去散步，跟她說法文。這位小姐其實是英國人，是英文書店老闆的女兒，但她生長在坡市，法文說得跟英文一樣流利。

李德貝特小姐很年輕，非常優雅，英文說得矯揉造作又抑揚頓挫，她刻意遷就，說得很慢。

「你瞧，希莉亞，這是烘焙麵包的店，一家 boulangerie。」

「是，李德貝特小姐。」

「你看，希莉亞，那是一隻正在過馬路的小狗。Un chien qui traverse la rue. Qu'est-ce qu'il fait? 這是說，牠

8 其實是法文「Table d'hote」，也就是「旅館的定餐」，但希莉亞此時還不懂法文，因此聽在耳中成為她不解的 Tabbledote。

在做什麼？」

李德貝特小姐對最後想要教的這句不太喜歡。狗是種粗俗的動物，免不了做些讓最優雅的小姐們臉紅的事。這隻狗馬路過了一半就停下來，開始做起其他事情來。

「我不知道怎麼用法文說牠正在做的事情。」希莉亞說。

「親愛的，看著別的地方。」李德貝特小姐說，「那不是很好的事。我們前面有座教堂。Voilà une église。」

這些散步都又長又沉悶，而且很單調。

過了兩星期，希莉亞的母親辭退了李德貝特小姐。

「讓人受不了的小姐。」她對丈夫說，「她能讓全世界最令人興奮的事都看起來很沉悶。」

希莉亞的父親也認為這樣，還說除非是跟法國女人學，否則女兒永遠學不成法文。希莉亞不怎麼喜歡這個想法，私下裡她對所有外國人都不信任的。不過話說回來，如果只是去散步的話……母親說肯定她會很喜歡莫伍哈小姐的。希莉亞覺得這個姓氏非常可笑。

莫伍哈小姐長得又高又大，永遠穿著附有很多小斗篷或披肩的衣裳，往往掃到桌上的東西而打翻。

希莉亞認為保母一定會說莫伍哈小姐「橫衝直撞」的。

莫伍哈小姐很健談，對人很親熱。

「Oh, la chère mignonne!（喔，親愛的小可愛！）」莫伍哈小姐大聲說，「la chère petite mignonne.（親愛的小可愛。）」她在希莉亞面前跪下來，衝著她的臉很親熱地笑著。希莉亞保持很英國人的作風，對此沒什麼反應，而且很不喜歡這樣，因為這讓她感到很窘。

「Nous allons nous amuser. Ah, comme nous allons nous amuser!（我們會玩得很開心的。啊！會玩得有多開心啊！）」

然後又是散步。莫伍哈小姐講個不停，希莉亞客氣地忍受著那滔滔不絕又聽不懂的話。莫伍哈小姐人很好，她愈好，希莉亞就愈不喜歡她。

十天後，希莉亞感冒了，有點發燒。

「我想你今天最好不要出去了。」母親說，「莫伍哈小姐可以來這裡陪你。」

「不要，」希莉亞馬上嚷著說，「不要，叫她走，叫她走。」

母親很留神地看著她。那是希莉亞很熟悉的眼神：古怪、炯炯有神、搜索的眼神。然後母親平靜地說：「好吧！親愛的，我會叫她走的。」

「連門都不要讓她進來。」希莉亞懇求說。

可是這時客廳的門打開了，莫伍哈小姐一身披肩斗篷地走了進來。

希莉亞的母親用法文跟她說了一陣子，莫伍哈小姐不時發出遺憾和同情的驚呼。

「啊！可憐的小可愛。」希莉亞的母親說完之後，莫伍哈小姐用法語大聲說著，一屁股坐在希莉亞面前。「好可憐、可憐的小可愛。」

希莉亞求救地看著母親，做出各種臉色，「叫她走，」那臉色在說，「叫她走。」

幸好就在這時，莫伍哈小姐身上眾多披肩斗篷之一把桌上一瓶花掃倒了，於是她整個注意力轉移到了道歉上。

等到她終於走出了房間，希莉亞的母親溫柔地說：「寶貝，你不用做出那些臉色。莫伍哈小姐只不過是一番好意，你這樣會傷她感情的。」

希莉亞驚訝地看著母親。

「可是，媽咪，」她說，「那是『英國』臉色啊！」

她不明白為什麼母親笑得這麼厲害。

那天晚上，米莉安對丈夫說：「這個女人也不行，希莉亞不喜歡她。我想……」

「怎麼樣？」

「沒什麼，」米莉安說，「我在想今天在裁縫師那裡見到的一個女孩。」

後來她去試衣時，跟那個女孩談了。女孩只是個學徒，工作是拿著大頭針在一旁待命。她大約十九歲，黑髮整齊地盤成髮髻，有個短而扁的鼻子與紅潤和善的臉孔。

當那位英國太太跟她講話，問她是否願意到英國去時，珍妮非常吃驚。她說，那要看媽媽怎麼想。米莉安向她要了她母親的地址。珍妮的父母經營一家小咖啡館，整齊又乾淨。鮑哲太太驚訝萬分地聽著英國太太的提議：去當這位太太的女僕並照顧一個小女孩？珍妮沒有什麼經驗，她其實挺笨拙的。她姊姊貝兒特——可是英國太太要的是珍妮。鮑哲太太把鮑哲先生叫進來商量，他說他們夫婦不能擋了珍妮的前途，而且工資優厚，比珍妮在裁縫那裡做事高多了。

三天後，珍妮很緊張又歡欣地來上工了。她挺怕那個要照顧的英國小女孩，因為她一點英文都不會，只學了一句，滿懷希望地說了出來：「早安，小借。」

唉！珍妮的口音這麼奇怪，以至於希莉亞根本沒聽懂。在默默無言中，珍妮照顧希莉亞梳洗，兩人就像兩隻陌生的狗一樣看著對方。珍妮把希莉亞的鬈髮繞在自己手指上，為她梳頭，希莉亞一直瞪眼看著她。

「媽咪，」吃早飯時，希莉亞說，「珍妮一點英文都不會說嗎？」

「不會。」

「多奇怪。」

「你喜歡珍妮嗎？」

「她的臉長得很滑稽。」希莉亞說。想了一下，又說：「叫她幫我梳頭時再用力一點。」

三個星期過後，希莉亞和珍妮已經可以明白彼此的意思了。四個星期後，她們散步時見到一群乳牛。

「老天！」珍妮用法語大叫，「母牛！母牛！媽呀！媽呀！」

然後死命抓住希莉亞的手，往路堤上衝去。

「怎麼啦？」希莉亞說。

「我最怕牛了。」珍妮以法語答著。

希莉亞很好心地看著她。

「要是我們再碰到牛，」她說，「你就躲到我後面去。」

從那之後，她們就成了好友。希莉亞發現珍妮是個懂得逗人開心的同伴，會幫人家送給希莉亞的小玩偶打扮，接著持續不斷的對話就接踵而來。珍妮輪流扮演貼身女僕（很莽撞的那種）、媽媽、爸爸（很軍人作風而且老是捻著鬍子），還有三個頑皮兒女。有一次，她還變出了個神父角色，聆聽上述那些角色的告解，然後要他們做很可怕的懺悔。希莉亞著迷得很，總是要求珍妮再演一次。

「不行，不行，小借，我這樣做很不好的。」珍妮用法語推辭著。

「為什麼？」希莉亞用法語問道。

珍妮解釋說：「我拿神父來取笑，這是罪過。」

「噢！珍妮，你可不可以再演一次？那真的很好笑。」

心軟的珍妮於是把她不朽的靈魂豁了出去，又演了一次，而且更有趣。

希莉亞對珍妮的家人知道得很清楚。知道貝兒特很嚴肅，路易很乖，愛德華很追求靈性，還有小妹妹麗絲才剛領過第一次聖餐，以及她家的貓可以縮在咖啡館的玻璃杯之間，卻一個杯子也沒打破過。

至於希莉亞，則告訴了珍妮關於小金和龍斯以及蘇珊的事，家中的花園，以及等珍妮去英國之後，她們會一起做的所有事情。珍妮從沒看過海，想到要從法國乘船到英國，她就很害怕。

「我料想，」珍妮用法語說，「到時我一定害怕死了。我們先別談這個了，跟我講講那隻小鳥吧！」

有一天，希莉亞跟父親散步時，突然從旅館門外的露天座上傳來了喊他們的聲音。

「約翰！我敢說這是老友約翰！」

「伯納德！」

一個快活的大塊頭男人跳起來，熱情地拉住了她父親的手。

這位格蘭特先生是她父親的老朋友之一。他們好多年沒見了，雙方作夢都沒想到對方竟然會在坡市。格蘭特和家人住在另外一家旅館裡，但兩家人經常會在午飯後偶遇，一起喝咖啡。

希莉亞認為，格蘭特太太是她見過最可愛的人，有一頭銀髮，梳得很漂亮，還有一雙很美的深藍色眼睛，五官輪廓分明，聲音清脆。希莉亞馬上就創造出個新角色，叫做「瑪麗絲女王」。瑪麗絲女王的個人特徵全都跟格蘭特太太一樣，而且深受臣民愛戴。她曾三次遭遇行刺，但結果被一個忠心耿耿名叫「柯林」的青年救了，她馬上封爵給他。女王登基所穿的袍子是翠綠天鵝絨，銀冠上鑲了鑽石。

希莉亞沒有讓格蘭特先生當國王，認為他人雖然很好，但是臉孔太胖又太紅，跟她父親差得遠了，她父親有棕色大鬍子，大笑時鬍子就往上翹。希莉亞認為自己的父親正是一個做父親該有的樣子：滿肚子好聽的笑話，不會像格蘭特先生那樣，有時讓你覺得自己很傻。

格蘭特家有個兒子吉姆，是個臉上有雀斑、討人喜歡的學齡少年，總是脾氣很好、面帶笑容，有一雙很圓的藍眼睛，以致看起來老像是有種驚訝的表情。他很崇拜自己的母親。

他和希瑞爾看待對方，就像兩隻陌生的狗。吉姆很尊敬希瑞爾，因為希瑞爾大兩歲，而且上的是公立學校。他們兩個都沒怎麼理希莉亞，那當然，因為希莉亞只不過是個小孩。

大約三星期之後，格蘭特一家就回英國了。希莉亞無意中聽到格蘭特先生對她母親說：「我看到老友約翰時嚇了一大跳，可是他卻跟我說，來這裡之後，他身體好多了。」

後來希莉亞問母親：「媽咪，爸爸生病了嗎？」

母親回答時，表情有點古怪：「沒有，沒有，當然沒生病。他現在身體好得很。只不過在英國時潮溼又下雨，讓他不太舒服而已。」

希莉亞很高興父親並沒有生病。她想，倒不是說他會生病，他從來沒病倒在床或者打噴嚏、膽病發作什麼的。雖然有時候會咳嗽，但那是因為菸抽得太多的關係。希莉亞知道這點，因為父親是這樣告訴她的。

但她搞不懂為什麼母親看來，嗯，表情古怪……

到了五月，他們離開坡市，先往庇里牛斯山腳下的阿杰雷去，然後再去位於山中的科特雷。

在阿杰雷時，希莉亞墜入了情網，對象是開電梯的小廝奧古斯特，不是那個好看的電梯男僮亨利——亨利有時也跟她以及小芭、碧翠絲（她們也都到阿杰雷來了）一起玩些花樣——她愛的是奧古斯特。奧古斯特十八歲，高個子，黑髮黑眼，膚色灰黃，長相很陰鬱。

他對搭他電梯上上下下的乘客一點興趣也沒有，希莉亞一直鼓不起勇氣跟他說話。沒有人知道她的戀情，連珍妮也不知道。晚上躺在床上時，希莉亞會幻想一些情節，在這些情節中，她拉住了奧古斯特騎的發狂奔馬的轡繩，救了他一命；或者她和奧古斯特是僅有的海難生還者，她托著他的頭浮出水面，帶著他一直游到岸邊，救了他一命；有時是奧古斯特在大火中救了她，可是這種情節卻不那麼令人滿意。她最喜歡的高潮是，奧古斯特含淚對她說：「小姐，我欠你一命，要怎麼才能報答你？」

那是很短暫又強烈的戀情。一個月後，他們全家去了科特雷，這回希莉亞又愛上了珍妮特．派特森。

珍妮特十五歲，人很好，討人喜歡，一頭棕髮，還有一雙和藹的藍眼睛。她不算漂亮或者出色，但是對年幼兒童很好，而且不厭其煩地跟他們玩。

對希莉亞而言，人生最大樂趣，就是長大以後可以像她的偶像一樣。將來有一天，她也要穿條紋襯衫，戴頸圈和領帶，也要梳辮子、戴黑色髮箍。她也會有那神祕的東西：身材。珍妮特有身材，很明顯從條紋襯衫兩邊凸出來的身材。希莉亞是個瘦巴巴的小孩（這是她哥哥希瑞爾說的，每次哥哥想要惹惱她時，就說她像隻骨瘦如柴的雞，她聽了總是哭起來，屢試不爽），所以一心想長得很豐滿。有一天，總有那輝煌的一天，她會長大，胸前隆起，曲線玲瓏。

「媽咪，」有一天她說，「我什麼時候才能有凸出的胸部？」

母親看看她說：「怎麼了？你很迫切想要嗎？」

「噢！是的。」希莉亞急切地說。

「等你到了十四、五歲，像珍妮特的年紀時。」

「到時我可不可以有一件條紋襯衫？」

「說不定可以，但我不認為這種襯衫很漂亮。」

希莉亞很不以為然地看著母親。

「我認為這種襯衫很好看。噢！媽咪，你跟我說嘛！說我十五歲的時候可以有一件。」

「你可以有一件，如果到時你還想要的話。」

她當然想要。

她出去看她的偶像，卻很懊惱地見到珍妮特正在跟她的法國朋友伊鳳．巴畢爾散步。希莉亞很吃伊鳳的醋，伊鳳是個很漂亮、非常優雅、很世故的女孩，雖然才十五歲，看起來卻像十八歲。她挽著珍妮特的手，正軟語輕聲地用法語說著話。

「當然啦！我什麼都沒跟媽媽說。我已經回他話了……」

「親愛的，你去別的地方，」珍妮特和藹地說，「伊鳳跟我正忙著。」

希莉亞傷心地走開了。她真討厭那個可惡的伊鳳．巴畢爾。

唉！兩星期之後，珍妮特跟父母離開了科特雷，她的身影很快就從希莉亞心目中淡去，然而欣喜若狂盼著有一天會有「身材」的念頭卻留在她心中。

科特雷充滿樂趣。人就置身在山裡，即便如此，看起來也仍然不是希莉亞曾經想像過的山。後來她一輩子都還是不怎麼能欣賞山的風景，心底始終有著受騙上當的感覺。科特雷有各種不同的樂趣：早上出去走到一身大汗，到拉赫業去，然後爸媽在那裡喝幾杯難喝的水；喝完水之後，就買幾根枴杖糖，那是不同顏色和味道扭在一起的糖棍。希莉亞通常選鳳梨口味的，她母親則喜歡綠色的那種，是八角口味的。奇怪的是，她父親卻什麼口味都不要，自從來到科特雷之後，他像是輕鬆愉快許多。

「這地方很適合我，米莉安。」他說，「我覺得自己在這裡像是脫胎換骨似的。」

他太太回答說：「那我們就盡量在這裡待久一點。」

母親看起來也快活許多，笑的時候多了，緊鎖的眉頭鬆開了。她很少見希莉亞，很放心地把希莉亞交託給珍妮去照顧，而她則全心全意顧丈夫。

早上出去逛過之後，希莉亞就和珍妮穿過樹林走回家，行經上下坡的曲折小路。偶爾希莉亞會從陡坡上像滑雪橇般坐著滑下坡，搞得內褲屁股部分一團糟。這時就會聽到珍妮用法語驚呼：「喔，小借，這樣做可不乖，你的長內褲。你媽媽會怎麼說呢？」

「再玩一次，珍妮，一次就好。」希莉亞也以法語回應著。

「不行，不行，喔，小借。」

午飯過後，珍妮忙著縫紉，希莉亞則跑到外面廣場去跟其他小孩會合。有個名叫瑪麗．海斯的小女生，是特別指定給她的正當玩伴。「好乖的小孩。」希莉亞的母親說，「很有規矩又聽話。這個小朋友跟希莉亞玩很好。」

希莉亞只有在不得已時才跟瑪麗玩，但是，唉，她發現瑪麗呆板得要命。瑪麗脾氣很好又隨和，但對希莉亞來說，卻是個無趣極了的玩伴。希莉亞喜歡的玩伴是美國小女孩瑪格麗特．普立斯曼，來自西部某州，說起話來拖著長長的口音，讓希莉亞這個英國小孩很著迷。她玩的遊戲都是希莉亞沒見過的。陪著她的保母是個老得驚人的老婦，戴一頂很大的黑色寬邊帽，口頭禪是：「喏，你們乖乖待在芬妮身邊，聽到沒有？」

偶爾兩個小女孩吵架時，芬妮也會來排解。有一天，她見到兩個小孩爭執得很厲害，都快要哭了。

「喏，告訴芬妮，到底是怎麼回事？」她命令說。

「我剛才講了個故事給希莉亞聽，可是她說不是這樣的，但明明就是這樣的啊！」

「你把故事講給芬妮聽聽看。」

「本來是個很好聽的故事。講一個生長在樹林裡的小女孩，她有點寂寞，因為醫生從來不曾用黑色的看診包帶她……」

希莉亞打斷她的話。

「才不是這樣。瑪格麗特說寶寶都是醫生在樹林裡發現，然後送去給那些媽媽的。這不是真的。是天使在晚上把寶寶帶來，放在他們的搖籃裡的。」

「是醫生。」

「是天使。」

「才不是。」

芬妮舉起了她的大手。

「你們聽我說。」

她們都在聽。芬妮思索著怎麼對付這個難題，她的黑色小眼睛聰明地咕嚕轉著。

「你們兩個都不用這麼激動。瑪格麗特講的是對的，希莉亞也是對的。英國寶寶是靠天使送來的，美國寶寶是靠醫生送來的。」

事情原來就這麼簡單！希莉亞和瑪格麗特相視而笑，又成為好朋友了。

芬妮喃喃說：「你們乖乖待在芬妮旁邊。」然後繼續織東西。

「我再回頭繼續講那個故事，行嗎？」瑪格麗特問。

「行，你繼續講。」希莉亞說，「然後我會講一個關於從桃核裡出來的蛋白石仙子的故事給你聽。」

瑪格麗特繼續講起故事來，過了一下，又被打斷了。

「什麼是謝子？」

「謝子？怎麼，希莉亞，你不知道謝子是什麼嗎？」

「不知道。那是什麼東西？」

這下子更難了。聽了瑪格麗特混亂的解說後，希莉亞只抓到一個重點：謝子就是謝子！從此謝子一直在她心目中跟美洲大陸聯想在一起，是種神奇的野獸。

直到她長大之後有一天，突然靈光一閃。

「原來如此！瑪格麗特說的謝子其實是『蠍子』。」

然後她感到悵然若失。

在科特雷很早吃晚飯，六點半就開飯了。希莉亞獲准可以晚一點睡。吃過飯後，他們都到外面圍著小桌子坐，每星期變戲法的人會來表演一、兩次。

希莉亞很崇拜那個變戲法的人，她喜歡他的職稱。那是父親告訴她的，說這人是個「prestidigitateur」（魔術師）。

希莉亞會用很慢的速度重複念出這個字眼的每個音節給自己聽。

魔術師是個留了黑色長鬍子的高個子，用彩帶表演最令人目眩神迷的戲法，可以從嘴巴裡突然拉出很多碼、很多碼的彩帶。每次表演要結束前，他會宣布有「一個小小的摸彩」。首先，他會遞一個大木盤出來傳給大家，每個人都在盤子裡放一點捐獻。然後就宣布抽中的號碼，馬上頒獎，有紙扇子、小燈籠、一盆紙花等等。似乎小孩子抽獎的運氣特別好，幾乎總是小孩贏得獎品。希莉亞一直很渴望抽中那把紙扇子，但從未如願，倒是有兩次抽中了燈籠。

有一天，希莉亞的父親對她說：「你想不想爬到那傢伙上面去？」他指著旅館後面的山。

「我嗎？爸爸？一直上到山頂？」

「對，你可以騎騾子上去。」

「爸爸，騾子是什麼？」

爸爸告訴她說，騾子是像驢又像馬的動物。希莉亞想到要去探險就覺得很震撼，母親則像是有點懷疑。

「約翰，你確定這樣做夠安全嗎？」她說。

希莉亞的父親對她的不放心嗤之以鼻。那還用說，孩子當然會沒事的。

她和父親，還有希瑞爾要上山去。希瑞爾以老氣橫秋的口吻說：「喔！這小孩也去？她會煩死人的。」雖然他挺喜歡希莉亞，可是希莉亞跟著一起來，卻有損他男子漢的尊嚴。這是趟男人家的探險，婦孺應該留在家裡的。

大探險之旅的那天清早希莉亞就準備妥當，站在陽台上等著看騾子來到。幾隻騾子踏步從拐角出現：真是大動物，像馬多過像驢。希莉亞滿懷欣喜盼望地跑下樓去。棕色臉孔、戴著法國貝雷帽的矮小男人正在和她父親講著話，他在說「小姑娘小姐」會很平安的，因為他會親自照顧她騎騾子。父親和希瑞爾騎上了騾子，然後這個嚮導抱起希莉亞，一下子放到了鞍上。騎在上面感覺好高啊！但是非常、非常刺激。

他們出發了。希莉亞的母親站在陽台上對他們揮手，目送他們離去。希莉亞自豪得感到激動，覺得自己真的長大了。嚮導跑到她身邊，跟她聊天，但她只聽懂一點他說的話，因為這人有濃厚的西班牙口音。

那是趟很奇妙的騎騾之旅，他們走在曲折小路上，路愈來愈陡峭。這時他們來到了山側，一邊是岩壁，另一邊就是深淵。到了看起來最危險的地方時，希莉亞的騾子就會若有所思地在懸崖邊停下來，懶懶地踢著一隻腳。牠也喜歡走在最邊上。希莉亞認為牠是匹很好的馬。騾子的名字好像叫做「八角」，希莉亞覺得一匹馬取這名字很奇怪。

中午，他們抵達了山頂。那裡有棟簡陋小屋，門前有張桌子，他們圍桌坐了下來，不久，在那裡的女人就端出他們的午餐，餐點很好吃，有煎蛋捲、鱒魚，還有奶油乳酪和麵包。那裡有隻很大的鬈毛狗，希莉亞跟牠玩了起來。

「牠算是隻英國狗，」那女人用法語說，「牠叫米洛。」

米洛很友善，隨便希莉亞想怎麼跟牠玩都可以。

不久，希莉亞的父親看看錶說，到了該下山的時候了，他把嚮導叫來。

嚮導滿臉笑容過來了，手裡有樣東西。

「看我剛剛抓到了什麼。」他說。

那是隻漂亮的大蝴蝶。

「這是給小姐的。」他用法語說。

然後在希莉亞還沒搞清楚他在做什麼之前，這人已經用很靈巧快速的手法拿出了大頭針，把蝴蝶固定在希莉亞的草帽上。

「這下子小姐可時髦了。」他一面以法語說著，一面倒退以便欣賞他的手工。

然後騾子都被帶過來了，大家騎上騾子，開始下山。

希莉亞痛苦萬分，她可以感覺到蝴蝶翅膀拍打著她的帽子。蝴蝶還活著……活著，釘在大頭針上！她感到很噁心又很痛苦，眼眶湧出了大顆淚珠，滑落到臉頰上。

最後，她父親留意到了。

「小乖乖，怎麼啦？」

希莉亞搖頭，嗚咽起來。

「你哪裡痛嗎？還是你很累？你頭痛嗎？」

希莉亞對每個問題只是搖頭，愈搖愈用力。

「她怕馬。」希瑞爾說。

「才不是。」希莉亞說。

「那你哭什麼呢？」

「小姐累了吧。」嚮導用法語猜測說。

希莉亞的眼淚愈流愈快，大家都看著她、詢問她，可是她怎麼能說出是怎麼回事呢！這樣會很傷那個嚮導的感情啊！那人是一番好意，特地為她捉了那隻蝴蝶，而且很得意自己想出這個主意，把蝴蝶釘在她的帽子上，她怎能大聲說自己不喜歡呢？可是這下子大家永遠都不會明白了！風吹得蝴蝶翅膀拍打得更厲害，希莉亞情不自禁哭著。她覺得自己的苦楚是空前絕後的。

「我們最好盡快趕路。」她父親說。他一臉苦惱。「趕快帶她回家去找媽媽。媽媽說得沒錯，對這孩子來說，這趟旅行太吃不消了。」

希莉亞很想大叫說：「沒有吃不消，沒有吃不消，根本就不是這樣的。」但她沒有這樣做，因為曉得如此一來，他們就會問她：「要不然究竟是為什麼？」她只能木然地搖頭。

她一路哭下山，心裡的痛苦愈來愈加深，被抱下騾子時還在哭，她父親抱她上樓到客廳裡，母親正坐在那裡等他們。「你說得對，米莉安。」她父親說，「對這孩子來說，出去玩這趟太累了。我不知道她是哪裡痛還是累過頭了。」

「才沒有。」希莉亞說。

「那究竟為了什麼？」父親追問。

希莉亞默默直視著母親，現在她知道了自己永遠都不能說出來，只能把這個痛苦原因永遠埋藏在心底。她很想說出來，噢！她不知有多想說出來，可不知為什麼，就是做不到。某種費解的壓抑感籠罩住她，封住了她的嘴。但願媽媽知道就好了，媽媽會明白的，但她卻不能告訴媽媽。大家都看著她，等她說話。她胸口油然生起一陣可怕的痛苦，默然又飽受折騰地凝視著母親。「幫幫我，」那眼神說，「噢！拜託幫幫我。」

米莉安迎著她的眼神看著。

「我相信她是不喜歡帽子上有那隻蝴蝶。」她說，「誰釘上去的？」

噢！真是如釋重負，那種美妙、令人心痛的解脫感。

「哪有這種事……」她父親剛開口，希莉亞就打斷了他的話，像決堤流水般滔滔地說個不停。

「我討厭這樣，討厭這樣，」她大叫說，「牠撲著翅膀，還活著，牠在受苦。」

「那你幹嘛不說出來呢？你這個傻丫頭。」希瑞爾說。

希莉亞的母親回答說：「我料想她是不想傷那個嚮導的感情吧。」

「噢！媽！」希莉亞說。

一切盡在不言中，這兩個字道盡了一切。她的如釋重負、她的感激，以及油然而生的愛。

她母親懂她的心。

第三章　奶奶

那年冬天，希莉亞的爸媽去了埃及。他們覺得帶希莉亞同行不方便，所以她和珍妮就去住奶奶家。

奶奶住在溫布頓，希莉亞很喜歡住那兒。先說奶奶家房子的特色——花園像塊方形綠手帕，四周栽有玫瑰花叢，每一棵希莉亞都很熟悉，甚至在冬天裡都記得它們：「那棵叫粉紅法國，珍妮，你會喜歡那棵的。」但是花園裡最輝煌的是一株高大的白蠟樹，用鐵絲架固定，逐漸長成花架。什麼都比不上家裡有棵白蠟樹來得棒，希莉亞把它當成了最令人興奮的世界奇景之一。此外，還有很高的舊式紅木馬桶座，吃完早飯躲進這裡後，希莉亞就幻想自己是登基的女王，門上了鎖，很安全地跟其他人隔絕開來，因此她就在幻想中鄭重地鞠著躬，伸出手來讓廷臣親吻，放膽盡情幻想這宮廷情景。通往花園的門旁邊是奶奶的儲藏櫃，每天早上，奶奶就帶著那大串叮噹響的鑰匙來查看儲藏櫃，希莉亞也像個定時要餵的小孩、小狗或獅子般準時出現。奶奶會從櫃子裡拿出一包包的糖、牛油、雞蛋或者一罐果醬。她會跟老廚娘薩拉展開冗長的激烈討論。薩拉跟龍斯完全不同，龍斯有多胖，薩拉就有多瘦，她是個滿臉皺紋的小老太婆，一輩子都在奶奶家幫傭，做了五十年，五十年來這種討論法一直沒變：糖用得太多了；上次拿出來的半磅茶葉怎麼了？五十年後，這已經成了行禮如儀的事，是奶奶身為謹慎持家主婦的日常演出內容。傭人都太浪費了！得要看緊一點才行。例行儀式結束後，奶奶才假裝首次留意到希莉亞也在場。

「唷，唷，小丫頭在這兒做什麼？」

然後奶奶會假裝很驚訝的樣子。

「嗯，嗯，」她會這樣說，「你該不會是想要什麼東西吧？」

「對，奶奶，我是想要。」

「好吧，等我瞧瞧。」奶奶悠閒地在櫃子深處翻抄一下，總是會拿出某樣東西：一罐法國李子醬、一段糖漬當歸莖、一罐醃漬榲桲等等。總是有東西給小丫頭的。

奶奶是個很好看的老太太，白裡透紅的皮膚，額前兩邊垂著兩綹波浪白鬈髮，還有一張很幽默的大嘴巴。她的身材很高大，胸部大大凸起，腰臀豐滿。她總是穿天鵝絨或者織錦料子的連衣裙，由於身材豐滿貼著裙子，腰圍曲線玲瓏。

「我向來都有很美的身材，親愛的。」她經常告訴希莉亞說，「我妹妹芬妮的臉孔是家人中最漂亮的，但她沒有身材，一點都沒有！瘦得像兩塊釘在一起的板子似的。只要我在場的話，男人都不會多看她一眼。男人家喜歡的是身材，不是臉孔。」

「男人家」在奶奶的談話中占了很大部分，她成長的時期正是男人被視為宇宙中心的時候，女人家的存在只不過是為了服侍那些優異人類。

「你去到哪裡都找不到比我父親更英俊的男人了。他身高足足有六英尺，我們家的小孩子全都很怕他，他很嚴。」

「奶奶，你媽媽是怎麼樣的人？」

「唉！可憐的人，死時才三十九歲。留下十個稚齡孩子。每生一個小孩，她就躺在床上一段時期……」

「奶奶，為什麼她要躺在床上一段時期？」

「寶貝，這是風俗習慣。」

希莉亞沒再對這強制規矩追根究柢。

「她總是躺夠那個月。」奶奶接著說，「這是她唯一可以休息一下的時候，可憐的人。她很享受這個月子，因為通常可以在床上吃早餐，還可以吃到一個白煮蛋。可是她也吃不到多少，因為我們小孩常常會跑過去騷擾她。『媽，可不可以讓我嘗嘗蛋？可不可以給我吃一些蛋白？』每個小孩都嘗一點之後，剩下給她的就沒多少了。她太好心了，太慈祥了。她死時我才十四歲，是家裡最大的孩子。可憐的爸爸傷心死了，他們是很恩愛的夫妻。六個月之後，他也跟著她到墳裡去了。」

希莉亞點著頭。在她看來，這似乎是很正確又恰當的事。育嬰室大多數的童書中都有一幕臨終情景，通常都是個小孩，特別乖、像個天使般的小孩。

「他怎麼死的？」

「百日癆[9]。」奶奶回答說。

「你媽媽呢？」

「她身體愈來愈衰弱，我親愛的，就只是身體衰弱死掉的。所以每次颳東風時到外面去的話，一定要好好裹住喉嚨部分，千萬要記住這點，希莉亞，東風會害死人的。可憐的桑琪小姐，前一個月才跟我一起喝過茶，後來去游泳，游完之後正好颳東風，她又沒有長圍巾圍在脖子上，不到一星期就死了。」

奶奶所有的故事和懷舊幾乎都是這樣的結局。她本人可說是個最開心活潑的人，卻很樂於講些不治之

9　百日癆，惡化極快的肺結核別稱。

症、猝死或者疑難雜症之類的事。希莉亞已經習以為常，甚至會在奶奶說到一半時，興趣盎然地插嘴追問：「奶奶，後來他死了嗎？」然後奶奶會回答說：「啊！死了，他是死了，可憐的傢伙。」死的不是女孩就是男孩，或者是婦女，視情況而定。奶奶的故事沒有一個是結局美滿的，這可能是出於她健康又精力充沛的性格本能反應吧。

奶奶也總是有很多令人費解的警告。

「要是你不認識的人給你糖果，乖乖，千萬不要拿。還有，等你長成了大姑娘時，要記住，永遠不要跟一個單身男人進到火車包廂裡。」

後面這項禁令讓希莉亞很苦惱，她是個害羞的小孩，要是不能跟一個單身男人一起待在火車包廂裡的話，那她就得事先問對方結婚了沒有，因為光是看外表，是無法知道一個男人是否已婚。光是想到得要問對方，就讓她很不安。

她並沒有把自己和一位來訪女客的低語聯想在一起。

「向孩子灌輸這樣的想法，不太明智吧？」

奶奶的回答卻很理直氣壯。

「盡早警告過之後，就不會到時後悔了。年輕人應該知道這些事情。有件事你大概從來沒聽說過，我親愛的，我先生曾經跟我講過——我的第一任丈夫，（奶奶結過三次婚，她的身材如此吸引人，加上又很懂得收服異性。她先後埋葬了他們：一個是流著淚埋葬的，一個是懷著無奈埋葬的，還有一個是端莊得體地埋葬的。）他說女人家應該懂得這些事。」

她的聲音小了下來，幾乎轉為竊竊私語。

希莉亞聽得到的內容似乎很沉悶，於是她就跑開，到花園裡去玩了……

珍妮很不快樂，愈來愈想家、想念法國以及親友。她告訴希莉亞說，英國傭人很不客氣。「廚娘薩拉很好，儘管她說我是教皇黨。但其他人，瑪麗和凱蒂，她們就取笑我，因為我沒有把工資花在買衣服上，而是通通寄回家給媽媽。」

奶奶想辦法要給珍妮打氣。

「你就繼續做個懂事的姑娘，」她告訴珍妮，「光是靠些沒用的服飾打扮，是抓不到像樣男人的。你繼續把錢寄回家給媽媽，等到你結婚時，就會有一筆挺不錯的小積蓄了。這種簡單樸素的打扮，比一大堆花哨無用的服飾更適合女傭。你就繼續做個懂事的姑娘吧。」

但是每當瑪麗或者凱蒂對她特別不客氣或瞧不起她時，她偶爾還是會掉眼淚。英國姑娘不喜歡外國人，而且珍妮又是個教皇黨，大家都知道羅馬教會膜拜穿紫朱衣服的女人[10]。

奶奶粗枝大葉的鼓勵並未能真正對珍妮的心靈傷口起療癒之效。

「丫頭，你堅守自己的宗教是對的。倒不是說我自己信羅馬天主教，因為我並不信天主教。我認識的大多數天主教徒都是撒謊的人，要是天主教神父可以結婚的話，我可能還比較在意他們。可是那些女修院！那麼多漂亮女孩都關在女修院裡，再也沒有她們的消息。她們後來怎麼了？我倒很想知道。我敢說，那些神職人員根本就不能回答我這個問題。」

幸好珍妮的英文能力還不足以了解這滔滔不絕的置評。

10　英國從亨利八世脫離羅馬教會，宗教領袖為國家君主，因此這裡指的是英法之間的宗教歧見。穿紫朱衣服的女子典故出於《聖經・啟示錄》。

夫人很好心，珍妮說，她會盡量不去理其他女傭說什麼。

奶奶接著把瑪麗和凱蒂叫來，直言不諱說了她們一頓，因為她們很不客氣地對待一個身在異鄉的可憐姑娘。瑪麗和凱蒂回答時都非常輕聲細氣、非常禮貌、非常驚訝。真的，她們什麼也沒說過，根本就沒說。珍妮實在是太會胡思亂想了。

瑪麗請求能有一輛自行車，奶奶驚恐地拒絕之後，頗有點感到得意。

「瑪麗，真沒想到你會提出這樣的要求。我的僕人絕對不准有這種不像樣的東西。」

瑪麗看來怏怏不樂，嘀咕說她在列治文的親戚就准有一輛。

「別讓我再聽見這種話。」奶奶說，「總之，對女人來說，這是危險的東西，很多女人就是騎了這種很不好的東西之後，一輩子都生不出小孩來。這對女人的婦科方面不好。」

瑪麗和凱蒂悻悻地退了下去。她們本來想辭工不幹的，但知道這是戶好人家，吃的東西是一流的，不像有些人家會買些很差的食材，而且工作又不沉重。老太太雖然有點難纏，卻有她好心的一面。要是家裡有什麼麻煩的話，她通常都會來幫忙解決，何況到了耶誕節時，再沒有人比她更慷慨的了。當然，老廚娘薩拉那張嘴也很厲害，但你得包涵點，因為她的廚藝可是頂尖的。

希莉亞就跟所有的小孩一樣，經常在廚房裡流連，老廚娘薩拉比龍斯囟多了，不過話說回來，她年紀非常大了，要是有人跟希莉亞說薩拉有一百五十歲，她可一點都不會感到驚訝。希莉亞認為，再沒有人像薩拉那麼老。

薩拉對於最不尋常的事物有著最負責任的敏感。例如，有一天希莉亞跑進廚房裡，問薩拉在煮什麼。

「內臟湯，希莉亞小姐。」

「薩拉，什麼是內臟？」

薩拉嘴唇一抿。

「這是小姑娘不應該追問的東西。」

「可那究竟是什麼呀？」希莉亞的好奇心興致勃勃地升起了。

「喏，夠了，希莉亞小姐。像你這樣一位小姑娘小姐是不宜問跟這類東西有關的問題的。」

「薩拉，」希莉亞在廚房裡跳著舞，亞麻色頭髮飄揚著。「內臟是什麼？薩拉，內臟是什麼？內臟……內臟……內臟！」

這下子把薩拉惹火了，抓著平底鍋朝她衝過去，希莉亞趕緊閃人，過了幾分鐘，又探頭問：「薩拉，內臟是什麼？」

後來又從廚房窗口探頭進來，重複問這個問題。

薩拉惱火地沉著臉，沒有回答，只是自言自語嘀咕著。

最後，希莉亞突然厭倦了這個遊戲，就跑去找祖母了。

奶奶總是坐在飯廳裡，飯廳正對著前門那條短短的車道。過了二十年之後，希莉亞依然能鉅細靡遺地描述出這間飯廳：厚重的織花紗窗簾，深紅和金色的壁紙，陰暗的氣氛，淡淡的蘋果香氣，以及一絲中午吃的帶骨大塊烤肉的氣味。寬大的維多利亞餐桌上鋪著毛絨桌布，龐大的桃花心木櫥櫃，壁爐旁的小几上堆疊著報紙，壁爐架上有沉重的銅器。（「那是你爺爺花了七十英鎊在巴黎萬國博覽會買的。」）有光澤的紅皮革沙發，希莉亞有時就在上面「休息」，由於沙發皮面太滑了，所以很難待在中央。沙發背上鋪著毛線勾織墊，上菜架擺滿了小東西，圓桌上的旋轉書架，還有張紅絲絨搖椅，有一次希莉亞在上面搖得太猛烈了，結果撞得頭上腫起了一個大包。靠牆擺著一排皮面椅子，還有那張高椅背的皮革大椅子，奶奶就坐在上面監督這裡和其他一切活動。

奶奶從來不會閒著沒事做。她寫信，以龍飛鳳舞字體寫成的長信，大部分都用半張信紙來寫，因為這樣一定可以用完信紙，她受不了浪費。(「希莉亞，不浪費，就不會匱乏。」) 此外她還勾織披肩，紫色、藍色和紫紅色的漂亮披肩，通常都用來送給傭人的親友。她還用大球的軟毛線編織，多半織給某人的小寶寶；或者做網狀編織——在一小塊圓形織錦周圍編織出精美圖案，吃茶的時候，所有的餅乾蛋糕就陳列在這些小墊子上。她也縫製背心，都是送給認識的年長紳士們，這要用浮鬆布條來做，用彩色繡花棉線一針針縫成。這大概是奶奶最喜歡的活兒了。儘管已經八十一歲，她可是對「男人家」很有鑑賞眼光的。她也幫他們織睡襪。

在奶奶的指導下，希莉亞也做了一套盥洗盆架的防滑墊，等媽媽回來時送給她，給她一個驚喜。做法是先剪出大小不同的圓片毛巾布，在周邊用毛線勾織一圈之後，再從這些勾織眼上勾出花邊來。希莉亞用淺藍色來勾這套防滑墊，她和奶奶都非常欣賞做出來的成果。

喝完茶撤掉茶具之後，奶奶就和希莉亞玩挑籤子[11]，接著玩克里比奇紙牌遊戲[12]，她們神色凝重，全神貫注，兩人嘴裡總是冒出她們的經典句子：「頭得一分，腳得兩分，十五點得兩分，十五點得四分，十五點得六分，六點得十二分。」「我的乖乖，你知道為什麼克里比奇紙牌遊戲這麼好嗎？」「不知道，奶奶。」「因為可以教你算數。」

奶奶從來都不忘說這些小教訓，因為她被教養成絕對不可以承認為了開心而玩。吃東西是因為對身體有好處。奶奶最愛吃燉櫻桃，幾乎每天都要吃，因為「對腎臟很有益處」。乳酪也是奶奶的最愛，「可以幫助消化」。吃甜點時來一杯波特酒，因為「我是遵照醫生的囑咐」，(對身為弱者的女性而言) 尤其沒必要強調酒帶來的享受。「奶奶，你不喜歡喝嗎？」希莉亞會這樣問。「不喜歡，親愛的。」奶奶會這樣回答，然後喝第一口時，露出苦笑。「我是為了身體好才喝的。」說完了必說的一套話，接著就露出很享受的表情喝完這杯酒。奶奶唯一可以大方承認有偏好的是咖啡。「這咖啡很摩爾人口味。」她會這樣說，一面陶醉得瞇起了眼睛。「讓人欲罷不能。」接著一面為這個雙關語小笑話而笑起來[13]，一面又為自己倒了第二杯咖啡。

飯廳的另一邊是晨間起居室，縫紉婦「可憐的本尼特小姐」就坐在那裡。提到本尼特小姐時，向來都少不掉加上「可憐」兩個字。

「可憐的本尼特小姐，」奶奶會這樣說，「雇用她是做好事。我真的認為她有時不能填飽肚子。」如果飯桌上有什麼特別好吃的東西，就一定會送一份過去給可憐的本尼特小姐。

可憐的本尼特小姐是個矮小的女人，一圈不整潔的花白頭髮頂在頭上，看起來像個鳥巢似的。她實際上並非畸形人，看起來卻有畸形的感覺。說話語氣矯揉造作又特別講究，稱呼奶奶為「夫人」。無論縫什麼東西幾乎都做不對。替希莉亞縫製的連衣裙總是太大，大到袖子長得蓋住了手，肩線則垂到了手臂中間。

對待可憐的本尼特小姐得要非常、非常小心，以免傷她的感情。稍有不慎，本尼特小姐就會兩頰各出現一個紅點，甩著頭，坐在那裡狠命地縫著。

本尼特小姐身世很不幸。她會不斷告訴你，她父親血統很好，「事實上，雖然也許我不該這樣說，但你知我知就好，他是很有身分的人，我母親總是這樣說。我像父親，你們大概也留意到我的雙手和耳朵，人家都說，這就看得出我的血統很好。要是他現在知道我是靠這方法謀生的話，肯定會很震驚。倒不是說因為替您做事，夫人，這跟我得要忍受的某些人比起來，是很不同的，他們把我當傭人看待。夫人，您了解的。」

所以奶奶總是很細心地看顧著，要讓那位可憐的本尼特小姐得到恰當的對待，每頓飯都要放在托盤裡端去給她。本尼特小姐對待傭人卻很傲慢，頤指氣使，結果她們都打心底不喜歡她。

11 挑籤子，把幾十支細籤抓住，然後突然放開倒成一堆，玩者須小心從中抽出一支而不造成別支倒下，否則就輪到對方挑籤子。抽出最多支者勝出。

12 克里比奇是一種由二至四人玩的紙牌遊戲，每人發牌六張，以先湊足一百二十一分或六十一分者為贏家。

13 「摩爾人的」（Moorish）和「欲罷不能」（moreish）諧音。

「擺什麼架子！」希莉亞聽到老薩拉嘀咕說，「她什麼都不是，只不過是個因緣際會生出來的人，連自己父親的姓名都不知道。」

「薩拉，什麼是『因緣際會生出來的人』？」

薩拉臉脹得通紅。

「希莉亞小姐，這種話不應該從小淑女嘴裡冒出來的。」

「那是指內臟嗎？」希莉亞滿懷指望地問。

在旁待命的凱蒂發出連串爆笑走開了，薩拉火大地命她不准亂說。

晨間起居室後面是客廳，涼爽陰暗，遠在一方，奶奶請客時才用到這房間。裡面擺滿了天鵝絨椅子還有桌子和織錦沙發，大櫥櫃裡的瓷器小像多到簡直要滿出來。角落有架鋼琴，低音部分很響，高音部分很弱。落地窗朝向一間溫室，然後可以從溫室通往花園。薩拉總是把室內的鋼製火架以及火鉗擦得亮晶晶、光可鑑人，這是她的樂趣。

樓上的育嬰室是個低矮的長房間，可以俯瞰花園，育嬰室樓上就是閣樓，瑪麗和凱蒂就住在這裡。從這裡再上幾級樓梯，就來到三個最好的臥房，還有一間不透氣的狹小房間，是薩拉住的。希莉亞私下認為，這三個最好的臥房是家中最氣派的，每個都是很大的套房，一間是斑駁灰木建成，另外兩間則是桃花心木。

奶奶的臥房在飯廳另一邊，有張附有四根床柱的大床，龐大的桃花心木衣櫃占據了一整面牆，還有好看的盥洗盆架和梳妝台，以及很大的五斗櫃。臥房的每個抽屜裡都擺滿了整齊疊放好的一包包用品，有時候抽屜拉開之後就關不上了，奶奶得費很大的勁才能弄好。每樣東西都鎖得好好的。門裡面的鎖旁邊還有很結實的門栓以及兩副銅勾扣，奶奶進了臥室緊緊鎖好門之後，就上床去睡覺，伸手可及之處還放著守更人的梆子和警察用的哨子，以便萬一有小偷意圖來進攻她的堡壘時，可以馬上發出警報。

衣櫃最上層有個玻璃盒，保護著裡面裝的上了蠟的白色大花冠，這是奶奶第一任丈夫去世時的致敬花卉。右邊牆上掛著奶奶第二任丈夫告別式的紀念照，左邊牆上的大照片裡則是奶奶第三任丈夫的大理石墓碑。床是羽毛床，窗戶永遠不打開。

奶奶說，晚上的空氣對人有害，事實上，她認為各種空氣都有風險。只有在夏天最熱的日子裡她才去花園，平常很少去。出門的話，通常也是去陸海軍福利社，而且是乘四輪馬車到火車站，搭火車到倫敦維多利亞站，再乘四輪馬車到福利社。像這種場合，她總是用「斗篷披肩」把自己裹得密密實實的，再用羽毛圍巾在脖子上緊緊纏很多圈。

奶奶從不出門拜訪別人，都是人家上門來看她。每次有客人上門時，就會端出蛋糕和甜餅乾，還有奶奶自釀的各種不同的利口酒。先問男士們要喝什麼，「你一定得要喝點我釀的櫻桃白蘭地，所有的男士都喜歡這個」。接著才輪到慫恿女士們也「喝一點點，用來驅驅寒」。這是因為奶奶認為，沒有一位女性會公開承認喜歡喝酒。如果是下午的話，就改說「你會發現有助於消化的，我親愛的」。

要是上門來的老先生沒有穿背心的話，奶奶就會把手邊有的背心都拿出來展示，然後活潑淘氣地說：「要是你太太不反對的話，我就送你一件。」那位太太就會叫說：「喔，請送他一件，我會很高興的。」奶奶就會很滑稽地說：「我絕對不可以給你們添麻煩。」於是老先生就會說些獻殷勤的話，說穿一件「她巧手」做的背心很榮幸等等。

客人走了以後，奶奶的雙頰加倍紅潤，身形也加倍挺直。任何形式的款客她都很喜歡。

「奶奶，我可以過來跟你待一下嗎？」

「怎麼啦？你找不到什麼事可以跟珍妮在樓上做嗎？」

希莉亞遲疑了一、兩分鐘，才想到滿意的句子，終於說出口：「今天下午育嬰室裡不太對勁。」

奶奶哈哈笑說：「嗯，這話倒也沒有說錯。」

偶爾，希莉亞跟珍妮鬧翻時，她總是覺得心裡很不舒服又難過。這天下午卻是出其不意地禍從天降。

話說她們正在爭論希莉亞娃娃屋裡的家具怎麼擺放才恰當，爭論到某個關頭，希莉亞順口就用法文說：「可是，我可憐的女孩……」結果闖了禍，珍妮馬上哭了起來，用法文滔滔不絕講了一大堆。

對，無疑她是個窮人家女孩[14]，誠如希莉亞所說的，可是她家雖窮，卻是誠實可敬的。坡市的人都很尊敬她父親，連市長都跟他有交情。

「可是我從來沒說過……」希莉亞才剛開口。

珍妮又搶過話。

「不用說，小借這麼有錢，打扮得這麼漂亮，爸媽去旅行，身上穿的又是絲綢衣裳，認為她，珍妮，就跟街上的乞丐差不多……」

「可是我從來沒說過……」希莉亞又開口了，愈來愈感困惑。

但即使是窮人家的女孩也有感受的，她，珍妮，也有她的感受。她很受傷，傷到心底了。

「可是，珍妮，我愛你呀！」希莉亞絕望地叫說。

但是珍妮不為所動，取出了她最難做的女紅，那是為奶奶一件長袍做的圍領，沉默不語縫了起來，搖頭拒絕理會希莉亞的懇求。當然，希莉亞一點也不知道吃中飯時，瑪麗和凱蒂曾說，珍妮的家人一定很窮，才會把女兒賺的錢都拿走。

面對這樣搞不懂的局面，希莉亞只好撤退，下樓去飯廳裡。

「那你想做什麼呢？」奶奶透過眼鏡上方窺看著她問。一個大毛線球掉到了地上，希莉亞撿了起來。

「講你小時候的事情給我聽，你喝完茶之後下樓說些什麼。」

「我們全都一起下樓去敲起居室的門，我父親就會說：『進來。』然後我們就全都進去，把門關上。請注意，關門時沒有聲音的，永遠要記得關門時不可以有聲音，沒有一個淑女會砰地一下關門的。說真的，我年輕時根本就沒有哪個小姐會去關門，因為會讓手變形不好看。桌上有薑酒，每個小孩都可以喝一杯。」

「然後你們說……」希莉亞提示著，其實她對這個故事早已倒背如流了。

「我們每個輪流說：『父親、母親，我對你們盡孝道。』」

「然後他們說？」

「他們說：『孩子們，我愛你們。』」

「喔！」希莉亞在欣喜若狂之中扭動著身子。她也說不上來為什麼特別喜歡聽這個故事。

「講講教堂裡唱詩歌的事。」她催著說，「你和湯姆叔公的事。」

奶奶一面拚命勾織著，一面重複著那個經常說的故事。

「有塊大板子上寫了詩歌的編號，教堂執事通常會念出編號。他聲音很響亮。『我們現在來唱詩讚美神的榮耀，詩歌第……』然後他停下來，因為板子放倒了。他又重新說：『我們現在來唱詩讚美神的榮耀，詩歌第……』接著又說了第三遍：『我們現在來唱詩讚美神的榮耀，詩歌第……喂，比爾，你把那板子放正。』」

奶奶是個很優秀的演員，最後那句話用倫敦土話說出來，可真叫絕。

「然後你和湯姆叔公哈哈大笑。」希莉亞提示說。

14 法文 pauvre 可解為「可憐」，亦可解為「窮」。

「對，我們兩個都笑了。然後我爸爸看著我們，就只是看著我們而已。可是等我們回到家之後，他就命我們上床去，不准吃中飯。而那天還是米伽勒節[15]，吃米伽勒鵝的日子。」

「結果你們吃不到鵝。」希莉亞敬畏地說。

「結果我們吃不到鵝。」

希莉亞對這場災難深深思考了一、兩分鐘之後，深深嘆口氣說：「奶奶，把我變成一隻雞。」

「你已經是個大女孩啦！」

「哦，不，奶奶，把我變成一隻雞。」

奶奶放下勾織女紅，摘下眼鏡。

這齣喜劇的玩法，是從進到魏特萊先生的店鋪開始，奶奶要找魏特萊先生本人，因為要準備一頓很特別的晚飯，所以要買一隻特別好的雞。魏特萊先生本人能否幫忙挑一隻雞呢？奶奶輪流扮演自己和魏特萊先生。挑好的雞包了起來（這部分由希莉亞和一張報紙擔綱）帶回家，雞腹內填了餡，雞用線紮好，穿到烤叉上（這時引來開心的尖叫聲），架在烤爐裡，烤好之後放在盤子裡，這時高潮戲來了：「薩拉，薩拉，趕快來，這隻雞是活的！」

噢！真是沒有幾個玩伴比得上奶奶。真相是，奶奶跟你一樣喜歡玩。她也很好心，在某些方面比媽媽還好心，要是纏得她夠久（通常也夠久的），她就會讓步，甚至會給你那些對你有壞處的東西。

爸媽寫信來了，用很清楚的字體一個個字寫出來。

我的親親小寶貝：

我的小丫頭好嗎？珍妮有沒有帶你去好好散步？你的跳舞課上得開心嗎？這裡的人差不多都有張近乎黑色的臉孔。聽說奶奶要帶你去看啞劇，她可真好，不是嗎？我肯定你會很感激，而且會盡量做好，讓自己成為奶奶的小幫手。奶奶對你這麼好，我相信你一直都很聽她的話，做個乖孩子。請代我請小金吃一粒大麻籽。

愛你的爸爸

我親愛的寶貝：

我真的很想念你，但我相信你跟親愛的奶奶在一起過得很開心，她對你這麼好，而你又這麼乖、這麼聽話，懂得討奶奶開心。這裡的陽光很燦爛，花開得很漂亮。你能不能做個聰明的小女孩，幫我寫信給龍斯呢？奶奶會幫你在信封上寫好地址。你叫龍斯摘好耶誕玫瑰，送去給奶奶。告訴她，耶誕節那天給湯米一大碟牛奶。

給我的寶貝小羊兒、小鴿南瓜很多個吻。

媽媽

15 米伽勒節（Michaelmas Day），九月二十九日，為紀念天使長米伽勒的基督教節日。

充滿愛的信，兩封很可愛、很可愛的信。為什麼希莉亞覺得喉頭哽住了呢？耶誕玫瑰……種在樹籬下面的花壇裡……媽媽把花跟青苔一起插在大碗裡，媽媽在說：「看看這些漂亮盛放的花。」媽媽的聲音……

湯米，那隻大白貓。龍斯，口裡嚼著東西，永遠在嚼著。

家，她想回家。

家，有媽媽在那裡……寶貝小羊兒、小鴿南瓜，這是媽媽語帶笑聲、突然緊緊抱她一下時的暱稱。

噢！媽媽……媽媽……

奶奶從樓梯上來，問說：「怎麼了？你在哭？你哭什麼呀？你沒有魚賣了。」

這是奶奶的說笑，她總是這樣說。

希莉亞很不喜歡這說笑，因為讓她更想哭了。當她不開心的時候，她不想要奶奶在身邊，根本就不想要見到奶奶，因為不知何故，奶奶會讓事情變得更糟。

她從奶奶身邊擠過去，溜下了樓，走進廚房裡。薩拉正在烘焙麵包。

薩拉抬頭看她。

「收到媽媽來信了？」

希莉亞點點頭，眼淚又流下來了。噢！空虛寂寞的世界。

薩拉繼續揉著麵糰。

「她很快就會回家，親愛的，她很快就會回家了。你留心等消息吧。」

她把麵糰放在麵板上搓揉起來。她的聲音聽來遙遠而有安撫作用。

她掐下一小塊麵糰。

「蜜糖兒，做個你自己的小麵包，我會把它們跟我的麵包一起烘焙出來。」

希莉亞的眼淚止住了。

「做麻花麵包和田園麵包？」

「做麻花麵包和田園麵包。」

希莉亞動手做起來。做麻花麵包要先把麵糰搓成三長條，然後像編辮子般編成一條，最後把尾端緊緊捏在一起。田園麵包則是一個大圓球麵糰上面加個小圓球麵糰，這是渾然忘我的時刻：用拇指在上面壓個很大的圓口。她做了五塊麻花麵包和六個田園麵包。

「孩子跟媽媽分開是不好的。」薩拉自言自語嘀咕說。

她的雙眼淚盈盈的。

直到大概十四年之後，薩拉去世，大家才發現那個文雅秀氣、偶爾來看她的姪女，其實是她的女兒，套句薩拉年輕時期當時的說法，是「孽種」。她服侍了六十多年的女主人一點都不知情，被她瞞得緊緊的。唯一能記起的是，薩拉很少休假，但有一次休假時她病了，因此延期回來。除此之外，那次她回來時也瘦得很不尋常。薩拉為了守口如瓶而產生的心中痛苦，以及暗地裡所忍受的絕望之情，永遠成了謎。她守著祕密，直到死後才被揭開。

J·L·評

說也奇怪，偶然的、不連貫的片言隻語，竟能讓事物在你的想像中鮮活起來。隨著希莉亞告訴我這些人的事情時，我深信自己對這些人看得比她還更清楚。我彷彿看見了那位老奶奶——那麼精力充沛，充滿她那時代的精神，幽默尖刻的口才，對待傭人的盛氣凌人，以及對待可憐縫紉婦的慈祥。我更可以看到老奶奶的母親——那個纖弱可愛、「很享受她那個月子」的人。這裡可以留意到對男女描述的不同。太太死於體衰，先生則死於百日癆，那個醜陋的字眼「肺結核」從頭到尾沒有入侵過。女人因為體衰，男人因為百日癆而死。也不妨留意一下，有一點很有趣：這樣一對患有肺病的父母，兒女的生命力卻很強。我問起希莉亞時，她告訴我，曾祖母的十個兒女之中，只有三個早死，而且是意外身亡——一個當水手的兒子死於黃熱病，有個女兒死於馬車車禍，另一個女兒死於產褥，其餘七個全都活過了七十歲。我們真的懂得遺傳之事嗎？

我也很喜歡她描述那棟房子的畫面：有織花紗窗簾和針織品，以及結實有光澤的桃花心木家具，房子有個性。那一代的人很清楚他們要什麼東西，到手之後就很享受它，而且也樂於不遺餘力地保存、維護它們。

你留意到了吧？希莉亞描述奶奶家的房子遠比自己家要清楚得多，這一定是她剛好到了會留意事物的年紀時去了奶奶家的緣故。她描述自己家是人多於地的：保母、龍斯、橫衝直撞的蘇珊、鳥籠裡的小金。

然後她觀察到了母親，這很有趣，彷彿之前她從來沒發現過母親似的。

至於米莉安，我認為她有很鮮明的個性。我窺見的米莉安很讓我著迷，想來她具有一種希莉亞未曾遺傳到的魅力。即使在寫給小女兒信中的老套字裡行間（像這種「定期家書」，在道德心態方面是充滿壓力的），即使，就像我說的，在那些慣例教小孩要乖乖聽話的教訓之中，真正的米莉安仍然不時流露出來。我喜歡那些暱稱：寶貝小羊兒、小鴿南瓜；還有那撫愛：突然緊緊地抱一下。這不是個婆婆媽媽或感情外露的浮躁女人，而是一個具有奇異直覺理解力的女人。

父親就顯得比較模糊不清。他在希莉亞眼中是個有棕色大鬍子的巨人，懶洋洋、脾氣好，充滿樂趣。聽起來他不像他母親，可能是像他父親，在希莉亞的描述中，這位祖父是以玻璃中上了蠟的花冠為代表。我猜想，希莉亞的父親是個人緣很好的人，比米莉安更有人緣，但卻沒有米莉安的那種魅力。我想希莉亞比較像父親，包括她的柔順、平和以及體貼。

但她也從米莉安遺傳了某樣性格：很危險的深情。

這是我的看法，也可能是我想像出來的……畢竟，這些人物都成了我的創作。

第四章 去世

希莉亞要回家了！

好興奮啊！

這趟火車之旅久得似乎沒有結束的時候。希莉亞有一本好書可以讀，他們一家獨處於一個車廂隔間裡，但是她很心急，因此感覺整件事好像沒有盡頭似的。

「小乖乖，」她父親說，「要回家了，很高興吧？」

他說這話時，俏皮地輕輕捏了她一下。他看來高大又曬成棕色，比希莉亞印象中高大多了。相反地，母親卻嬌小了。真奇怪，好像兩人身材大小互換了。

「是啊！爸爸，好開心。」希莉亞說。

她是一本正經說出來的。心裡那種奇異的膨脹、心疼的感覺，讓她無法有其他表現。

她父親看來有點失望。她表姊蘿蒂跟他們同行，要到他們家去住一段時期，這時說了：「真是個嚴肅的小傢伙！」

她父親說：「噢！嗯，小孩子忘得很快……」

神色看起來頗惆悵。

米莉安說：「她一點都沒忘，她只是在心裡激動而已。」

然後伸出手輕輕握了希莉亞一下，眼神含笑地看著希莉亞的眼睛，彷彿兩人心照不宣。

豐滿迷人的蘿蒂表姊說：「她沒什麼幽默感，是吧？」

「一點也沒有。」米莉安說，「我也一樣。」她又遺憾地補了一句：「起碼約翰說我沒有。」

希莉亞喃喃問道：「媽媽，很快會到了嗎？很快了嗎？媽媽？」

「什麼很快會到了？小寶貝。」

希莉亞低聲說：「大海。」

「大概再過五分鐘。」

「我想她大概很喜歡住在海邊，在沙灘上玩耍。」蘿蒂表姊說。

希莉亞沒說話。要怎麼解釋呢？大海是快要到家的標誌。

火車駛進了隧道裡，又從隧道裡駛出來。

啊！就在那兒，深藍色閃耀的大海，出現在火車左邊。火車正沿海行駛，在那些隧道中駛進駛出。藍色、藍色的大海，耀眼得讓希莉亞不由自主閉上了眼睛。

然後火車拐彎駛向內陸，很快就會到家了！

又是比例問題！家真是龐然！完全就是龐然！大大的廳房裡幾乎沒有什麼家具。在溫布頓的奶奶家住過之後，現在的家比起來似乎就沒什麼家具了。太興奮了，以至於她都不知道要先做什麼好……

花園！對，首先，一定要去花園。她沿著陡峭小徑狂奔過去，園中有那棵櫸木，真奇怪，以前她沒想過這棵櫸木，但這棵樹幾乎是家中最重要的部分。還有小涼亭，月桂樹下有座位。喔！已經有點雜草叢生了。再來到林子裡去，說不定風信子開花了，但沒有，說不定是花期已經過了。林子裡有棵枝椏如叉的樹，可以在上面玩「藏身中的女王」。喔！喔！喔！「白色男童」在那裡呢！

白色男童站在林子裡的一座涼亭裡，上了三層台階就可到他那裡。他頭上頂著一個石籃，你可以放個供品到石籃裡並許個願。

希莉亞的確有自己一套許願儀式，過程如下：路線從屋裡開始，越過草坪，這是一條河流，然後把渡河海馬拴在玫瑰拱門上，採了供品，很嚴肅地繼續沿著小徑走進林子裡。把供品放進石籃裡，許願，然後行個屈膝禮，往後退下去，願望就會實現了。不過有一點要注意，一個星期最多只能許一個願。希莉亞幾乎總是許同一個願望，而且是受到保母影響。不管是吃雞時吃到許願骨，或者去林中男童那裡，或者見到黑白色花馬，每次遇到這些許願機會，她所許的願總是一樣的：希望做個好人！保母說過，許願要某樣東西是不對的。主會賜給你所需要的一切，而且既然上帝已經（透過奶奶和爸媽等人）在這方面表現得很大方，因此希莉亞就固守著她的虔誠心願。

這時她心想：「我一定、一定、一定得拿樣供品來才行。」她會照老方法來做：騎著海馬越過草坪河流，然後把馬拴在玫瑰拱門上，再走上小徑，然後放供品——兩朵殘缺的蒲公英——到籃子裡並許願……

不過，唉！保母逐漸淡出了，希莉亞放棄了長久以來的虔誠抱負。

「我希望永遠快樂。」她許願說。

然後再到菜園裡去，啊！園丁榮伯在那裡，看起來又陰沉脾氣又壞的樣子。

「哈囉，榮伯，我回來了。」

「可不是，小姐。拜託你不要站在嫩萵苣上面，你現在就踩在它上頭。」

希莉亞趕快挪開腳。

「榮伯，還有沒有醋栗可以吃？」

「已經過了季節了，今年的醋栗收成不好。大概還有一、兩顆覆盆子……」

「喔！」希莉亞手舞足蹈地跑開了。

「可是你別把它們都吃光了。」榮伯在她身後叫說，「我要留一盤飯後吃。」

希莉亞在覆盆子藤蔓之間走動著，拚命忙著吃。還說只有一、兩顆呢！哪止，有幾百顆呢！飽飽地吃了一頓覆盆子之後，希莉亞離開了它們。接下來要去牆邊面向馬路的祕密小窩，隔了這麼一陣子，很難找到入口，但最後還是被她找到了。

跟著，是去廚房找龍斯。龍斯看來比以往更乾淨、龐大，下顎也如常有韻律地動著。親愛、親愛的龍斯，笑得臉彷彿分成了兩半，喉嚨發出了如昔的溫軟呵呵笑聲……

「唷，真想不到，希莉亞小姐，你已經成了大姑娘啦！」

「龍斯，你在吃什麼？」

「我剛烘焙好糖衣脆皮餅乾，準備廚房裡的下午茶用。」

「喔！龍斯，給我一塊！」

「你吃了的話，待會兒就沒肚子吃下午茶了。」

根本就不是真的反對。她邊說，龐大身軀已經移向烤箱，一下子拉開了烤箱門。

「才剛烤好。喏，小心，希莉亞小姐，還很燙喔！」

噢！多可愛的家！回到家中陰涼幽暗的走廊裡，透過樓梯平台的窗口，可以看到那棵櫸木閃耀的綠色。

母親從臥室裡出來，見到希莉亞正痴痴站在樓梯口，雙手緊按住肚子。

「怎麼啦？孩子，幹嘛按著肚子？」

「是那棵櫸木，媽媽，那麼漂亮。」

「我想你的肚子裡感覺到了一切，希莉亞。」

「我覺得這裡有種怪怪痛痛的感覺，也不是真的痛，媽媽，是一種很舒服的痛。」

「這麼說，你是很高興回家嘍？」

「噢，媽媽！」

「榮伯比以前更陰沉了。」希莉亞的父親吃早飯時說。

「哎，我真討厭雇用那個人。」米莉安嚷著說，「但願沒有雇用他就好了。」

「喔，我親愛的，他可是一流的園丁呢！是我們雇用過最好的一個。你看看去年的桃子收成。」

「我知道，我知道，但我從來都不想要雇用他。」

希莉亞很少聽到母親說話這麼激烈。她雙手緊握在一起。父親愛憐地看著母親，就跟看希莉亞時的眼神差不多。

「喏，我不是全權交給你了嗎？對不對？」他心情很好地說，「儘管他有很好的推薦信，可是你卻雇用了那個懶惰糊塗鬼史賓納克。」

「說來我對他的討厭程度也很不尋常。」米莉安說，「後來我們為了要去坡市而把房子租出去，羅傑斯先生寫信來說，史賓納克已經辭工了，他找了另一個園丁，這人有非常好的推薦信，結果回到家一看，發現竟然是他。」

「我真不懂你為什麼不喜歡他，米莉安，這人是有點悲傷，但卻是個很正當的人。」

米莉安打個冷顫。

「我也說不上來是什麼，反正有些不對勁就是了。」

她凝視著前方。

負責廳堂的女傭進來了。

「有請老爺，榮伯太太在前門口，她有話要跟您說。」

「她要做什麼？好吧，我最好過去看看。」

他放下餐巾走了出去。希莉亞盯著母親看，媽媽看起來很奇怪，好像很害怕的樣子。

父親又回到飯廳裡了。

「榮伯昨晚好像沒回家，情況不大對。我猜他們夫妻最近吵過好幾場架。」

他轉頭對依然在飯廳裡的女傭說：「榮伯今天早上在嗎？」

「老爺，我沒看到他。我去問問龍斯維爾太太。」

父親又走出了飯廳。五分鐘後回來了。他開門進來時，米莉安發出驚呼，連希莉亞都嚇了一跳。

爸爸看起來神色古怪，古怪得很，簡直就像個老頭，好像連呼吸都有困難。

母親閃電般從座位上跳起身來，朝他衝過去。

「約翰，約翰，怎麼啦？快告訴我，趕快坐下，你受驚了。」

父親臉色發青，很吃力地說出了話。

「上吊了……在馬廄裡……我已經把繩子弄斷放他下來了，可是沒有……他一定是昨晚上吊的……」

「你受驚了，這對你身體很不好。」母親跳起來，到壁櫃裡拿出了白蘭地。

她叫著說：「我就知道……我就知道會出事的……」

她在丈夫身旁跪下，把白蘭地送到他唇邊，正好一眼看到了希莉亞。

「寶貝，趕快上樓去珍妮那裡。沒什麼好害怕的。爸爸只是不太舒服而已。」她放低了聲音對他低語說：

「不可以讓她知道。這種事情可能會對小孩子造成一輩子的心理陰影。」

希莉亞困惑不解地離開了飯廳。陶麗思和蘇珊正站在樓梯口談論著。

「人家說，他跟老婆大吵大鬧，老婆占了上風。嗯，最不吭聲的那個總是最糟糕的。」

「你有看到他嗎？他舌頭有沒有伸出來？」

「沒看到，老爺說誰都不准去那兒。不知道我能不能弄到一小段上吊繩子？人家說那會帶來好運的。」

「老爺受驚了，而且他心臟很弱的。」

「哎，發生這種事真可怕。」

「發生什麼事？」希莉亞問。

「園丁在馬廄裡上吊了。」蘇珊津津有味地說。

「喔！」希莉亞不覺得有什麼大不了。「為什麼你想要一小段繩子？」

「如果有一小段上吊用的繩子的話，會為你帶來一輩子好運。」

「真的是這樣的。」陶麗思附和說。

「喔！」希莉亞又說。

榮伯的死，對她來說只不過是每天生活中又一樁事實而已。她不喜歡榮伯，因為榮伯從來對她不怎麼好。

那天晚上母親來幫她蓋好被子時，她問：「媽媽，可不可以給我一小段榮伯上吊用的繩子？」

「誰跟你講榮伯的事？」母親聽起來很生氣，「我還特別交代過的。」

希莉亞睜大了眼睛。

「蘇珊告訴我的。媽媽，我可以有一小段上吊用的繩子嗎？蘇珊說那是很幸運的東西。」

母親突然微笑了，然後微笑加深變成大笑。

「媽媽，你笑什麼？」希莉亞狐疑地問。

「因為九歲的時期離我已經太遠了，以致我忘了九歲時的心情。」

希莉亞困惑了一陣子之後才入睡。蘇珊去海邊度假時，曾經差點淹死。其他傭人聽了之後哈哈大笑，說：「丫頭，你是注定要吊死的。」

吊死和淹死，兩者之間必然有什麼關聯……

「我寧願、寧願、寧願淹死。」希莉亞在睡意中想著。

親愛的奶奶（希莉亞第二天寫了信）：

非常謝謝你送我粉紅仙子的書，你真好。小金很好並問候你。請代我問候薩拉和瑪麗以及凱蒂，還有可憐的本尼特小姐。我們家花園裡長出了一棵冰島虞美人。昨天園丁在馬廄裡上吊了。爸爸躺在床上，但媽媽說他不是病得很嚴重。龍斯也讓我做麻花麵包和田園麵包。

附上我很多很多的愛和親吻。

希莉亞　上

❖

希莉亞十歲時，父親去世了。他在溫布頓自己母親家中去世，去世之前已經病倒在床幾個月，因此家中雇有兩名醫院護士。希莉亞早已習慣了父親生病，而母親也總是在談著等父親病好之後，他們要一起去做些什麼事。

她從來沒想過父親會死。當時她正好上樓來，房門開了，母親走了出來。那是她從沒見過的母親……時隔很久之後再想到那一幕，就像一片隨風飄零的葉子。母親雙手朝天一揮，呻吟著，然後猛然開了自己的房門進去，消失在裡面。一個護士跟在她身後出來，走到樓梯口，希莉亞就目瞪口呆站在那裡。

「媽媽怎麼啦？」

「噓，好孩子。你父親……你父親去天堂了。」

「爸爸？爸爸死了，去了天堂嗎？」

「對，你現在得要做個乖乖的小姑娘。記住，你得要安慰你母親。」

護士的身影消失在米莉安房間裡。

希莉亞一片木然，晃晃蕩蕩走到外面花園裡，費了很長時間才接受。爸爸，爸爸走了，死了……

剎那間，她的世界崩潰了。

爸爸……而一切看起來還是依舊。她顫抖著。這就像那個槍手夢……一切如常，而突然間他就出現了。

她看著花園，那棵白蠟樹，那些小徑，一切如常，然而多少不同了。事情會改變，事情會發生……

噢，爸爸……

她哭了起來。

她走進屋裡，奶奶在那兒，坐在飯廳裡，百葉窗全都拉了下來，她正在寫信。偶爾一顆淚珠從臉頰上滑落，她用手帕拭著淚。

「這是我可憐的小姑娘嗎？」看到希莉亞時，奶奶說，「喏，喏，寶貝，你不要煩惱，這是上帝的旨意。」

「為什麼百葉窗都拉下來了？」希莉亞問。

她不喜歡百葉窗都拉下來，這一來屋子裡又黑又古怪，好像連屋子也不同了。

「這是表示尊重的意思。」奶奶說。

奶奶在口袋裡摸索起來，拿出了一顆黑醋栗和紅棗口味的橡皮糖，她知道希莉亞喜歡吃。

希莉亞接過糖，說了「謝謝」，卻沒有吃。她覺得食不下嚥。

她拿著糖坐在那裡看著奶奶。

奶奶繼續寫著、寫著……用黑邊信紙寫著一封又一封信。

整整兩天，希莉亞的母親情況很不好。穿著漿挺制服的醫院護士低聲對奶奶說著話。

「長期過勞、不肯相信，最後又震驚過度……一定要讓她振作起來。」

她們叫希莉亞進房去看媽媽。

房間裡很暗，母親躺在床上平常躺的位置，夾雜著灰色髮絲的棕髮凌亂地環繞著她的臉。她眼睛看來很怪異，非常明亮，盯著某樣東西，某樣希莉亞以外的東西。

「你的寶貝小女兒來了。」護士用那種很讓人生氣的「我最懂」的語氣說。

然後媽媽對希莉亞露出笑容，卻不是發自心底的，不是那種真的知道希莉亞在場的笑容。

護士之前已經先叮囑過希莉亞了，奶奶也交代了。

希莉亞用拘謹的乖乖小姑娘語氣說：「媽媽，爸爸很幸福的在天堂裡。你不會想要叫他回來的。」

母親突然大笑起來。

「喔，會的，我會的！如果我可以叫得了他回來，那麼我是永遠不會停止喊叫的……永遠不會停，不管白天黑夜。約翰、約翰，回到我身邊。」

她用手肘撐起了身子，神色狂野又美麗，卻很奇怪。

護士趕快把希莉亞帶出了房間。希莉亞聽到她回房，走到床邊說：「你得要為孩子們活下去，記住啊，親愛的。」

然後她聽到母親用奇怪的柔順語氣說：「對，我得要為孩子們活下去。你不用教我，我知道的。」

希莉亞下樓進了起居室裡，走到一處牆邊，那裡掛了兩幅彩色印刷圖，名為「哀傷的母親」和「快樂的父親」。希莉亞想的不是後者，圖中那個淑女般的男人跟希莉亞概念中的父親一點也不像，不管是快樂或其他方面。反倒是那個傷心發狂的女人，飄揚的頭髮，張開雙臂抱住兒女們——對，媽媽就是像那副樣子。哀傷的母親。希莉亞懷著某種怪異的滿足感點著頭。

一切發生得很快，有些挺令人興奮的，比如奶奶帶她去買喪服。

希莉亞忍不住挺享受這些喪服的。哀悼！她在哀悼中！聽起來很重要而且長大了。她想像人家在街上看著她。「看到那個穿了一身黑色的孩子嗎？」「對，她剛剛喪父。」「喔！天哪！多傷心。可憐的孩子。」然後希莉亞走路時會稍微抬頭挺胸，接著黯然垂下頭來。她覺得這樣想有點可恥，但又忍不住覺得自己是個很有意思又浪漫的人物。

希瑞爾回家來了。他現在長得很大了，但講話聲音偶爾會出點怪情況，然後他就會臉紅。他很粗暴又不自在，有時眼中含淚，但如果你留意到的話，他就會光火。他逮到希莉亞對鏡搔首弄姿試新衣，於是公然表示輕視。

「你這種小孩就只會想到這個，新衣服。好吧，我料想你大概太小，所以不懂事。」

希莉亞哭了，覺得他很不客氣。

希瑞爾避免跟母親接觸。他跟奶奶處得比較好，對奶奶扮演家中男人的角色，奶奶也助長他這樣做。寫信時，奶奶向他請教該怎麼寫，在很多細節上，也請他幫忙拿捏。

希莉亞不准出席喪禮，她認為這很不公平。奶奶也沒有去。希瑞爾陪母親去了。

喪禮那天早上，母親首次下樓來，戴了寡婦帽子，希莉亞很不習慣她的模樣：挺柔順又嬌小的。還有……還有……喔，對了，很無助的樣子。

希瑞爾一副男子漢的保護模樣。

奶奶說：「米莉安，我這裡有幾朵白色康乃馨，我想也許下葬時，你會想把它們投到棺木上。」

「不了，我寧願不做這類事。」

喪禮過後，屋裡的百葉窗全都拉上去了，日子又如以往照常過下去。

希莉亞不知奶奶是否真的喜歡媽媽，以及媽媽是否真的喜歡奶奶。她也不很清楚為什麼會產生這念頭。她對母親感到不開心，因為母親走動時那麼安靜無聲，也很少講話。

奶奶每天大部分時間都在收信、看信。她會說：「米莉安，我肯定你會想聽聽這封信，派克先生講起約翰充滿感情。」

但她母親卻敬謝不敏地說：「拜託，不要，現在不要。」

然後奶奶眉頭稍微一揚，摺好信，冷淡地說：「隨便你。」

可是下次郵差送信來時，同樣的情況又繼續上演。

「克拉克先生真是個好人。」她說著，一面邊看信邊略微抽著鼻子。「米莉安，你真該聽聽這個，對你有幫助，他講得真美，說到死去的親人如何總是跟我們在一起。」

然後，像是從靜止狀態中被激起似的，米莉安會突然大叫起來：「不要，不要！」

這突如其來的喊叫，讓希莉亞感覺到母親的感受：母親希望別人不要去煩她。

有一天，一封貼了外國郵票的信寄來了，米莉安拆了信，坐著看信，秀麗的字體寫滿了四張信紙。奶奶留神看著她。

「是露薏絲寄來的嗎？」她問。

「對。」

然後是沉默。奶奶渴望地瞧著那封信。

「她說什麼？」最後終於忍不住問。

米莉安正把信摺起來。

「我想這封信只是寫給我看的，不是給其他人看的。」她靜靜地說，「露薏絲……她了解。」

這回奶奶的眉毛揚到幾乎高到頭髮裡去了。

幾天之後，希莉亞的母親跟蘿蒂表姊出遠門散心，希莉亞跟奶奶住了一個月。

等到米莉安回來之後，就和希莉亞回家了。

生活又開始了，另一種新的生活。希莉亞和母親獨自住在大花園洋房裡。

第五章　母女

母親向希莉亞解釋說，現在情況不大一樣了，爸爸在世的時候，他們以為家境頗富有，但他去世後，律師卻發現剩下的錢只有一點點了。

「我們過日子得要非常、非常簡單，其實我真的該賣掉這棟房子，到別的地方找一棟小村舍住。」

「喔，不要，媽媽，不要……」

米莉安看著女兒激烈反應，露出微笑。

「你這麼愛這房子嗎？」

「喔，是的。」

希莉亞急切萬分。賣掉這個家？噢，她受不了。

「希瑞爾也這樣說……可是不知道我這樣是否明智……這表示日子要過得非常非常省……」

「噢！求求你，媽媽，求求你、求求你、求求你。」

「好吧，寶貝，畢竟，這是棟幸福的房子。」

對，這是棟幸福的房子。多年之後回顧，希莉亞體會出這話說得很有道理。這房子有某種氣氛，是個幸福的家，還有在這裡度過的幸福歲月。

當然，生活上也有改變。珍妮回法國去了。園丁每星期來兩次，負責保持花園整潔，而溫室也逐漸變得七零八落。蘇珊和負責打掃廳堂的女傭走了，龍斯留了下來，她不露聲色，卻很堅定。

希莉亞的母親跟她爭論。「可是，你知道以後你工作會辛苦很多，我只雇得起一個女傭，清潔打掃、伺候用餐等全部包辦，而且沒有額外幫手做瑣事。」

「我很樂意，夫人。我不喜歡改變，我習慣了這裡的廚房，很適合我。」

沒有絲毫忠心耿耿的暗示，不談感情。只要提到一點點的話，就會讓龍斯感到非常難為情。

於是龍斯就減薪留下來，希莉亞要到後來某個時期才明白，她留下來不走，對米莉安的考驗更大。因為龍斯是在一所上流學校受的訓練，對她來說，食譜是以「一品脫厚奶油和一打鮮雞蛋」開始的，要她做簡單又省錢的菜，給食品供應商下小訂單，簡直是難以想像。她還是照樣烘焙一盤盤的脆皮甜餅乾作為廚房下午茶點心，麵包多到吃不完而發霉時，就整個扔掉餵豬。向食品供應商下訂單時量要大，在她而言是很有面子的事，表示這戶人家的賒欠信用很好。因此，當米莉安接手下訂單後，對她打擊真的很大。

至於負責家裡其他所有工作的女傭，則請了年紀比較大的葛麗格。米莉安剛結婚時，葛麗格曾為她工作過，那時葛麗格專門負責服侍用餐、應門等。

「夫人，我在報紙上一看到您登的廣告，馬上就辭職上門來。我在別的地方從來都不如在這裡快樂。」

「葛麗格，如今跟以前很不一樣了。」

但是葛麗格堅持要來。她是個一流的服侍用餐、招呼客人的女傭，但這方面的技巧發揮不上了，因為家裡再也沒請客吃飯了。作為廳房打掃清潔女傭，她卻很馬虎，對蛛網視而不見，也很縱容灰塵的存在。她會講當年輝煌日子的故事給希莉亞聽，讓希莉亞聽得津津有味。

「耶誕夜，你爸爸媽媽坐下來吃晚飯，兩道湯、兩道魚、四道前菜、一大塊帶骨烤肉，以及他們所稱的『瑣貝[16]』、兩道甜點、龍蝦沙拉，還有道冰品布丁！」

「想當年真是好日子。」葛麗格很勉強地端來焗烤通心粉（那就是米莉安和希莉亞的晚餐），忍不住這樣暗示說。

米莉安對花園產生了興趣。她其實一點園藝也不懂，更懶得學，就只是做實驗，結果她的實驗總是莫名其妙地茂盛，成了園中之冠。她不分時節地亂種花和球莖，播種時也不管埋的泥土深淺地亂播一通，結果只要她經手的，全都開了花、活得好好的。

「你媽有雙能種活東西的手。」老園丁阿熙沮喪地說。

老阿熙是承包園藝的園丁，每星期來兩次，他是真的懂園藝，很遺憾地偏偏天生種不活東西，只要是他經手，植物總是種死掉，由他修剪過的植物也很倒楣，如果沒有「爛死掉」就一定會成「早霜」的受害者。他給米莉安園藝方面的建議，米莉安都沒有聽。

他熱切希望把那片斜坡草坪分割成「一些漂亮花壇，半月形和菱形的，然後整個花壇種上某種同類的花壇植物」。米莉安不高興地拒絕了，他很懊惱。當米莉安說她喜歡整片綠地時，他就會回說：「嗯，花壇看起來像個紳士的地方，這點你不能否認。」

希莉亞和米莉安搶著用花為家裡布置，她們會用白色的花、爬藤茉莉、香氣甜美的丁香、白色福祿考以及紫羅蘭等做成高大的花束。後來米莉安又迷上異國風情的小花束、櫻桃餡餅以及芬芳的粉紅玫瑰。

這種傳統粉紅玫瑰的香氣，一輩子都讓希莉亞想起母親。

希莉亞最懊惱的是，不管她花多少時間、費多少功夫，插出來的花總是比不上母親的。米莉安隨意把花一插，就有渾然天成的韻味。她插的花別具一格，根本不符合當時流行的插花手法。

上課是湊合著上的。米莉安說希莉亞得要繼續自修算術，因為米莉安這方面不行。希莉亞老老實實照著做，繼續用父親當初指導她所用的那本棕色算術小書。

她不時會陷在沒有把握的困境裡：對某道題沒有把握，不知道答案應該是綿羊還是人。幫房間貼壁紙的計算題讓她困惑不已，所以乾脆就跳過這部分。

米莉安對於教育自有一套理論。她是個好老師，講解清楚，而且只要是她所選的科目，都有辦法讓人大感興趣。

她熱愛歷史，在她的指導下，希莉亞橫掃了一宗又一宗的世界史事件。英國史的穩定發展讓米莉安感到無趣，但是英國的伊莉莎白女王和查理五世皇帝、法國的法蘭西斯一世、俄國的彼得大帝等，對希莉亞而言，都成了活生生的人物。輝煌的羅馬帝國又活了起來。迦太基滅亡了。彼得大帝帶領俄羅斯從野蠻中興起，成為強國。

希莉亞喜歡聽人為她朗讀，而米莉安教到某時期的歷史時，就選擇跟該時期相關的書來朗讀。她朗讀時會毫不在乎地跳過某些段落，她對於乏味的內容向來一點耐心都沒有。地理則差不多都跟歷史一起講，此外就沒其他課了，最多就是米莉安盡量改進希莉亞的拼字，然而以希莉亞這年齡的小姑娘來說，拼字不好是沒什麼好丟臉的缺點。

有個德國女人來教希莉亞鋼琴，希莉亞很快就表現出對學鋼琴的熱愛，練琴時間比老師規定的還要長。

瑪格麗特．麥克瑞不住在附近了，但每星期梅特蘭家的小孩愛麗和貞妮會來喝茶。愛麗比希莉亞大，貞妮則比她小。她們一起玩塗色遊戲和「一二三，木頭人」，還成立了一個祕密組織叫「常春藤」。她們創了暗

16　一種類似冰沙的冰品，通常為檸檬口味。原文為法文，故女傭只知仿其發音。

號、一種特別的拍手方式，還用隱形墨水寫信息，做完了這些之後，常春藤會就沒落了。

還有潘家的小孩。

都是胖胖壯壯的小孩，老氣橫秋的聲音，比希莉亞小，一個叫桃樂絲，一個叫梅寶。她們的人生理想就是吃，而且總是吃太多，結果往往沒離開之前就開始不舒服了。希莉亞會去她們家吃午飯，潘先生是個紅臉的大胖子，他太太又高又瘦，蓄著很搶眼的黑色劉海。他們感情很好，也都很愛吃。

「佩斯維，這羊肉真美味，真的好好吃。」

「再給我一點點，親愛的。桃樂絲，你要不要再來一點？」

「謝謝爸爸。」

「梅寶呢？」

「不要了，謝謝爸爸。」

「來，來，這是什麼？這羊肉味道真好。」

「我們得要讚讚吉爾斯，親愛的。」（吉爾斯是肉店老闆。）

潘家和梅特蘭家的小孩都沒在希莉亞的生活中留下太多印象。對她來說，她自己玩的遊戲始終才是真正的遊戲。

隨著她彈鋼琴技巧的進步，她也花愈來愈多的時間待在大課室裡，翻閱一疊疊積塵的舊樂譜，讀著樂譜上的一首首老歌：〈在溪谷裡〉、〈睡眠之歌〉、〈菲斗與我〉。她唱出這些歌，聲音清脆又純美。

她對自己的聲音挺沾沾自喜的。

很小的時候，她曾宣布說將來要嫁給公爵。保母表同意，但條件是希莉亞得學著吃飯吃快一點。

「因為，我親愛的，住在豪宅裡的話，男管家會在你還沒吃完之前，老早就把盤子撤下去了。」

「他會這樣做嗎?」

「對,在大豪宅裡的男管家是來回巡視的,不管每個人吃完了沒有,他就把他們的盤子拿走!」

從那之後,希莉亞就比較大口趕快吃飯,以便訓練自己將來可以適應公爵府裡的生活。

而今這個意念首次動搖了,也許她根本不會嫁給公爵,不了,她要做個首席紅伶,像梅爾芭[17]那樣的。

希莉亞大部分時候還是自己消磨時間,雖然有梅特蘭家和潘家的小朋友來和她喝茶,但她們反而不像她自己的「那群女生」來得真實。

「那群女生」是希莉亞自己想像出來的人物。她知道她們所有的事,不管是她們的長相、穿著打扮還是她們的感受與想法。

首先是伊瑟瑞.史密斯,她長得又高又黑,而且非常、非常聰明,也很會玩遊戲。事實上,伊瑟瑞什麼都拿手。她有「身材」,穿條紋襯衫。她集希莉亞所欠缺的特點於一身,代表了希莉亞想要成為的人。其次有安妮.布朗,伊瑟瑞的密友,金髮白膚,弱不禁風又「嬌滴滴的」。伊瑟瑞教她做功課,安妮則很敬仰欣賞伊瑟瑞。再下來是伊莎貝拉.蘇立文,紅髮棕眼,長得很漂亮,家裡有錢,人很驕傲不討人喜歡,總以為自己打槌球會贏伊瑟瑞,但希莉亞卻管著不讓這情況發生,雖然有時也覺得自己心腸挺壞的,故意讓伊莎貝拉沒打中球。艾絲.格林是伊莎貝拉的表妹——窮表妹,黑鬈髮藍眼睛,開朗活潑。

艾拉.格瑞維斯和蘇.德.維特年紀小得多,只有七歲。艾拉很認真又用功,一頭亂蓬蓬的棕髮,容貌平庸。她算術經常得獎,因為她非常用功。她皮膚很白,希莉亞一直不太確定她的長相,而她的性格也經常不同。薇拉.德.維特是蘇同父異母的姊姊,是「這學校」裡性格浪漫的人,十四歲,麥稈色頭髮,跟勿忘

17 梅爾芭(Nellie Melba, 1861-1931),澳洲女高音,是第一位蜚聲國際的女高音,也是當時最著名的歌劇演員之一。

我一樣藍的眼睛。她的過去頗有令人費解之處，到最後，希莉亞才曉得原來她出生時被掉包了，其實她才是真正的維拉小姐，是該地家世最顯赫貴族之一的女兒。還有個新來的女生蕾娜，希莉亞最愛扮演剛來到學校時的蕾娜。

米莉安依稀知道有「這群女生」，但從來不過問她們的事，希莉亞對此感激莫名。下雨的日子裡，「這群女生」就在課室裡舉行音樂會，各人分配到不同樂譜。最讓希莉亞生氣的是，扮演伊瑟瑞彈奏她分配到的樂譜時，明明很急著彈好，手指卻偏偏彈錯了。而儘管她每次都故意分配最難彈的給伊莎貝拉，卻偏偏彈得非常好。「這群女生」還玩克里比奇紙牌遊戲，互相競賽，結果伊莎貝拉總是好運得讓人生氣。

有時希莉亞去奶奶家住，奶奶會帶她去看音樂喜劇。她們乘四輪馬車到火車站，搭火車到維多利亞站，再乘四輪馬車到陸海軍福利社吃中飯，奶奶會先在這裡的雜貨食品部買一大堆東西，而且總是由同一個老先生來招呼她。買完之後，她們才上樓去餐廳吃中飯，最後以「裝在大杯裡小杯分量的咖啡」結束午飯，因為這樣一來杯裡就可以加很多牛奶。接著她們去糖果糕點部買半磅巧克力咖啡鮮奶油，然後又乘另一輛四輪馬車到戲院去，在那裡，奶奶和希莉亞都津津有味地欣賞演出的點滴。

往往看完戲後，奶奶會買該劇樂譜給希莉亞。這一來，又為「那群女生」開啟了活動新天地，現在她們搖身一變成了音樂劇明星。伊莎貝拉和薇拉有女高音嗓子，伊莎貝拉的音域較大，但薇拉的嗓子較甜美。伊瑟瑞有很棒的女低音嗓子，艾絲則有很美的柔弱嗓音。安妮、艾拉和蘇演出的都是不重要的角色，但蘇漸漸演起花旦來。《鄉下姑娘》是希莉亞的最愛，〈雪松之下〉在她看來簡直就是空前的絕美歌曲，她唱到嗓子都沙啞了。公主的角色給了薇拉，以便她可以唱這首歌，而女主角就讓伊莎貝拉來演。《陽光普照的錫蘭》也是她的最愛，因為有個好角色讓伊瑟瑞演出。

米莉安有頭痛毛病，她的臥房正好在鋼琴底下，結果到最後終於禁止希莉亞練琴超過三小時。

好不容易，希莉亞早期的志向實現了：她有了一條百褶裙，也可以留下來上長裙舞課了。如今她是特殊階層的人了，不用再跟桃樂絲．潘跳舞，桃樂絲只穿一件純白的宴會裝而已。穿百褶裙的女生只互相一起跳舞，除非她們自覺「很好心」才去跟別人跳。希莉亞和貞妮．梅特蘭配對跳舞，貞妮跳得很優美。跳華爾滋時，她們總是一起，練踏步時也彼此搭檔，但有時卻被分開，因為希莉亞比貞妮高出一個半頭，而麥金塔小姐喜歡練踏步時一對對學生高矮一樣。跳波卡舞則時興跟年紀小的學生搭檔，每個比較大的女生都帶一個年幼的小孩跳。六個女生留在後面跳長裙舞。希莉亞總是在第二排，讓她失望得很，心裡很不是滋味。希莉亞倒不介意跟貞妮跳，因為貞妮比別人都跳得好，但是妲芙妮跳得很差勁，犯很多錯誤。希莉亞老是覺得很不公平，麥金塔小姐讓矮的女生在前排，高的在後排，這做法很令人費解，可是希莉亞又想不出解決辦法。

米莉安跟希莉亞對百褶裙該選什麼顏色都很興奮，她們熱烈討論了很久，又顧及別的女生穿的顏色，最後決定選火紅色的。別人都沒有這種顏色的裙子，希莉亞陶醉極了。

自從丈夫過世後，米莉安就很少出門，也很少在家招待朋友。她只跟那些有和希莉亞差不多年齡兒女的人以及少數幾個老朋友「繼續往來」。不過話說回來，輕易丟下了以往的交際應酬，還是讓她有點心酸，這都是錢造成的不同待遇。人家根本就沒怎麼把她和約翰當一回事，如今就更不怎麼記得她的存在了。她自己是不在乎的，因為她向來是個害羞的女人，之所以去交際應酬，都是為了約翰。約翰喜歡請人到家裡來玩，喜歡出去見人。他從來沒想到米莉安有多討厭交際，這都因為她扮演得非常好之故。如今她可以鬆一口氣了，可是仍照樣為了希莉亞的緣故而繼續交際，因為孩子在成長過程中，還是需要有社交活動的。

夜晚是母女倆共度的最快樂時光之一。她們七點鐘就早早吃完晚飯，然後上樓去課室裡，希莉亞做些女紅，母親則朗讀給她聽。朗讀會讓米莉安打起瞌睡，聲音逐漸變得很奇怪又不清楚，頭逐漸往前垂下來……

「媽媽，」希莉亞會責怪地說，「你在打瞌睡。」

「我才沒有打瞌睡。」米莉安憤慨地宣稱說。接著就挺直坐著，清清楚楚繼續念上兩、三頁，然後就突然說：「我想你說得對。」接著把書本一闔，就睡著了。

她不過睡個三分鐘左右，就會醒過來，精神充沛地又開始朗讀起來。

有時米莉安會講自己以前的事而不朗讀，講她如何以遠親身分去跟奶奶住在一起。

「我母親去世了，家裡沒錢，於是奶奶就很好心地收養我。」

對於那番好意她有點冷淡，也許不是表現在措詞裡，而是語氣。這冷淡掩蓋了童年時代的寂寞回憶，以及對自己母親的渴望。後來她病倒了，醫生上門看診。醫生說：「這孩子心裡有事。」「喔，不會的。」奶奶很肯定地回答說，「她是個很快樂開朗的小丫頭。」醫生沒說什麼，等奶奶走出房間之後，醫生就坐到床沿很和藹地跟她說話，態度很保密，而她也突然撤除藩籬，向醫生坦承晚上都會在上床之後哭很久。

奶奶聽了醫生告訴她的話之後，非常吃驚。

「真是的，她怎麼從來都沒跟我說過。」

從那之後，情況就比較好了。光是說出來就似乎解除了痛苦。

「然後還有你爸爸。」她的聲音多溫柔啊！「他總是對我那麼好。」

「講爸爸的事給我聽。」

「他已經長大了──十八歲。他不常回家，因為不太喜歡他繼父。」

「你是不是對他一見鍾情呢？」

「對，從一見到他就開始喜歡上他了……作夢也想不到他會對我有意思。」

「你沒想過嗎？」

「沒有。嗯，因為他總是跟些時髦小姐們出去。一來因為他很會跟人調情，二來也因為他是人家心目中的好對象。我老是以為他會娶別人的。他回來的時候總是對我很好，常常會送花、糖果或胸針什麼的給我。對他來說，我只是『小米莉安』而已。我想他是很高興我對他那麼一心一意的。他告訴我說，有一次他朋友的母親，一位老太太，曾對他說：『約翰，我看你將來會娶你那個小表妹的。』而他則哈哈笑說：『娶米莉安？哎，她只是個小孩啊！』那時他正跟一個挺漂亮的小姐在交往中。不過不知是什麼緣故，結果吹了……我是他唯一求過婚的女人……我還記得，以前常想著萬一他結婚的話，我就會躺在沙發上悲傷憔悴下去，沒有人會知道我是怎麼回事！我就只是逐漸凋零！那是我年輕時固有的浪漫想法——沒有希望的愛情，然後躺在沙發上。我會死掉，但沒有人會知道是怎麼回事，直到他們發現我收藏的他的信札，跟壓乾的勿忘我一起用藍絲帶綁住。這些念頭很傻，但不知道怎麼的，對我很有幫助，所有這些想像……

「我還記得有一天，你爸爸突然說『這孩子的眼睛真漂亮』，我吃了一驚。我一直覺得自己長得很不好看。我爬到椅子上，盯著鏡子裡的自己看了又看，想看他說這話是什麼意思。最後，我心想，我的眼睛大概算漂亮的……」

「爸爸什麼時候要你嫁給他的？」

「我二十二歲的時候。他離開了一年。我寄了一張耶誕卡和一首我寫的詩給他，他把那首詩藏在記事本裡。他死時那首詩還在那裡……」

「我沒辦法告訴你，他向我求婚時我有多驚訝。我說『不』。」

「可是，媽媽，為什麼呢？」

「很難解釋清楚……我成長過程一直很自卑，覺得自己『矮胖』，不是個又高又漂亮的人。我覺得，也許一旦結婚之後，他會對我感到失望。我對自己不太有信心。」

「然後湯姆叔公……」希莉亞對這部分的故事幾乎和米莉安一樣熟悉。

「對，湯姆叔公。那時我們在薩塞克斯湯姆叔公那裡，他是位老先生，但很有智慧，人很好。我正在彈鋼琴，我還記得他坐在火旁，說：『米莉安，約翰向你求婚，是不是？結果你回絕了他。』我說：『對。』『可是你愛他吧，米莉安？』我又說：『愛。』『下次不要說不了。』他說，『他會再向你求一次婚，可是不會求第三次的。他是個好男人，米莉安，不要扔掉你的幸福。』」

「結果他真的又向你求婚了，而你這回說『好』。」

米莉安點點頭。

她的眼睛又發亮了，那是希莉亞很熟悉的眼神。

「講你怎麼來這裡住的經過給我聽。」

那又是另一個耳熟能詳的故事。

米莉安微笑了。

「我們本來住在這地方的公寓裡，有兩個幼兒，你的小姊姊嬌兒，後來死了，還有希瑞爾。你爸爸要到印度出差，沒法帶我一起去。我們認為這地方很好，想要找棟房子住一年。我和你奶奶就一起去找房子。

「等到你爸爸回家吃中飯時，我跟他說：『約翰，我買了一棟房子。』他說：『什麼？』奶奶說：『沒問題的，約翰，這會是很好的投資。』因為奶奶的丈夫，也就是你爸爸的繼父，留了一點錢給我。我看到唯一喜歡的房子就是這棟。房子這麼幽靜，這麼幸福。但是房主老太太不肯租，只肯賣。她是貴格教派信徒，非常和藹可親。我對奶奶說：『我用自己的錢買下來，好不好？』

「奶奶是我的託管人。她說：『房地產是一項好投資，買下來。』

「那位貴格教派老太太非常貼心，她說：『吾將念爾，吾愛，在此幸福快樂。汝與汝夫暨汝子女……』簡直就像是個祝福。」

真像她母親：當機立斷。

希莉亞說：「我是在這兒出生的？」

「對。」

「噢！媽，千萬不要賣掉它。」

米莉安嘆息了。

「我不知道我是否明智……但你這麼愛它……說不定，它會成為你永遠可以回來的地方。」

蘿蒂表姊來小住，如今她已結婚了，在倫敦有一棟自己的房子，但她需要換換鄉間空氣，米莉安如是說。

蘿蒂表姊顯然身體不好，躺在床上，人非常不舒服。

她隱約提及某些吃的東西會讓她噁心。

「可是她現在應該好些了。」希莉亞熱心地說，因為一個星期過去了，蘿蒂表姊還是不舒服。

當你「感覺噁心」的時候，就得喝蓖麻油並躺在床上，第二天或第三天就會好多了。

米莉安一臉好笑表情看著希莉亞，是一種半內疚、半微笑的神情。

「寶貝，我想我最好還是告訴你吧，蘿蒂表姊感覺噁心想吐，是因為她要生孩子了。」

希莉亞這輩子沒這麼吃驚過。自從和瑪格麗特．普立斯曼爭論過之後，她再也不曾想過小寶寶是從哪裡來的事。

她迫不及待提出了問題。

「可是為什麼這會讓人噁心想吐呢？小寶寶什麼時候來？明天嗎？」

她母親笑了。

「哦，不，要等到秋天。」

她又告訴了希莉亞一些事：要多久小寶寶才會來到，以及一些關於過程的事。對希莉亞來說，這簡直是最令人吃驚的事，真可說是她這輩子前所未聞、最驚人的。

「不過千萬別在蘿蒂表姊面前談這些事。因為，小女生是不該知道這些事情的。」

第二天，希莉亞興奮萬分地跑去找母親。

「媽媽，媽媽，我作了個最令人興奮的夢。我夢見奶奶要生孩子了。你想這會不會變成真的？我們要不要寫信去問問她？」

見到母親哈哈大笑起來時，希莉亞很吃驚。

「夢有時的確會變成真的，」希莉亞很不以為然地說，「《聖經》上就是這樣說的。」

❖

對於蘿蒂表姊要生小寶寶所感到的興奮，只維持了一個星期。希莉亞還是暗中希望小寶寶現在就來，而不是秋天才來。畢竟，媽媽可能弄錯了。

蘿蒂表姊回倫敦去了，希莉亞也忘了這件事。到了秋天，她住在奶奶家的時候，老薩拉突然從屋裡走到花園中，對她說：「你蘿蒂表姊生了個小男孩，這可不是很好嗎？」希莉亞聽了感到很意外。

希莉亞衝回屋裡，奶奶正坐著，手裡拿著封電報，在跟她的摯友麥金塔太太講話。

「奶奶，奶奶，」希莉亞叫著說，「蘿蒂表姊真的生了個寶寶嗎？有多大？」

奶奶想定之後心一橫，用毛線織針（最大的那支）比了比嬰兒的大小，因為她正在織睡襪。

「就只有那麼長嗎？」這真是難以置信。

「我妹妹珍出生時，小到能放在肥皂盒裡。」奶奶說。

「奶奶，放在肥皂盒裡？」

「大家都沒想到她活得成。」奶奶津津有味地說，一面又低聲對麥金塔太太補了一句，「活了五個月。」

希莉亞坐在那裡，極力在腦海中勾勒出小到那種程度的嬰兒。

「什麼樣的肥皂？」沒多久她又問，但是奶奶沒回答，她正忙著低聲跟麥金塔太太說悄悄話。

「你瞧，醫生們對於夏洛蒂的意見不一。由得她自然生產，這是專科醫生說的。四十八小時……臍帶，其實已經纏著脖子了……」她的聲音愈來愈小，瞄了希莉亞一眼後就住口了。

奶奶講話的樣子真妙，感覺好像說的內容頗刺激似的……她看你的神情也很妙，就好像要是她願意的話，她可以告訴你各種事情。

希莉亞到了十五歲時，又變得很信教了。這回是不同的宗教，很高層的教會。她還行了堅信禮，而且也聽了倫敦主教的講道，馬上就對主教產生了浪漫情懷。她房間壁爐上放了一張主教肖像的明信片，每次看報紙都熱切搜索著提到主教的片段。她編很長的故事，故事裡的她在倫敦東區教區服侍、家訪病患，終於有一天，主教留意到她，最後他們終成眷屬，住在富蘭區主教宅邸裡。另一個相反版本的故事裡，她則成了修女——因為她發現，原來有的修女並非屬於羅馬天主教會——過著非常聖潔的生活，而且還看得到異象。

堅信禮之後，她閱讀很多各種不同的小書，每個星期天都很早去教堂做清早禮拜。由於母親不肯跟她同去，她感到很心痛。米莉安只有在聖靈降臨節那天才去教堂，這天對她來說，是基督教會的重大節日。

「神的聖靈，」她說，「想想看，希莉亞，這是神的大神奇、玄祕和美。祈禱書忌諱談它，神職人員幾乎絕口不提。他們害怕談，因為他們也不確定聖靈是什麼。」

米莉安崇拜聖靈，這點使得希莉亞頗感彆扭。米莉安不太喜歡教堂。她說，有些教堂聖靈比別的教堂多，視乎去那裡敬拜的人而定，她這麼說。

希莉亞是堅定嚴格的正統教徒，對此很感苦惱，她不喜歡母親這麼不正統。米莉安有些頗神奇之處，她能見到異象，可以看到肉眼不見的東西。她還能看穿你在想什麼，這兩個特點都很令人不安。

希莉亞想成為倫敦主教夫人的願景逐漸淡去，反而愈來愈想做修女。

後來她覺得，也許最好先向母親透露，她很怕母親會不高興。哪知米莉安非常平靜地接受了這消息。

「哦，知道了，親愛的。」

「媽，你不介意嗎？」

「不介意，親愛的。要是等到你滿二十一歲的時候，你還想要做修女的話，你當然應該去……」

說不定，希莉亞心想，她會成為羅馬天主教徒，因為天主教修女多少比較真實。

米莉安說，她認為羅馬天主教是很好的宗教。

「你父親和我一度差點成了天主教徒。差一點點。」她突然微笑說，「我差點就把他拉去入教了。你父親是個好男人，單純得跟個小孩似的，很樂於信他所信仰的宗教。反倒是我，總是去找別的宗教，然後又催他去信教。我認為信什麼教是很重要的。」

希莉亞心想：當然重要啦！但她沒說出口，因為要是她說的話，母親就會開始大談聖靈，而希莉亞對聖靈卻退避三舍。那些小書都沒怎麼提到聖靈。她一心想著，到時候她會做修女，在修道院斗室裡祈禱……

過了沒多久，米莉安就跟希莉亞說，她該去巴黎了。以前老早就擺明了希莉亞要在巴黎「完成學業」。對於這前景，她感到相當興奮。

在歷史和文學方面，希莉亞接受了很好的教育，也獲准自由選擇想閱讀的東西。她也熟諳當今的話題，因為米莉安堅持要她看報紙文章，認為這是她所謂「通識教育」不可或缺的部分。算術教育的解決方法則是安排希莉亞每星期去本地學校上兩次課，接受指導，而這學科本來就是希莉亞一向喜歡的。

至於幾何、拉丁文、代數以及文法，她就一竅不通了。她的地理常識很粗淺，所知道的知識僅限於旅遊文學書本裡的。

她會在巴黎學唱歌、彈鋼琴、素描、油畫，還有法文。

米莉安找到一個靠近布瓦大道的地方，那裡收了十二個女學生，由一位英國女士和法國女士合夥經營。米莉安陪她去了巴黎，而且一直等到確定女兒在那兒會很開心後才走。四天之後，希莉亞想媽媽想得很厲害，起初她也不知道自己是怎麼回事，喉嚨老是像哽住似的，無論何時一想到媽媽，眼淚就湧上來了。要是她穿上一件母親為她做的襯衫，想著母親一針針縫製的情景，就淚盈於眶。第五天，母親來接她外出。

她外表平靜內心澎湃地下樓去。一到了外面上了車要去旅館時，希莉亞的眼淚就湧出來了。

「噢！媽……媽！」

「怎麼啦，寶貝兒？你不開心嗎？要是你不開心的話，我就帶你走。」

「我不是想要你帶我走，我喜歡那裡。我只是想要見到你。」

過了半小時之後，前些時候的苦楚彷彿都像作夢般很不真實了。有點像是暈船，一旦你好了以後，就不記得暈船的感覺了。

那種感覺沒有再回來過。希莉亞等著它，緊張兮兮地研究自己的感覺，可是，沒有了；她愛母親，仰慕她，但是已經不再一想到她就有哽咽的感覺了。

有個美國女同學梅西．佩恩來找她，用她那種慢悠悠的軟語腔調說：「我聽說你覺得寂寞，因為我母親跟你母親住同一家旅館。你現在感覺好些了嗎？」

「是的，現在沒事了，我很傻。」

「嗯，我想這是很自然的事。」

她那種慢悠悠軟語腔調，讓希莉亞想起了在庇里牛斯山區認識的美國朋友瑪格麗特．普立斯曼，不由得對這個高大的黑髮女孩心生感激，聽到梅西之後的這段話，她更激動了：「我在旅館裡見到你母親，她很漂亮，而且不止漂亮，她有點纖纖弱質。」

希莉亞想著母親，以初次見到她的客觀眼光去看——熱切的小臉孔，小巧的雙手和雙腳，小巧的耳朵，細窄的高鼻梁。

她母親……噢！全世界沒有一個人像她母親！

第六章 巴黎

希莉亞在巴黎待了一年，過得很開心。她喜歡那些女同學，雖然對她來說沒有一個顯得很真實。梅西本可能變得真實的，可惜希莉亞入學後的那個復活節，梅西就離開了。她最要好的朋友是個高大的胖女孩貝絲・衛斯特，住在隔壁房間。貝絲很愛講話，希莉亞則是個很好的聆聽者，兩人都很愛吃蘋果。貝絲邊吃蘋果，邊講很長的故事，都是些她惡作劇和冒險的故事，故事的結局都是「然後我就豁出去了」。

「我喜歡你，希莉亞，」有一天她說，「你很懂事。」

「懂事？」

「你不會老是關注男生和某些事。像梅寶和潘蜜拉那種人就讓我受不了，每次我上小提琴課，她們就嘻笑又暗笑，認為我對老弗蘭茲有意思或他對我有意思。我稱這種是平常小事。我就跟其他人一樣，喜歡跟男生打情罵俏，卻不做這種跟音樂老師有關、讓人偷笑的白痴勾當。」

希莉亞此時已經過了暗戀倫敦主教的時期，但自從看了傑哈・杜・莫里耶[18]演出的《別名吉米・瓦倫

18 傑哈・杜・莫里耶（Gerald du Maurier, 1873–1934），英國著名的舞台劇演員。

泰》之後，就對他意亂情迷。不過她絕口不提這祕密熱戀。

另一個她也喜歡的女生，則是貝絲提到時通常稱之為「傻蛋」的女孩。

西碧兒．史雲頓十九歲，是個高大的女孩，有美麗的棕眼，濃密的栗色秀髮。她非常和藹可親，也非常笨，什麼事情都得要跟她解釋兩遍才行。鋼琴課是她最沉重的十字架，因為她很不會讀樂譜，彈錯音符時自己也聽不出來。希莉亞會很耐心地坐在她身旁一個小時，不停地說：「不對，西碧兒，這是升半音——你的左手彈錯了。現在是D音符。噢！西碧兒，你聽不出來嗎？」但是西碧兒就是聽不出來。她家人都很急著要她像別的女同學一樣學會「彈鋼琴」，西碧兒也盡了全力，但音樂課就是場惡夢，連帶著也成了老師的惡夢。教音樂的兩位老師之中，有一位是勒布朗夫人，是個小老太太，一頭白髮，雙手如爪。你彈鋼琴的時候，她坐得很靠近你，於是你的右臂就有點受到阻礙。她很注重視譜訓練，經常拿出大本的雙人合奏樂譜，你跟她輪流互換彈奏部分，你彈高音部分她就彈低音部分，或者對調。勒布朗夫人彈高音部分時，事情會進展得很順利，因為她完全陶醉在自己的演奏中，以致要過了一會兒之後才會發現彈低音伴奏的學生彈得快過她或慢過她。然後就會聽到一聲大叫：「Mais qu'est-ce que vous jouez là, ma petite? C'est affreux —— c'est tout ce qu'il y a de plus affreux!」（你這會兒在彈什麼，丫頭？真可怕，簡直是太可怕了！）

然而，希莉亞還是喜歡上她的課。轉到克西特先生門下之後，她就更喜歡上音樂課了。克西特先生只收表現有天分的女生，他很高興收希莉亞這個學生，抓住她的手很無情地把她手指用力扳開，一面大聲說：「看到這伸展度沒有？這是雙鋼琴家的手。希莉亞小姐，你天生就蒙上天垂愛。現在就讓我們來看看你怎麼發揮上天的厚愛。」克西特先生的鋼琴彈得優美極了，據他告訴希莉亞說，每年他都在倫敦舉行兩次演奏會。他最愛的音樂大師是蕭邦、貝多芬還有布拉姆斯。通常他都讓希莉亞自己挑選要學什麼曲子。他如此熱心地啟發她，因此希莉亞很心甘情願遵照規定每天練琴六小時。對她來說，練琴一點都不是苦事，她愛鋼琴，鋼琴一直是她的朋友。

至於唱歌，則是跟巴惠先生上課，他以前是唱歌劇的。希莉亞有又高又清脆的女高音嗓子。

「你的高音非常之好，」巴惠先生說，「唱得再好也沒有了，那是voix de tête（頭部發聲）。至於低音部分，也就是胸部發聲，就太弱了，但卻不差。反倒是médium（中音）一定要再改進。這中音部分，小姐，是來自於口腔頂。」

他拿出了一副軟尺。

「我們現在來測測看肺活量。吸氣……憋住氣，先憋住，然後一口呼出來。好極了、好極了，你有歌唱家的肺活量。」

他遞給希莉亞一枝鉛筆。

「咬住，這樣咬，放在嘴角咬住，唱歌的時候不要讓它掉下來。你可以發出每個字的音，又能保持不讓鉛筆掉下來。別說這是不可能的事。」

大致上來說，巴惠先生對她很是滿意。

「可是你的法文，我就搞不懂了，通常應該是有英國口音的法文才對啊！這種口音真讓我受夠了……Mon Dieu（我的天）！沒人知道！可是你的——我可以發誓，你是法國南部口音。你是在哪兒學的法文？」

希莉亞告訴了他。

「喔，所以你家女傭是法國南部人？這就說得通了。嗯，好吧，我們很快就可以糾正過來。」

希莉亞苦練唱歌。大致上，她很討他喜歡，但偶爾他也會抱怨希莉亞長了一張英國人臉孔。

「你就像其他英國人一樣，以為唱歌就是盡量把嘴巴張大，讓聲音發出來，其實並不完全是這麼回事！還有肌肉，臉部的肌肉、嘴部周圍的肌肉。你可不是唱詩班的小男生，你是在唱《卡門》裡的『愛情像隻無法馴服的小鳥』，順便一提，你把我帶到錯誤音符去了，唱成了女高音[19]。一首歌劇的歌曲永遠得要按照原定的音符來唱，除此以外，都是對作曲家的大不敬，很可厭的。要記住這點。我特地要你練唱一首女中音的歌曲。喏，現在你是卡門，嘴角銜著一枝玫瑰花，不是鉛筆，你在唱一首歌，存心勾引那個年輕人。你的臉、你的臉孔，別讓它木無表情。」

課上完時，希莉亞含著眼淚。巴惠很和藹。

「好啦，好啦，這不是你唱的歌，不適合，我看得出這不是你適合唱的歌。你應該唱古諾[20]的〈耶路撒冷〉，《席德》[21]裡的〈哈利路亞〉，以後我們再回頭唱卡門。」

音樂占據了女孩們大部分時間。每天早上有一個鐘頭的法文課，就這麼多了。希莉亞的法文說得比其他女生都流利也地道得多，但是上法文課卻永遠丟臉到家。聽寫時，別的女生不過犯兩、三個錯處，最多五個，她卻有二十五或三十個，儘管閱讀過無數法文書，對於拼音她卻毫無概念。此外，她也寫得比其他人慢得多。聽寫對她來說是個惡夢。

校長會說：「可是這不可能啊！Impossible！你居然會錯這麼多，希莉亞！你連過去分詞都不懂嗎？」

老天，這就是希莉亞不懂的。

每星期她和西碧兒上兩次繪畫課。她很捨不得把練鋼琴的時間拿去上繪畫課，她討厭素描，更討厭油畫。那時兩個女生正在學畫花。

噢，一束慘兮兮的紫羅蘭插在一杯水中！

「陰影，希莉亞，先畫陰影。」

但是希莉亞看不到陰影，最多只希望能偷偷摸摸看西碧兒怎麼畫，然後盡量照抄。

「你好像看得出這些可惡的陰影在哪裡，西碧兒。我卻看不出來，永遠也看不出來。我只看得到一團漂亮的紫色。」

西碧兒並非特別有天分，不過上繪畫課時，希莉亞無疑卻是「那個傻蛋」。在她心底其實是頗厭惡這抄襲——把花朵的祕密挖出來，描在紙上再抹上顏色。紫羅蘭應該是留在花園裡生長的，或者插在玻璃杯裡低垂著。這種從某物中製造出另一物，實在不合她性情。

「我真不懂幹嘛要畫東西，」有一天她對西碧兒說，「這些東西已經在那裡了。」

「這話怎麼說？」

「我也說不清楚，不過，為什麼要去製造出像其他東西的東西呢？真是浪費功夫。要是人可以畫出不存在的花、想像中的花，那這麼花功夫還值得。」

「你是說，從腦子裡想像出花朵來？」

「對，但就算這樣，仍然不是很好。我的意思是說，那還是花，你並不是產生出一朵花來，你只是在紙上產生了一樣東西。」

「可是，希莉亞，圖畫，真正的圖畫，藝術……是很美的。」

「對，當然，起碼……」她停下來，「它們是嗎？」

「希莉亞！」西碧兒對這種異端想法駭然驚呼。

昨天學校不是才帶她們去羅浮宮參觀過古老名作嗎？

希莉亞覺得自己太離經叛道了。每個人談到藝術時，都那麼肅然起敬。

19 卡門是女中音角色，而非女高音。
20 古諾（Charles-François Gounod, 1818–1893），法國作曲家。
21《席德》（*Le Cid*），法國悲劇作家皮耶・柯奈（Pierre Corneille, 1606–1684）於一六三六年所寫的悲喜劇。

「看來我是喝了太多巧克力，」她說，「所以才認為那些畫很悶，畫裡的聖人看來全是一個樣兒。不過話說回來，我不是這個意思。」她補了一句說：「那些畫很棒，真的。」

可是她講話的語氣聽來有點不服氣。

「你一定是很喜歡藝術的，希莉亞，你那麼喜歡音樂。」

「音樂不一樣，音樂就是它自己，不是抄來的。你拿一樣樂器，譬如小提琴、鋼琴或大提琴，然後彈奏出聲音，所有美妙的聲音交織在一起。你直接進入它，而不是透過另外一樣東西，它就是它自己。」

「嗯，」西碧兒說，「我覺得音樂就是一堆很可惡的噪音而已。而且對我來說，常常彈錯的音符比正確的音符好聽。」

希莉亞絕望地凝視著她的朋友。「你根本什麼都聽不到。」

「噢，從你今天早上畫那些紫羅蘭的方式來看，也沒有人會認為你看得到。」

希莉亞猛然停下腳步，結果擋了陪伴她們的小女傭去路，小女傭嘮叨個不停。

「你知道嗎？西碧兒，」希莉亞說，「我認為你說得對。我想我是真的視而不見——沒有看到它們。所以我拼字才那麼差，而且也因此不是真的知道每種東西的樣子。」

「你走路總是直直踩過地面上的積水。」西碧兒說。希莉亞檢討著。

「我認為這沒什麼大不了，真的沒什麼，除了拼字，我想。我是說，某樣東西給你的感覺才是重要的，而不是東西的形狀，以及它是用什麼做成的。」

「你究竟在說什麼？」

「嗯，就拿一朵玫瑰花來說吧。」她們剛好經過賣花小販，希莉亞對著花攤頷首。「有多少片花瓣、花瓣形狀是怎樣的，有什麼關係呢？而是，哦，整朵花才重要，柔美的觸感和香氣才是關鍵。」

「不知道玫瑰花的形狀，就沒辦法畫它。」

「西碧兒，你這個大傻瓜，我不是說了我不要畫嗎？我不喜歡紙上的玫瑰花，我喜歡真正的玫瑰花。」

她在賣花婦面前停下腳步，花了幾毛錢買了一把垂頭喪氣的深紅色玫瑰花。

「你聞聞，」她把花伸到西碧兒鼻子前，「喏，這花沒給你一種美妙的痛苦感覺嗎？」

「你又吃太多蘋果了。」

「才沒有。噢，西碧兒，別執著於字面意思。這香氣可不美妙無比嗎？」

「對，可是沒給我痛苦感覺。我搞不懂幹嘛有人要這種痛苦感覺。」

「以前我媽和我曾經試著自修植物學，」希莉亞說，「但我們後來把書本丟開了，我很討厭它。認識各種花朵，加以分類，什麼雄蕊雌蕊的，真討厭，簡直就像把這些令人愛憐的花的衣服剝掉似的，我覺得這樣很噁心。簡直……簡直就是粗俗。」

「你知道，希莉亞，要是你進女修院的話，洗澡時，修女會要你穿上一件襯衫的。我表姊告訴我的。」

「她們這樣要求嗎？為什麼？」

「她們認為看到自己的身體不太好。」

「喔。」希莉亞想了一分鐘。「那要怎麼擦肥皂呢？把肥皂擦在襯衫上洗澡，很難洗乾淨的。」

寄宿學校的女生被帶去看歌劇，還去法蘭西劇院[22]，冬天時就去冰宮溜冰。希莉亞全部都玩得很開心，

22 法蘭西劇院（Comédie Francaise），位於巴黎，是唯一擁有自己劇團的法國國家級劇院。

但始終只有音樂真正充實了她的生活。她寫信給母親說，她想要當職業鋼琴家。

學期末了時，蕭妃德小姐開了個派對，程度較好的女生彈鋼琴和唱歌，希莉亞兩樣都有份。表演唱歌時相當不錯，但是彈鋼琴時，卻在貝多芬〈悲愴奏鳴曲〉第一樂章頻頻出錯、中斷。

米莉安來巴黎接女兒，並為了滿足希莉亞的願望而邀克西特先生喝茶。對於希莉亞想以音樂當職業，她並不那麼著急，但她認為聽聽克西特先生的看法也是好的。當她向克西特先生問及時，希莉亞不在場。

「夫人，我會老實告訴您，她是有能力，有技巧，也有感情，是我收過的學生中最前途有望的。但我不認為她性情適合。」

「您是指她的性情不適合公開演奏？」

「夫人，這就是我的意思。要做個藝術家，就得要能不理全世界才行——要是很自覺別人在聽著你演奏，那就一定要把這當成是種刺激動力。希莉亞小姐對著一、兩個聽眾時可以盡量彈到最好，但是關上門自己彈琴時，她彈得最好。」

「克西特先生，您能不能把剛剛告訴我的這番話轉告她？」

「夫人，要是這是您的意思的話。」

希莉亞大失所望。但轉而想往唱歌發展。

「不過唱歌跟彈鋼琴不一樣。」

「你不像愛彈鋼琴那樣愛唱歌嗎？」

「噢，是的。」

「所以，這大概就是你唱歌時沒有那麼緊張的原因吧？」

「大概是。聲音似乎跟人是兩碼事。我是說，不是你在支使它，好比用手指在鋼琴上彈奏。媽，你懂我意思嗎？」

她們和巴惠先生很認真地討論了一番。

「她是有能力也有嗓子，的確是有，也適合走這條路。不過她唱歌的演技還很淺，只是個小男孩的嗓音，不是女人的。這點……」他微笑說，「遲早會變成女人的。不過嗓子的確很迷人，清純、穩定，運氣技巧也很好。她是可以成為歌唱家，開演唱會的歌唱家，但是她的聲音不夠強到可以唱歌劇。」

等她們回到英國後，希莉亞說：「媽，我想過了，要是我不能唱歌劇的話，我就根本不想在歌唱上發展，我是說，不想拿來當職業。」

接著她笑了起來。「媽，其實你也不想要我走這條路，對不對？」

「不想，我絕對不想要你變成職業歌唱家。」

「可是你還是讓我這樣做了？只要我一心想要做的事，你都會讓我去做吧？」

「也不見得是所有的事。」米莉安情緒高昂地說。

「可是差不多是所有的事吧？」

她母親對她露出微笑。

「我只想要你快樂，寶貝。」

「我肯定我會一直很快樂的。」希莉亞充滿自信地說。

那年秋天，希莉亞寫信給母親說她想做醫院護士。貝絲要去當護士，所以她也想去。這陣子她信裡老是提到貝絲。

米莉安沒有直接回信，但是到了學期末時，她寫信告訴希莉亞，醫生說了，她冬天到國外去待一陣子會是件好事。她要去埃及，而希莉亞要跟她一起去。

希莉亞回到英國時，發現母親正住在奶奶家，忙著準備出發。奶奶對於去埃及這念頭很不以為然，蘿蒂表姊來吃中飯時，希莉亞聽到奶奶跟蘿蒂表姊談這件事。

「我搞不懂米莉安，這麼急急忙忙趕著要走，急著要去埃及——埃及！這大概是她負擔得起最貴的地方了！米莉安就是這樣，對錢一點都沒概念。埃及是她跟可憐的約翰去的最後一個地方之一，她好像一點也不怕觸景生情。」

希莉亞認為母親看來既像挑釁又像是很興奮，她帶希莉亞去店裡，為她買了三套晚裝。

「這孩子還沒進入社交界呢，米莉安，你真荒謬。」奶奶說。

「在埃及進入社交界也不錯。看來她是沒辦法在倫敦社交季裡開始社交了，因為我們負擔不起。」

「她才十六歲啊！」

「快滿十七歲了。我媽還沒滿十七歲就嫁人了。」

「我不認為你是想要希莉亞在滿十七歲前嫁掉。」

「不，我不想要她嫁掉，但我想要她享受年輕女孩的時光。」

晚裝很令人興奮，然而它們卻突出了希莉亞人生中的美中不足，唉！希莉亞一直迫切盼望有的身材始終未能實現，她沒有豐滿酥胸去填滿吊帶裙的罩杯。她的失望之情既苦澀又椎心，她曾那麼渴望有「胸部」。可憐的希莉亞，要是她晚生個二十年，她的身材會多受人羨慕啊！那苗條的身材根本就不需要去做減肥運動。

結果是，希莉亞的晚裝上身部分採用了「豐滿」風格：飾有細緻的網眼皺褶花邊。

希莉亞早就想要有一件黑色晚裝，但米莉安不准，要等她年紀再大些才可以。米莉安幫她買了件白色塔夫綢長裙，一件淺綠色網眼連衣裙，有很多小緞帶穿越網眼間，還有一件淺粉紅色綢緞晚裝，肩上有玫瑰花苞裝飾。

奶奶從其中一個桃花心木抽屜底翻出了一塊閃亮的碧藍色塔夫綢料子，提議讓可憐的本尼特小姐試試手藝。米莉安很圓滑婉轉地說，本尼特小姐可能會覺得有點做不來時下流行的晚裝。這塊碧藍色塔夫綢就送到別處去縫製了。然後母親又帶希莉亞去髮型師那裡上幾堂課，學自己做髮型——挺費功夫的過程，因為要學著把前面的頭髮做成「髮框」，後面的頭髮則做成一大堆鬈髮。對於有一頭過腰濃密長髮的希莉亞來說，這可不是簡單的髮型。

這一切都很令人感到興奮刺激，希莉亞卻一直沒察覺她母親看來身體比平常好些了。

但這點卻逃不過奶奶的眼睛。

「怪了，」她說，「米莉安在這整件事上有別的打算哩！」

很多年之後，希莉亞才曉得當時她母親是怎樣的心情。母親自己的少女時代過得很沉悶，所以她熱切渴望自己的寶貝女兒能盡量享有少女生活該有的快活興奮時光。但如果希莉亞隱居在鄉間，只有少數幾個同齡年輕人往來的話，她就很難有「玩得開心」的日子。

所以，就有了埃及之行。米莉安從前和丈夫一起去那裡旅居時結交了很多朋友。為了籌募所需旅費，她毫不遲疑地賣掉一些證券和股份。希莉亞不用羨慕別的女孩「玩得開心」而她自己則沒有。

哎，幾年以後，她也向希莉亞坦承，說她曾為女兒和貝絲的友誼憂心過。

「我見過很多女孩對別的女孩產生興趣，搞到後來拒絕跟男人出去，或者對他們不感興趣。這很不自然，也很不對。」

「貝絲？可是我從來都不怎麼喜歡貝絲的。」

「我現在知道了，但是當時並不知道，所以很害怕。此外還有什麼要去當醫院護士的鬼扯等等。我想要你玩得開心，有漂亮衣服穿，盡情以年輕、自然的方式享受一番。」

「嗯，」希莉亞說，「我的確享受到了。」

第七章　成長

希莉亞玩得很開心，這是真的，但她也因為自幼就生性羞怯，因此在社交上障礙重重，為此痛苦不堪。羞怯使得她有口難言，不知所措，結果玩得開心時也無法表現出開心的樣子。

希莉亞很少想到自己的外貌，她理所當然認為自己長得漂亮（她也的確漂亮）：身材高而苗條，舉止優雅，淺金色秀髮，像北歐人那種細緻的金色。她的膚色細嫩，不過一緊張就臉色發白。當年「化妝」是不光彩的事，米莉安每晚只在女兒臉頰上擦一點點胭脂。她要女兒看起來是最美的。

希莉亞對自己的外貌並不操心，讓她有壓力的反倒是她自覺很蠢。她並不聰明，人不聰明是很糟糕的事。她跟人跳舞時，總是想不出該說些什麼好，於是只有以莊嚴態度跳著，而且舞步頗沉重。

米莉安不停催女兒開口說話。

「講點什麼吧，親愛的。隨便什麼都好，不管是什麼傻話都可以。對男人來說，要跟一個只會說『是』和『不是』的小姐交談，是很吃力的事。別犯這種錯誤。」

再沒有人比希莉亞的母親更了解她的困難了，因為她母親一輩子就是飽受羞怯之苦。

沒有人了解希莉亞有多怕羞，大家都以為她很傲慢自負。沒有人曉得這個漂亮姑娘有多心虛，為了自己在社交上的弱點而憾恨不已。

由於她長得漂亮，因此玩得很開心。還有，她的舞也跳得很好。到了冬末，她已經參加過五十六次舞會，也終於培養出了一些淺談的能力。現在她比較有點社交經驗了，對自己稍微有些把握，到最後也開始能夠樂在其中，不再受經常不斷的羞怯所折磨。

日子過得宛如一片雲煙，一片由跳舞和金黃光線、馬球與網球、小伙子交織成的雲煙。那些小伙子握著她的手，跟她調情，問可否親吻她，對她的冷漠高傲感到困惑。對希莉亞而言，只有一個人是真實的，就是那個古銅膚色的蘇格蘭部隊上校，他很少跳舞，更向來懶得跟年輕小姐講話。

她也喜歡開朗活潑的矮小紅髮上尉蓋爾，他每天晚上總是請她跳三支舞（「三」是邀同一個人跳舞所允許的極限）。他老是取笑說，希莉亞不用人教她跳舞，卻需要人教她談話。

然而在回家路上，當米莉安說：「你知道蓋爾上尉想要娶你嗎？」時，希莉亞還是吃了一驚。

「我？」希莉亞非常驚訝。

「對。他跟我談了這事。他想知道我是否認為他有機會。」

「他為什麼不自己來問我？」希莉亞對此感到有點不滿。

「我也不太清楚。我想他是覺得很難對你說吧。」米莉安微笑說，「但你並不想嫁給他，是吧，希莉亞？」

「哦，不想……可是我認為好歹也應該問問我。」

這是第一宗向希莉亞提出的求婚。她認為這次求婚不太令人滿意。

反正也沒關係。她誰都不想嫁，只除了蒙克瑞夫上校，可是他永遠不會向她求婚。她會一輩子做個老小姐，偷偷愛著他。

唉！這個黑髮、古銅膚色的蒙克瑞夫上校，六個月之後，也步上了奧古斯特、西碧兒、倫敦主教和傑哈・杜・莫里耶的後塵，全都被拋到腦後去了。

❖

成長過程中的生活並不容易。雖然很興奮刺激，但也很累人。你似乎永遠不是為這事就是為那事而苦惱：為你的髮型，或為自己沒有身材，要不然就為口舌笨拙，而人們，尤其是男人，又讓你感到很不自在。

希莉亞一輩子忘不了去鄉村別墅作客的事。坐在火車上時的緊張情緒，讓她脖子上都起了淺紅疙瘩。她是否舉止表現妥當？是否能做到跟人交談（這老是她的惡夢）？她能否把鬈髮全部梳到腦後盤好？通常最後的幾綹鬈髮都是由米莉安幫她梳上去的。人家會不會認為她笨？她是否帶了合適的衣服？

再也沒有人比主人家夫婦更和藹可親的了。希莉亞跟他們在一起時不再害羞。

住進這麼大的臥房，還有個女傭幫忙打開行李掛好衣服，並進來幫她扣背紐，真是感覺氣派。

她穿上新的粉紅紗裙下樓吃晚飯，害羞得要命。飯廳裡有很多人，真恐怖。男主人很客氣，跟她講話，調侃她，稱她為「粉紅佳人」，說她老是穿粉紅色連衣裙。

晚餐很好吃，但希莉亞卻沒能真的享受到，因為得想著跟旁邊的人說些什麼才好。一邊坐著的是個圓滾滾的小胖子男人，臉孔很紅，另一邊坐著的是個高個子男人，表情很滑稽，有幾絲灰髮。

他一本正經跟她談著書本和戲劇，然後又談鄉下，問她住在哪裡。她告訴他之後，這人就說復活節時他說不定會去那裡，如果她准許的話，他會去看她。希莉亞說那會很好。

「可是你怎麼看起來不像是那會很好的樣子？」他笑著問。

希莉亞臉紅了。

「你應該覺得很好的，」他說，「尤其我還是一分鐘前才決定要去的。」

「我們那裡的風景美麗極了。」希莉亞很熱心地說。

「我要去看的並不是風景。」

她真希望人家不要講這種話。她不知如何是好地掐碎著麵包。旁邊這男人一臉覺得好玩的表情看著她，她真是個小孩子！他喜歡讓她尷尬來尋開心。他一本正經繼續向她做出最大的恭維。

等到那人終於轉過去跟另一邊的女士交談，把希莉亞丟給小胖子時，希莉亞深深鬆了口氣。小胖子名叫羅傑・瑞恩斯，他這樣告訴她的，很快他們就談到了音樂。瑞恩斯是個歌唱家，但不是職業的，雖然他也常常做職業性的演唱。希莉亞跟他聊得挺開心的。

她幾乎沒留意到究竟吃了些什麼，但現在要上冰淇淋了，細長如柱的杏黃色冰淇淋上插了結晶糖紫羅蘭。冰淇淋傳到她時倒塌了，男總管就接手拿過去，走到一旁餐櫃重新整理好。等到他回來繼續服侍時，唉，記性不好，漏掉了希莉亞！

她失望極了，幾乎沒聽到小胖子在說什麼。小胖子取了頗大量的冰淇淋，正吃得津津有味。希莉亞根本就沒想到去向人要冰淇淋，她就只是讓自己乾失望。

晚飯過後是音樂表演，她幫羅傑伴奏。他有很棒的男高音嗓子。希莉亞很喜歡為他彈奏，她是個優秀又體貼的伴奏者。接下來就輪到她唱歌了，唱歌從來不會讓她緊張。羅傑很客氣，說她有很迷人的嗓子，跟著就繼續談他自己的嗓子。他請希莉亞再唱一首，希莉亞卻說，他是否願意唱？於是羅傑就趕忙接受邀請了。

希莉亞上床時挺開心的，原來，住家晚宴並沒有那麼可怕。

第二天早上過得很愉快。他們出外去參觀了馬廄，還去搔了豬背，然後羅傑問希莉亞是否願意跟他一起練唱某些歌曲，她願意。他唱了大概六首之後，拿出了另一首名為〈愛情的百合花〉的樂譜，等他們唱完了，他說：「喏，坦白告訴我，你對這首歌的真正想法是怎麼樣的？」

「嗯……」希莉亞猶疑了，「嗯，說真的，我覺得挺難聽的。」

「我也這麼認為。」羅傑說，「原本我還不太肯定，但你拍板定案了。你不喜歡這首歌，那就由它去吧。」

然後他就把那首歌的樂譜一撕為二，扔進壁爐的爐架裡燒掉。希莉亞很刮目相看。這是首全新樂譜，他告訴她說是前一天才買的。但就因為她的看法，於是他就一點也沒捨不得地撕掉了。

她感到自己長大了，而且重要。

為這群賓客安排的化裝大舞會是在當天晚上舉行。希莉亞打扮成歌劇《浮士德》裡的瑪格麗特，全身白色，頭髮梳成兩條辮子。她看起來就是個美少女，就像歌德筆下的葛麗卿[23]，而羅傑跟她說，他帶了《浮士德》的樂譜來，明天他們可以試試唱其中一首二重唱。

當賓客出發去參加舞會時，希莉亞感到頗緊張。她老是發現自己排跳舞順序表有困難，似乎總是排得很差：跟她不喜歡的人跳舞，然後她喜歡的人來到時，又沒有任何舞可跳了。但要是假裝已經有人邀舞的話，那麼喜歡的人可能根本就不會走過來找你，於是就只好「坐冷板凳」（可怕）。有些女孩在這方面似乎安排得很聰明，可是，希莉亞已經是第一百次沮喪地曉得自己並不聰明。

路克夫人一直很關照希莉亞，介紹人給她。

「德柏格少校。」

德柏格少校鞠個躬。「可以請您跳支舞嗎？」

23《浮士德》是德國大文豪歌德作品，女主角為葛麗卿。此作品之後譜成歌劇，女主角為瑪格麗特；葛麗卿是「瑪格麗特」的暱稱。

他是個大塊頭男人，長得挺像馬，八字長鬍，臉色頗紅，大約四十五歲。他在順序表上留下名字，要求跳三支舞，並邀希莉亞跟他去吃宵夜。她發現這人也不太容易交談，說得很少，但是看著她的時候很多。

路克夫人早早離開了舞會，她體力不是很好。

「喬治會照顧你，送你回來。」她對希莉亞說。「順便一提，孩子，你好像征服了德柏格少校的心。」

希莉亞感覺受到鼓舞。她原本還怕自己讓德柏格少校感到很沉悶呢！

她跳了每支舞，到了凌晨兩點鐘，喬治走過來對她說：「哈囉！紅粉佳人，到了該回家的時候了。」

等希莉亞回到自己房裡之後，這才想到沒有人幫她解扣子的話，她根本沒辦法自己脫下這件晚裝的。她聽到走廊上傳來喬治還在向人道晚安的聲音。她能請喬治幫忙嗎？還是不能？要是不能的話，她就只好穿著晚裝熬夜到天亮了。她始終鼓不起勇氣。到了黎明時，希莉亞身穿晚裝躺在床上睡著了。

那天早上，德柏格少校來了。面對一群驚訝招呼他的人，他說，他今天不打獵。他坐在那裡，很少說話。路克夫人暗示說他也許會喜歡去看看豬，於是派希莉亞陪他去。吃午飯時，羅傑快快不樂。

第二天，希莉亞要回家了。她單獨和主人夫婦相處，其他人都在早上先走了，但她是搭下午的火車。有人打電話叫「超好玩的親愛亞瑟」來吃中飯。這人（在希莉亞眼中）是個年紀很大的男人，而且看起來也不像是個好玩的人，說話語氣低沉疲累。

吃過午飯後，路克夫人走出了房間，留下亞瑟單獨和希莉亞在一起，這人開始摸起她的腳踝來。

「迷人，」他喃喃說，「迷人，你不介意，是吧？」

希莉亞當然介意，非常介意，但她忍受下來。她以為這是住家派對常有的事。她不想表現得像個沒社交經驗的人或者不成熟，於是咬著牙、僵直身子坐著。

亞瑟一手動作熟練地伸過去摟住她的腰，親吻起她。希莉亞憤怒地轉過頭去並推開他。

「我不行……噢！拜託，我不行。」儀態歸儀態，有些事情她仍無法忍受。

「真是可人的蜂腰。」亞瑟說著又把手伸過來。

路克夫人走進房間，留意到希莉亞的表情和脹紅的臉。

「亞瑟有守規矩嗎？」在往火車站的路上，她問。「這人跟年輕女孩在一起時靠不住的，不能留他單獨跟女孩子在一起。倒不是說他真的會害人。」

「你們這裡的規矩，是不是一定要讓人家摸你腳踝的？」希莉亞問道。

「一定要？當然不是，你這孩子真妙。」

「噢！」希莉亞深深舒了口氣，「我真高興。」

路克夫人看起來被逗樂了，又說了一次：「你這孩子真妙！」

她又接下去說：「你在舞會上看起來很迷人。我料想你會再聽到強尼・德柏格消息的。」她又補充說：「他非常富裕的。」

❖

希莉亞到家第二天，就有粉紅色大盒裝的巧克力送到了，收件人是她，盒裡完全沒有線索顯示是誰送的。兩天後又有一個小包裹寄來了，裡面裝了一個小銀盒，盒蓋上刻有「瑪格麗特」以及舞會那天的日期。

包裹裡面附上了德柏格少校的卡片。

「這個德柏格是誰，希莉亞？」

「我在舞會上認識的。」

「他是個怎麼樣的人？」

「挺老的，而且有一張很紅的臉。人很不錯，但是很難跟他說話。」

米莉安若有所思地點點頭。當晚她寫信給路克夫人。答案很明顯，路克夫人天生就愛幫人牽紅線。

「他很富裕，真的很富裕，會跟某些要人去打獵。喬治不太喜歡他，但對他也沒什麼不滿。他似乎拜倒在希莉亞的石榴裙下了。她是個可愛的孩子，很純真，一定會吸引男人的。男人的確很欣賞美貌和斜肩。」

一星期後，德柏格少校「剛好就在附近」，他可以過來拜訪希莉亞和她母親嗎？

他真的來了，舌頭似乎比以往更打結，很多時候只坐著盯著希莉亞看，笨拙地試著要跟米莉安交朋友。出於某些原因，等他走後，米莉安情緒很不好，她的表現讓希莉亞很困惑。她母親說的話有一搭沒一搭的，讓希莉亞摸不著頭腦。

「不知道祈求一件事算不算是明智……要知道什麼是對的有多難啊……」然後突然又說，「我想要你嫁個好男人，像你父親那樣的男人。錢不是萬能，但是對一個女人來說，舒適的環境的確重要……」

希莉亞聽了這些話，也回應了，卻完全不扯到剛才德柏格來訪的事。米莉安慣於說些沒頭沒腦的話，這次也一樣，她女兒早已司空見慣。

米莉安說：「我寧願你嫁個年紀比你大的男人，他們才比較會照顧女人。」

剎那間，希莉亞的思緒飛到了蒙克瑞夫上校那裡去了，那如今已成了迅速消褪的回憶。她曾在舞會上跟一個六英尺四英寸高的年輕軍人跳舞，在那一刻，還曾把對方美化成英俊的年輕巨人。

她母親說：「下星期我們去倫敦的時候，德柏格少校要帶我們去看戲，很客氣，可不是嗎？」

「非常客氣。」希莉亞說。

❖

當德柏格少校向希莉亞求婚時，她嚇了一大跳。路克夫人說的話、她母親說的話，她都沒有當一回事。希莉亞對自己的想法很清楚，卻從來看不到即將來臨的事情，通常也看不到她周遭的情況。

米莉安邀德柏格少校來度週末。事實上這是他自己提的，米莉安有點困擾，只好說了必須的應酬話。第一天晚上，希莉亞帶這位客人去參觀花園。她發現跟他說話很吃力，無論她說些什麼，他似乎都沒在聽。她生怕他一定是被自己悶死了……因為她說的每件事都頗傻，當然啦，要是他肯配合的話……

接著，他打斷了她的話，猛然握住她的手，用難以聽清楚的怪異沙啞聲音說：「瑪格麗特……我的瑪格麗特。我太想要你了，你願意嫁給我嗎？」

希莉亞愣愣看著他，很快就面無表情，圓睜著藍眼，驚訝萬分，說不出話來。有些什麼感染著她，很強烈感染著她，透過那雙握著她的震顫雙手傳了過來。她感到洶湧情緒包圍住她，挺讓人害怕的……挺恐怖的。

「我……不。我不知道。哦，不，我不行。」

這個男人，這個年長寡言、她幾乎沒怎麼留意的男人，除了因為他「喜歡她」而讓她感到受恭維之外，還讓她有什麼感覺呢？

「我嚇到你了，我親愛的小愛人。你這麼年輕、純潔，你不會明白我對你有什麼感覺。我這麼愛你。」

她為什麼不把手抽出來，馬上堅決而真心地說「很抱歉，但是我對你沒有這種感覺」呢？為什麼，反而只是無助地站在那裡看著他，一面感到腦海中波濤洶湧拍擊著？

他輕輕把她拉向自己，但她抗拒了，不過只是半抗拒，並沒有完全脫身。

他和藹地說：「我現在不煩你，你考慮一下吧。」

他放開了她。她慢慢走回屋裡去，上樓回到自己床上，躺在那裡，閉上眼睛，心不停跳著。

半小時之後，她母親來到她身邊。

她在床上坐下，拉住了希莉亞的手。

「媽，他跟你說了嗎？」

「說了。他對你很有意思。你……覺得怎麼樣？」

「我不知道。這……這整件事怪怪的。」

她再也說不出別的話來。整件事怪怪的，每樣都怪怪的：全然的陌生人可以變成愛人，而且是在轉瞬之間。她不知道自己感覺怎樣或者想要什麼，更別說了解或體恤母親的困惑了。

「我身體不大好，一直在禱告希望有個好男人出現，給你一個美滿的家庭，讓你幸福……錢這麼少，最近還要為希瑞爾負擔很多，等我走了以後，剩下給你的只有一點點了。我不要你嫁給一個對他沒有感情的有錢人。你生性浪漫，但童話中的王子之類的是不會發生的。女人很少能嫁給她們浪漫愛上的男人的。」

「可是你就嫁到了啊！」

「我是，沒錯。但就算這樣也並非總是明智——愛得太深了。這永遠宛如芒刺在背……還是被愛比較好，可以比較容易面對人生，我向來都沒法做到輕鬆面對。要是我對這個男人認識深一點……要是我確定喜歡他。他可能愛喝酒……他可能……有其他狀況。他是否還會照顧你、愛護你、對你好？我走了以後，一定要有人來照顧你才行。」

大部分的話希莉亞都沒聽進去。錢對她來說不代表什麼。爸爸在世時，他們有錢；他去世後，他們窮了，但希莉亞不覺得前後兩種狀況有什麼差別。她一直都有家也有花園，還有她的鋼琴。

婚姻對她來說，代表了愛——詩意、浪漫的愛——從此幸福快樂的生活在一起。所有她看過的書都沒教她生活中的問題。讓她困惑不已的，是她不知道自己究竟愛不愛德柏格，也就是強尼。如果是在求婚前一分鐘，她知道對方會向自己求婚的話，大概會很肯定地說自己不愛他。但現在呢？他觸動了她的心弦，勾起了某種熱烈、刺激但又說不出是什麼的東西。

米莉安要德柏格回去，讓希莉亞考慮兩個月。他照辦了，但卻寫信來，這個不擅言詞的強尼竟然是個寫情書高手。他的情書有的短，有的長，從不會有兩次相同，是年輕女孩夢寐以求的情書。兩個月結束時，希莉亞認定自己愛上了強尼，於是就和母親上倫敦去，準備告訴對方。等到見到他時，突然一陣反感襲來，這個人根本就是個她不愛的陌生人。她回絕了他的求婚。

強尼．德柏格可沒那麼容易就打退堂鼓，他又向希莉亞求了五次婚。一年多的時間裡，他寫信給她，接受跟她的「友誼」，送她漂亮的小禮物，對她發動長期包圍攻勢，這份毅力差點就讓他如願以償了。

這一切如此浪漫，就跟希莉亞幻想要受到的追求差不多。他的信、所說的話，都完全符合她想要的。這的確是德柏格的長項，他是天生的大情人，曾經做過很多女人的情人，知道怎樣捕捉她們的芳心。他懂得怎樣對有夫之婦發動攻勢，怎樣吸引年輕小姐。他差點就讓希莉亞傾心要嫁給他了，但還差一點。她內心深處有些什麼很冷靜的東西，知道自己要什麼，而且不會受騙上當。

也就是在這段期間，米莉安督促女兒閱讀一系列的法國小說，「以免忘掉你的法文。」她說。

這些書包括巴爾札克以及其他法國寫實派作家的作品。其中有些現代作品是很少有英國母親會讓女兒看的。米莉安實則別有用意。她認為希莉亞太愛作白日夢了，太脫離現實，所以要學學不可對生活視若無睹……

希莉亞很乖地閱讀了，卻不怎麼感興趣。

希莉亞還有別的追求者——拉爾夫．葛雷恩，當初在跳舞班認識的滿臉雀斑男孩，如今已成了在錫蘭種茶葉的人。希莉亞小時候，他就一直受她吸引。回國後，發現她長大了，於是在他放假的第一個星期就向她求婚。希莉亞毫不遲疑就回絕了他。他有個朋友住在他家，後來那朋友寫信給希莉亞，說他並不想要「扯拉爾夫的後腿」，但他對希莉亞一見鍾情，想知道他有沒有機會。但無論是拉爾夫還是他朋友，都沒能讓希莉亞心有所動。

然而在德柏格追求她的期間，她倒是交了個朋友——彼得．梅特蘭。彼得比他妹妹們大幾歲，當了兵，派駐在海外多年，如今返回英國服役一段時期。他回來時正好碰上愛麗．梅特蘭訂婚，希莉亞和貞妮當伴娘。直到婚禮時，希莉亞才跟彼得重逢。

彼得高大黝黑，很怕羞，卻以懶洋洋的愉快態度掩飾了這種羞怯。梅特蘭一家人差不多都是這樣，脾氣很好，喜歡交朋友，容易相處。他們從不為任何人或任何事而趕時間。要是沒趕上火車，嗯，反正過些時候還有下一班。要是趕不及回家吃中飯，嗯，他們想大概家裡會有人留些東西給他們吃吧。他們既沒有野心也沒有旺盛精力，彼得可說是集他們家人特點於一身的範例。從來沒人見過彼得趕時間。「一百年後一切還是相同的」是他的口頭禪。

愛麗的婚禮完全就是梅特蘭家務事的典型。大塊頭的梅特蘭太太是個迷糊、好脾氣的人，向來是睡到中午才起床，經常忘了命傭人備飯。婚禮那天早上的大事就是「要讓老媽穿上婚禮服裝」。由於老媽不喜歡試衣服，結果到那天穿上灰白緞子禮服時，才發現緊得很不舒服。新娘子圍著她忙得團團轉，結果是當機立斷靠一把剪刀把衣服變舒服，再靠一枝蘭花遮住修改處。希莉亞那天很早就去了他們家準備幫忙，不用說，有好一會工夫看起來愛麗大概那天嫁不成了。都已經到了她本該做最後補妝的階段時，她卻還穿著襯裙悠哉地在修腳趾甲。

「我本來想昨天晚上做完這件事的，」她解釋說，「可是不知怎地我就像是沒空。」

「車子已經來了，愛麗。」

「來了嗎？噢！好吧！最好找人打個電話給湯姆，說我會晚半小時到。」

「可憐的小湯姆，」她若有所思地說，「他真是個可愛的小傢伙。我可不願讓他在教堂裡乾著急，以為我改變主意了。」

愛麗長得很高，將近六英尺，而新郎才五英尺五英寸高，而且就像愛麗所形容的：「非常快活的可愛小傢伙，又善體人意。」

等到好不容易終於引導愛麗到了打扮的最後階段，希莉亞逛到了花園裡，彼得．梅特蘭上尉正在花園裡悠然抽著菸斗，一點也不在乎他妹妹的慢吞吞。

「湯姆是很明理的人，」他說，「知道她是個怎麼樣的人，不會指望她準時的。」

他跟希莉亞講話時有點害羞，不過通常情況就是這樣，兩個害羞的人碰到一起時，很快就發現跟對方講話容易得多。

「想來你大概發現我們這家人很有毛病吧？」彼得說。

「你們好像不太有時間觀念。」希莉亞哈哈笑說。

「嗯，幹嘛要把人生花在趕時間上呢？慢慢來，讓自己過得開心。」

「這樣做真的能走出個結果嗎？」

「能有什麼結果好走出的？人生來來去去都差不多的。」

彼得放假回家的時候，通常都回絕掉一切邀約。他說他討厭「去對女人裝哈巴狗」。他不跳舞，但會跟男人或他妹妹們打網球或高爾夫球。婚禮過後，他好像把希莉亞當成了自己妹妹，常常和她以及貞妮一起玩。而求婚遭希莉亞拒絕的拉爾夫也逐漸恢復過來，開始受到貞妮吸引，於是三人行就變成了四人行。最後就分開成了兩對——貞妮和拉爾夫，希莉亞和彼得。

彼得常教希莉亞打高爾夫。

「提醒你，我們千萬別趕著打，只打幾洞就好，慢慢來。要是太熱的話，就坐下來抽一斗菸。」

這程序很適合希莉亞，她對賽事很沒「眼光」，這點很讓她洩氣，遺憾程度僅次於她的「沒身材」。彼得卻讓她感到這點無所謂。

「你又不要成為專業球員或者專攻錦標的人。你只是想從中得到點樂趣，就是這樣而已。」

彼得自己則是對各種賽事都精通，天生就有運動細胞，要不是他生性懶惰，大可以樣樣都名列前茅的。但就像他所說，情願把比賽當作遊戲。「幹嘛要把這事變成正經事呢？」

他跟希莉亞的母親相處得非常好，她喜歡梅特蘭一家人，而彼得則是她最喜歡的一個，喜歡他懶洋洋的親和力，討人喜歡的態度，以及真正善體人意的性格。

「你不用擔心希莉亞，」有一次他提議跟希莉亞一起去騎馬時說道，「我會照顧她的。我真的會好好照顧她的。」

米莉安懂得他是什麼意思，她感到彼得是個靠得住的人。

彼得對希莉亞和少校之間的情況略有所知，很含糊婉轉地給她忠告。「希莉亞，像你這樣的小姐，應該嫁個有點『銀兩』的人。你是那種需要照顧的人。我倒不是說你該去嫁個可惡的有錢猶太小子，不是這意思，而是個喜歡運動等等的，且能照顧你的體面人。」

彼得放完假回部隊去了，他的部隊駐紮在艾德夏[24]，希莉亞非常想念他。她寫信給他，他也寫給她。很輕鬆的家常聊天信，就跟他講話差不多。

等到德柏格終於肯接受拒婚，希莉亞卻覺得頗悵然若失。抵擋他的追求攻勢所花的精神，比她自己想像的要多。最後一次真的分手後，她又懷疑自己是否會後悔……說不定，她其實是比自己所想的在乎他。她想念他的情書、禮物以及不斷的追求攻勢。

她也搞不懂母親的態度。米莉安是放下心來，還是感到失望呢？有時她覺得是前者，有時又覺得是後者；事實上，她想的「雖不中，亦不遠矣」。

米莉安第一個感受是放下心來。她從來都沒真正喜歡過德柏格，也一直都不太信賴他，雖然她從來都無法確切指出是哪一點不值得信賴。無疑他對希莉亞是很專一，他的過去也沒有什麼不像話的地方，事實上，米莉安成長過程中所接受的觀念是：拈花惹草過的男人更有可能成為比較好的丈夫。

最讓她擔心的反倒是自己的健康狀況。從前隔很久才會發一次心臟病，現在發作的頻率多了。從醫生們支吾又婉轉的說詞中，她得出的結論是：儘管她有可能很長命，但也同樣有猝死的機會。到那時，希莉亞怎

24 艾德夏（Aldershot），位於英國南部，倫敦西南方。

麼辦呢？錢剩得這麼少，少到只有米莉安知道。

這麼少……這麼一點點……錢。

J・L・評

如今我們一定會覺得不可思議：「要是只剩這麼少錢，幹嘛不讓希莉亞去學一技之長呢？」但我認為，米莉安想都沒想過這點。我想她是個很熱心接受新想法和新觀念的人，但我不認為她有過上述想法。就算有的話，我覺得她心裡也沒有準備這樣做。

我將之視為她很知道希莉亞最脆弱之處，你大可說，只要去學一技之長，就不會這麼脆弱了，但我不認為會是這樣。就像所有活在內心世界裡的人一樣，希莉亞對於外在影響特別有抗滲力，一扯到現實，她就很笨。

我認為米莉安對女兒的不足之處很清楚，她幫女兒選擇讀物，堅持要她閱讀巴爾札克以及其他法國小說家作品是別有用心的。法國人是很了不起的寫實家，我想她要希莉亞了解人生和人性是很共通、有聲有色、精彩、藏汙納垢、很悲劇性又很充滿喜劇性的。她並未能達到目的，因為希莉亞的本性就跟她外貌一樣，都是很北歐風格的，對她而言，長篇傳奇、英勇航行歷險故事以及英雄豪傑，才對她口味。童年時沉醉在童話故事裡，長大後喜歡的作家也是梅特林[25]、費歐娜・麥克雷[26]以及葉慈[27]者流。她也閱讀其他作品，但是那些作品對她來說很不真實，就像講求實際的寫實派覺得童話故事和奇幻故事很討厭一樣。

我們生出來是怎樣就是怎樣。某些北歐祖先特點又在希莉亞身上重現出來：豐滿結實的奶奶、樂天快活的爸爸約翰、善變的媽媽米莉安，其中一個把連他們自己都不知道的某種特質遺傳給了希莉亞。

有趣的是，後來希莉亞的敘述就沒怎麼再提到她哥哥希瑞爾了，不過希瑞爾一定經常出現在她生活中——放假回家的時候。

在希莉亞初次進入社交界之前，希瑞爾就入伍派到海外去了印度。他一直都不曾在希莉亞（或米莉安）的生活中占據很大部分。我猜想，他剛入伍的時候是家中最大的開銷，後來他結婚了，退伍去羅德西亞[28]經營農場，逐漸從希莉亞的生活中消失了。

25 梅特林（Maurice Maeterlinck, 1862–1949），生於比利時，早期的作品主要呈現宿命、神祕主義，劇中往往缺乏動機，亦常以死亡為題材。

26 費歐娜．麥克雷（Fiona MacLeod），蘇格蘭作家夏普（William Sharp, 1855–1905）的筆名，以詩作及文學傳記見長。

27 葉慈（William Butler Yeats, 1865–1939），愛爾蘭詩人、劇作家暨神祕主義者。

28 羅德西亞（Rhodesia），位於非洲南部，原為英國殖民地，一九六五年獨立。

第八章　吉姆和彼得

米莉安母女倆都相信祈禱。起初希莉亞的祈禱都偏向良心和罪惡意識，後來則偏向靈修和禁慾，但一直不改自幼為所有發生事情禱告的習慣。每次進入舞會大廳之前，她都會喃喃禱告著說：「噢，神哪，別讓我怕羞的毛病發作。喔，拜託，別讓我害羞。也別讓我脖子都羞到發紅。」晚宴的時候，她又禱告說：「神啊！求求您，讓我想出點話來說。」她祈禱能把自己的舞會順序表安排好，能跟她看中的人跳舞。去野餐的時候，她禱告希望不會下雨。

米莉安的禱告則熱切得多，也傲慢得多。說真的，她是個很自負的女人。為了她的寶貝女兒，她不是去求神，而是向神要求！她禱告如此強烈又熱切，因此根本就沒法相信神不會聽她的禱告。說不定我們大部分人都是這樣，當我們說禱告沒有得到回應時，其實真正的意思是神的答覆是「不」。

她一直不確定德柏格是否算是她禱告得到的答案，卻相當肯定吉姆·格蘭特是神給她的回應。

吉姆很喜歡種田，於是家裡就特意送他到米莉安家附近的農場去，他們覺得米莉安可以幫忙盯著這小子，免得他作怪。

二十三歲的吉姆差不多就跟十三歲時一樣，脾氣還是一樣好，高顴骨臉孔，同樣的深藍色圓眼睛，同樣的開朗、俐落態度，同樣的燦爛笑容，大笑時還是同樣地頭往後一甩。

吉姆二十三歲，還沒有心上人。當時是春天，他是個健康強壯的小伙子，常到米莉安家裡來，而希莉亞則是個青春貌美的荳蔻年華少女，大自然定律如此，於是，吉姆戀愛了。

對於希莉亞而言，這不過就是另一段友誼，就跟和彼得的友誼一樣，只不過她更欣賞吉姆的性格。她一直覺得彼得簡直太「散漫」了，沒有企圖心，吉姆就滿懷抱負。他年輕，又對生活一本正經，認真以對。「生活是真實的，生活是認真的」，這句話真可說是為吉姆而寫的。他想要學種田，並非出於對泥土的熱愛，他感興趣的是種田實用科學的一面。在英國，種田應該要做到比現在報酬好得多才行，只要有科學研究和意志力。吉姆的意志力很強，他有很多這方面的書，還借給希莉亞看。他很喜歡借書給人，也對神祕主義哲學與神學說教、複本位制、經濟學以及基督教科學感興趣。

他喜歡希莉亞，是因為她很用心聽他說話，而且所有的書都看，還會做出很有知識水準的評論。

如果說德柏格對希莉亞的追求是屬於肉體上的，那麼吉姆的追求就幾乎全是知性上的了。在他生涯的這時期，不停冒出嚴肅的理念，幾乎到了古板的地步。可是希莉亞最喜歡他的時候，卻非他一本正經討論倫理道德或基督教科學創始人愛迪夫人[29]時，而是當他仰頭大笑時。

德柏格是在出乎意料的情況下向她求愛，但是對於吉姆，卻是在他開口求婚之前，她早已心中有數，覺得這是遲早的事。

有時希莉亞覺得人生就像一個圖案模式：你像個梭子般，按照為你定好的設計圖穿梭織出圖案來。她開始認為吉姆就是她的圖案，是命中老早注定好給她的。最近她母親看來多開心哪！

29 愛迪夫人（Mary Baker Eddy, 1821–1910），為十九世紀傑出美國女性之一，所創設之基督教科學會並無關於基督教信仰，而在於科學神醫系統。

吉姆很可愛，她非常喜歡他。再過不久，哪天他就會向她求婚了，然後她就會產生出曾經對德柏格少校（她心中是這樣稱呼的，而不是「強尼」）有過的感覺：興奮又苦惱，心跳加速……

吉姆在一個星期天下午向她求婚。他幾個星期前就打算這樣做，他喜歡先做計畫然後按計畫行事，覺得這樣才是有效率的生活方式。

那是個雨天下午，他們喝完茶之後坐在課室裡，希莉亞自彈自唱了一番，吉姆喜歡吉柏特和蘇立文合作填詞作曲的音樂劇曲目[30]。

唱完歌之後，他們坐在沙發上討論社會主義以及人性本善。談完之後，停頓了一會兒，希莉亞說起了神智學家兼女權運動家貝贊特夫人，但吉姆卻回答得牛頭不對馬嘴。

接著又是一陣停頓，然後吉姆臉紅了，說：「我料想你知道我非常喜歡你，希莉亞，你願意訂婚嗎？還是你寧願再等一等？我想我們在一起會很幸福的，我們這麼志趣相投。」

實際上他並沒有外表那麼鎮靜，要是希莉亞年紀再大一點的話，就會曉得了，她就會看出他嘴唇在微微顫抖，那隻緊張的手在捏拔著沙發上的軟靠墊。

實際上……嗯，她該說什麼才好？

她不知道該怎麼說，於是就沒說話。

「我想你是喜歡我的吧？」吉姆說。

「喜歡……噢！我是喜歡你的。」希莉亞急忙說道。

「這點最重要，」吉姆說，「人一定要真的互相喜歡才行，這樣才會持久。至於熱情，」他說這詞的時候，臉又有點紅了，「不持久。希莉亞，我想你和我都應該挺幸福的。我希望趁年輕時就結婚。」他停頓了一下又接著說：「這樣吧，我認為對我們最公平的，是先訂婚六個月，可以說，先考驗一下我們的感情。除了你母親和我母親之外，不用告訴其他人。等六個月結束之後，你再做出最後決定。」

希莉亞考慮了一分鐘。

「你認為這樣做公平嗎？我的意思是，我可能……甚至……」

「要是你不……那我們當然不該結婚。但你會的，我知道一切都會很順利的。」

他語氣中的肯定多讓人安心哪！他這麼有把握，一切都了然於心。

「很好。」希莉亞微笑著說。

她以為他會吻她，但他沒有。其實他想得要命，卻感到害羞。他們又回頭繼續討論社會主義和人，也許沒再像原先那樣有邏輯了。

然後吉姆說他該走了，於是站起身來。兩人不知所措地站了一分鐘。

「嗯，」吉姆說，「那就再見了。我下星期天會過來……也說不定之前就會過來了。我會寫信給你。」他猶豫了一下。「我……會……希莉亞，你肯讓我親一下嗎？」

他們親了嘴，親得頗笨拙……

完全就像親希瑞爾一樣，希莉亞心想。只不過，她思忖著，希瑞爾從不想要親任何人……

嗯，於是就這樣，她跟吉姆訂了婚。

米莉安快樂到喜形於色，讓希莉亞也對自己的訂婚感到熱衷起來。

30 吉柏特（W. S. Gilbert, 1836–1911）和蘇立文（Arthur Sullivan, 1842–1900），為維多利亞時代的戲劇搭檔，共同創作了十餘齣喜歌劇。

「寶貝，我真為你感到開心，他是個這麼可愛的年輕人，老實又有男子漢氣概，會好好照顧你的。他父母又是老朋友，那麼喜歡你親愛的父親。他們家兒子和我們家女兒，簡直作夢也想不到有這麼好的事。噢！希莉亞，你跟德柏格交往期間我一直很不開心，我就是覺得哪裡不對……不適合你。」

她停了一下，突然說：「我也很害怕自己。」

「怕你自己？」

「對，我一直很想要你陪在我身邊……不想要你嫁掉。我想過要自私，要跟你說你會過更有保障的生活：不用操心、沒有孩子、沒有煩惱……要不是我能留給你的錢這麼少，只有一點點錢維持生活，我大概就真的會打算……希莉亞，要做母親的人不自私，實在很難。」

「別胡說了，」希莉亞說，「等別的女孩都嫁掉時，你就會覺得非常丟臉了。」

她老早就抱著點好笑的心情，留意到她母親會為了她而強烈感到嫉妒。要是別的女孩打扮得比較好看，談話時比較風趣，米莉安馬上就表現出煩惱得不得了的樣子，連希莉亞都分擔不了她的煩惱。愛麗·梅特蘭出嫁時，她母親厭恨得很。米莉安要是會講哪些女孩好話，通常那些女孩都是相貌平庸或者寒酸懶散，根本不能跟希莉亞比的。母親這個毛病偶爾讓希莉亞懊惱，但更常讓她感到很窩心。親愛的媽媽，真像隻聳起羽毛要保護小雞的雞媽媽！真是荒謬、不合邏輯……可是無所謂，她是這麼貼心。就像米莉安所有的行動和感情一樣，這點也是如此強烈。

她很高興母親這麼開心。的確，事情發展得很好，能嫁進「老朋友」的家庭裡實在很好，而且無疑她喜歡吉姆的程度比其他所認識的人都多，多很多。他完全就是她向來所想像要有的丈夫典型：年輕、能獨當一面、充滿理想。

姑娘家是否總在訂婚後感到洩氣呢？也許吧！如今大局已定，沒得撤銷了。

她拿起貝贊特夫人的作品閱讀時想打瞌睡，神智學也讓她沉悶不已，大部分內容在她看來如此無聊……

複本位制還比較好一點……

樣樣都相當沉悶，比起兩天前沉悶多了。

第二天她的托盤裡放著一封信，是吉姆的筆跡。希莉亞臉頰升起了小朵紅雲。吉姆的第一封來信，這是

自從……

她首次感到有點興奮了。他之前沒說很多，但也許信裡……

她拿著信走到花園裡拆開來。

最親愛的希莉亞（吉姆寫道）：

我很晚才回到家吃宵夜。老克雷的太太頗惱火，但是老克雷卻覺得挺好玩的。他叫她別小題大作，因為我在追女朋友，他說。他們真的很好，人很單純，玩笑都充滿善意。我但願他們對新理念能稍微接受就好，我是說耕種方面的新理念。他似乎從沒閱讀過這方面的東西，而且相當滿足於用他曾祖父當年那一套來經營農場。想來農業向來都比其他任何事情更守舊、反動，那是根生於土壤的農民直覺。

我覺得自己昨晚走之前，應該要先跟你母親說說話的。總之，我已經寫信給她了，希望她不介意我把你從她身邊搶走。我知道你對她而言很重要，但我想她也喜歡我。

我大概會在星期四過來，要看到時的天氣而定。如果來不了，就星期天來。

獻上我很多的愛

你深情的

吉姆 上

收過德柏格的情書之後，這樣的信可別指望能讓一個女孩子歡欣鼓舞！

希莉亞對吉姆感到懊惱。

她覺得可以很容易愛他，只要他稍微不一樣就行了！

她把信撕碎了，丟進水溝裡。

吉姆不是個好情人，他的自我意識太強了。除此之外，他還有很肯定的理論和意見。更重要的是，希莉亞根本就不是那種可以激勵他的女人。吉姆的害羞可以激發經驗老到女性的興趣，從而激勵他，而且會得出有利的結果。

實際上，他跟希莉亞的關係隱約不太令人滿意。他們似乎失去了從前那種當朋友時的輕鬆情誼，卻又什麼也沒換到。

希莉亞繼續欣賞吉姆的性格，對他的談話感到沉悶，看到他來信又生氣，整體來說，對日子感到沮喪。

只有在她母親的快樂心情中才找到真正的樂趣。

她接到彼得的一封信，因為她寫信告訴他自己的事，並要求對方保密。

祝你一切順利，希莉亞（彼得寫道）。聽起來他是個徹頭徹尾的好男人。你沒說他是否有現錢，我希望他有。女孩家都不去考慮這個的，不過我向你擔保，親愛的希莉亞，這點的確很重要。我比你年長，見過女人跟著她們的丈夫奔波勞碌，為了錢的問題擔心得要死。我希望你過著王后般的日子，你不是那種可以過苦日子的人。

嗯，其他沒什麼好說的了。等我九月回來時，希望能瞧瞧你那位年輕小伙子，看看他是否配得上你。但我從不認為有誰配得上你！

願你一切都好，丫頭，祝你永昌。

老友
彼得 上

❖

說來很怪，卻是真的，對於訂婚，希莉亞最高興的部分，反而是要做她未來婆婆的這個人。從前對格蘭特太太的孩子氣崇拜心理又油然重生了。格蘭特太太很美，她從前這樣認為，現在也這樣認為。如今她頭髮變灰了，但仍然具有當年那種女王般的優雅，同樣動人的藍眼睛和搖曳生姿的體態，同樣讓人清楚記得的清脆、動聽聲音，同樣的主導個性。

格蘭特太太曉得希莉亞對她的崇拜之情，對此很感開心。但她對這宗訂婚不太滿意，在她看來大概缺少了什麼。不過倒是很贊成年輕人的決定：六個月之後才公開訂婚，一年後結婚。

吉姆崇拜母親，因此看到希莉亞也這麼明顯地崇拜他母親，感到很高興。

奶奶也非常高興希莉亞訂了婚，可又感到不得不拋出很多負面話，暗示婚姻生活有多難，內容從可憐的約翰．葛多分在蜜月時發現有咽喉癌，到老海軍上將柯林威「傳染了惡疾給太太，然後又傳染給了家庭女教師，到最後，我親愛的，家裡都留不住女傭了，可憐的太太。她丈夫經常從門後向她們撲去，而且身上一絲不掛。當然她們都不肯做下去了」。

希莉亞覺得吉姆健康得很，根本不會患上咽喉癌（「啊，我親愛的，就是健康的人才會得癌啊！」奶奶強詞奪理說），而且無論怎樣異想天開，都很難想像穩重的吉姆會像個老色狼般撲向女傭。

奶奶喜歡吉姆，但暗地裡其實對他有點失望。一個既不抽菸又不喝酒的小伙子，而且聽到人家講笑話時，看起來很難為情的樣子……這算哪門子的男人？坦白說，奶奶喜歡比較陽剛一點的。

「不過話說回來，」她滿懷希望地說，「昨晚我看到他從花園露台上撿了一把小石子，我認為這舉動很美，他連你腳踩過的地方都愛。」

希莉亞明知徒勞無功，還是解釋說那完全是出於地質學上的興趣。但奶奶才不願意聽這樣的解釋呢。

「這是他的說法，親愛的，但我懂得年輕人。喏，年輕時的普蘭特頓曾經把我的手絹貼著他的心帶了七年，而他只不過在舞會上見過我一面而已。」

透過奶奶那張保不住密的嘴，結果消息洩露到了路克夫人那裡。

「嗯，孩子，聽說你跟一個年輕人定下來了。我真高興你回絕掉了強尼。喬治叫我不要多事，因為強尼是個這麼好的對象，但我向來都認為他長得就像條鱈魚似的。」

此乃路克夫人。

她又接下去說：「羅傑．瑞恩斯總是問起你。我潑了他冷水。當然，他是頗富裕的，所以才會沒把他的嗓子當一回事。真可惜，因為他大可以成為專業歌唱家的。但我不認為你對他有意思，這人一直有點胖嘟嘟的。而且他早餐吃牛排，刮鬍子老割傷自己。我最討厭刮鬍子割傷自己的男人了。」

七月裡的一天，吉姆來時興奮萬分。有個很有錢的人，是他朋友的父親，打算要去環遊世界，特別是要去考察農業方面的情形。這人願意帶他一起去。

吉姆興奮地談了好一會兒，很感激希莉亞馬上表示興趣並默許，本來他還半感內疚，怕她惱他要走。

兩星期後，他歡天喜地出發了，從多佛發了封道別電報給希莉亞。

至愛好好照顧自己
吉姆

八月的早晨竟然這麼美好……

希莉亞從屋子裡走出來，到了房子前面的露台上，眺望著周圍。這是大清早，草葉上還沾著露珠，還有米莉安拒絕切割成一塊塊花壇的大片綠色長坡地。園中有櫸木，比以前長得更大，成了更濃密的深綠色。天空蔚藍，蔚藍、蔚藍得有如深海的海水。

希莉亞心想，她從來沒感到這麼快樂過。那種熟悉的「心痛」又緊緊抓住了她。那麼可愛，那麼美好，讓人心痛……

噢！美麗的、美麗的世界……

宣布開飯的銅鑼敲響了，她進屋裡去吃早飯。

她母親看著她。「你看起來很快樂，希莉亞。」

「我是很快樂，今天真是個美麗的日子。」

她母親沉靜地說：「還不只是因為這樣……是因為吉姆走了，是吧？」

直到那刻之前，希莉亞自己幾乎不知道這點：如釋重負，欣喜若狂。未來九個月裡她都不用再看神智學或經濟學的書了，九個棒透了的月裡她能隨心所欲過日子，隨她自己高興。她自由了、自由了、自由了……

她看著母親，母親也回看著她。

米莉安和藹地說：「你一定不可以嫁給他，除非你自己想嫁……我並不知道……」

話從希莉亞嘴裡滔滔不絕冒出來了。

「我自己也不知道……我以為我愛他……是的，他是我見過最好的人，而且各方面都很優秀。」

米莉安淒然點點頭。她新建立的內心平靜這下子又毀了。

「我知道開始時你並不愛他，但我以為訂了婚之後你或許會愛上他。結果剛好相反……你一定不可以嫁給讓你感到沉悶的人。」

「讓我感到沉悶？」希莉亞很震驚。「可是他這麼聰明……他不可能讓我感到沉悶的。」

「希莉亞，這正是他做的。」她嘆了口氣又說，「他很年輕。」

也許就是在那一刻米莉安才有此念的：要是等吉姆年紀再大一點，他們兩個才重逢，一切就可能順利了。她一直覺得吉姆和希莉亞就差那麼一點而錯過了愛情……他們的確錯過了……

儘管她感到失望，又擔心希莉亞的前途，但是暗地裡免不了仍有那麼一絲高興，「她還不會離開我，她還不會離開我……」

❖

等到希莉亞寫了信，告訴吉姆說不能嫁給他之後，她感到如釋重負。

九月，彼得回來見到她時，看到她精神很好又漂亮，感到很驚訝。

「所以你把那小伙子攆走了，希莉亞？」

「對。」

「可憐的傢伙。不過話說回來，我敢說你很快就會找到更合你意的人。我料想一直都有人向你求婚吧？」

「哦，也沒那麼多啦！」

「有多少個？」

希莉亞想了想。

在開羅的時候，有那個可笑的矮小男人蓋爾上尉；搭船回國的時候，船上有個傻小子（如果這個也算進去的話）；當然，還有德柏格少校，以及拉爾夫和他那位種茶的朋友（順便一提，如今他已經娶了另一位小姐），再來就是吉姆。此外，才一星期前又有那樁跟羅傑有關的滑稽事。

路克夫人一聽說希莉亞取消了婚約，馬上就發電報邀她去小住。羅傑也會來，他一直請喬治安排讓他跟希莉亞再碰面。事情看起來很有希望的樣子。他們已經在客廳裡合唱了一段時間。

「要是他能唱出求婚的話，說不定她會接受。」路克夫人滿懷希望地想著。

「她幹嘛不接受他？羅傑是個很不錯的傢伙啊！」喬治語帶責備地說。

跟男人解釋是沒用的，他們永遠無法了解女人在男人身上「看到」什麼或者沒有「看出」什麼。

「當然，他是有點胖嘟嘟的，」喬治承認說，「不過男人的外表不重要。」

「這句話是男人想出來的。」路克夫人厲聲說。

「嗯，算了吧，愛咪，你們女人並不想要個中看不中用的男人吧。」

他堅持「應該給羅傑一個機會」。

羅傑最大的機會是向希莉亞唱出求婚曲，他有絕佳的動人嗓子，聽他唱歌，希莉亞會很容易以為自己愛上了他。可是音樂一結束，羅傑就又回復了平常的性格。

希莉亞對於路克夫人想牽紅線感到有點緊張，她看到了她的眼神，於是很小心地避免跟羅傑單獨相處。她不想要嫁給他，那幹嘛要給他機會說出來呢？

但是路克夫婦堅決「要給羅傑機會」，於是希莉亞被迫和羅傑駕著雙人小馬車去野餐。

這趟兜風不是很順利，羅傑一直講著家庭生活有多愉快，而希莉亞則說住旅館更有意思。羅傑說他一直想住在離倫敦不超過一小時車程的鄉村環境中。

「你最討厭住在哪裡？」希莉亞問。

「倫敦。我受不了住在倫敦。」

「妙了，」希莉亞說，「那是我唯一受得了的居住地方。」

說完這番不是真心的話之後，她冷冷看著羅傑。

「哦，我敢說我也受得了，」羅傑嘆著氣說，「只要能找到理想對象——我想我已經找到了，我……」

「我一定要告訴你前些天發生的一件好笑事情。」希莉亞趕快說。

羅傑並沒有專心聽那軼聞趣事，等她一說完，他又前話重提：「希莉亞，自從我認識你……」

「你看到那隻鳥沒？我相信那是隻金翅雀。」

但是一點希望也沒有。一個堅決求婚的男人和一個堅決不讓他求婚的女人對決時，總是男人贏。希莉亞愈是要轉移話題，羅傑就愈堅決要扣緊主題。等到希莉亞三言兩語就拒絕了求婚之後，羅傑又自尊大受傷害。希莉亞很氣自己沒能擋開求婚，見到羅傑對她拒絕後所表現出的驚訝又感到懊惱。這趟兜風結果是在冷冰冰的沉默中結束。羅傑對喬治說，說不定他可能是幸運逃過一劫，因為希莉亞看來脾氣不是太好……

希莉亞在思考彼得提出的問題時，這一幕幕又都浮現在她腦海中。

「我想應該是七個吧。」最後她舉棋不定地說，「但只有兩個算是真的。」

他們正坐在高爾夫球場樹籬下的草地上，從那兒可以望見懸崖和大海的全景。

彼得從嘴邊取下了菸斗，他正在用手指掐著雛菊花朵。

「你知道，希莉亞，」他說，語氣變得古怪又拘束，「你也可以……若你願意，隨時把我加到這名單上。」

她吃驚地看著他。

「你？彼得？」

「對，難道你不知道嗎？」

「不知道，我從來都沒想過。你從來……不像那樣的。」

「嗯，差不多從一開始我就是這樣的……我想在愛麗婚禮上我就知道了。只不過，希莉亞，我不是你的合適對象。你要的是個勇往直前、很有腦筋的傢伙。哦，是的，你要的是這種人。我知道你心目中的理想男人是什麼樣子的，這個人不是像我這種懶洋洋、隨和的人。我的人生沒什麼大出息，我不是那塊料。我就只是服完役退休而已。沒有激情，現錢也很少，一年五、六百英鎊，我們就只能靠這麼多錢過日子。」

「這個我倒不在乎。」

「我知道你不會在乎，但我替你在乎，因為你不知道那種滋味，但是我知道。你應該享有最好的，希莉亞，絕對要最好的。你是個很可愛的女孩，有的是人可以嫁。我可不要你委屈自己跟個要數著小錢過日子的軍人，沒有個像樣的家，永遠要打包搬到別的地方。不，我一直都打算不吭聲，讓像你這麼漂亮的女孩有椿應該有的好姻緣。我只是想說，要是你到時沒有……嗯，將來有一天，也許可以給我一個機會……」

希莉亞怯生生地把她修長紅潤的手放在那隻棕色手上，然後那隻手握住了她的，溫暖地裹住她的手。感覺多好啊……彼得的手……

「不知道我現在該不該說，不過有命令下來，我們又要去海外了。我想要在走之前先讓你知道，假設如意郎君沒有出現……還有我，永遠……等著你……」

彼得……親愛、親愛的彼得……不知怎地，彼得是屬於育嬰室以及花園、龍斯還有櫸木的回憶。安全感……幸福……家……

她多快樂啊！坐在這裡望著大海，她的手在彼得的手中。她跟彼得在一起會總是快樂的。親愛的、隨和又溫柔體貼的彼得。

在這段時間裡，他不曾看著她，一臉看來頗嚴峻的表情，頗緊張……臉色非常地深棕。

她說：「我很喜歡你，彼得，我願意嫁給你……」

這時他轉過頭來——緩緩地，就像他做每件事情一樣。他伸出手臂摟住她……那雙善良的黑眼睛一直望到她眼裡。

他吻了她。不像吉姆那樣笨手笨腳，也不像強尼那樣充滿激情，而是帶著深深的、令人滿意的溫柔。

「我的小愛人，」他說，「噢！我的小愛人……」

希莉亞想馬上結婚，跟著彼得到印度去，但彼得斷然拒絕了。

他一意孤行地堅持說，她還很年輕，才十九歲，一定要先有所有其他機會才行。

「如果我貪心地就這樣把你擄走了，希莉亞，我會覺得自己豬狗不如。你有權改變主意，或許你會遇到某個你喜歡他更甚於我很多的人。」

「我不會的……我才不會。」

「你不知道的。很多女孩子在十九歲時很迷某個人，等到二十二歲時，就懷疑自己究竟看中對方哪一點。我不會催你，你一定得要有充分時間，得要相當確定自己沒有犯下錯誤。」

大量時間。梅特蘭家的習慣想法：永遠不趕著做某件事，有充分的時間。所以梅特蘭家的人錯過火車、電車和約會、吃飯，有時，錯過更重要的事。

彼得也用同樣方式跟米莉安講了。

「你知道我有多愛希莉亞，」他說，「我想，你一向都知道的，所以你信得過我跟她出去。我知道自己不是你心目中的乘龍快婿……」米莉安打斷了他的話。

「我想要她幸福，我認為她跟你在一起會幸福。」

「我會奉獻生命讓她幸福的，你知道這點。但我不想趕著要她嫁。說不定哪個有錢人會來追求她，而她又喜歡那個人……」

「錢並非一切。我希望希莉亞不要過窮日子，這是真的。但話說回來，要是你和她相愛，兩人小心點，也是夠過日子的。」

「對一個女人來說，那是很悲慘的生活，何況還把她從你身邊帶走。」

「要是她愛你的話……」

「對，『要是』的話，你也覺得了。希莉亞得要有所有的機會才行。她太年輕，還不清楚自己的想法。我會離開兩年，到時候要是她感情仍然一樣的話……」

「我希望她會。」

「她這麼貌美，你知道，我覺得她應該嫁得更好，我配不上她。」

「不要太過謙虛，」米莉安突然說，「女人並不欣賞這個的。」

「對，也許你說得對。」

希莉亞和彼得在家一起度過的那兩個星期很快樂。兩年很快就會過去的。

「我向你保證，我會對你專一的，彼得。你回來時會發現我還在等著你。」

「喏，希莉亞，這就是你不該做的——認為自己要對我做出承諾。你是絕對自由的。」

「我不要自由。」

「沒關係，反正你是自由的。」

她突然恨恨地說：「要是你真的愛我，就會要我馬上嫁給你，跟你一起走。」

「噢！我的愛，我的小愛人，你難道不明白我不這樣做，就是因為我太愛你了嗎？」

看到他愁眉苦臉的表情，她知道他是真的愛她，那種見到渴望的寶物又害怕去攫取的愛。

三星期之後，彼得飄洋過海了。

一年三個月之後，希莉亞嫁給了德莫特。

第九章 德莫特

彼得是逐漸進入希莉亞人生中的；德莫特卻是突然闖入的。

除了他也是個軍人這點之外，再沒有哪兩個男人的對比會比彼得與德莫特更強烈的了。

希莉亞是在跟路克夫婦去約克郡參加一場軍團舞會時認識他的。

當人家介紹她給這位有火熱藍眼的高大年輕人時，他說：「我要跟你跳三支舞，謝謝。」

跳完第二支舞後，他要求再跳三支，但希莉亞的順序表已經排滿了。他卻說：「沒關係，把某個人的邀舞刪掉就行了。」

他拿過她的順序表，隨便在上面挑了三個姓名打了叉。

「喏，」他說，「別忘了。我會先過來及時把你搶走的。」

膚色黝黑，高大，黑色鬈髮，鳳眼般的深藍色眼睛，有點像神話中半人半羊的農牧之神，瞟來瞟去地看著你。態度堅決，一副永遠都會得逞的樣子——不管是在什麼情況之下。

舞會結束時他問希莉亞還會在這地方待多久。希莉亞說第二天就要回去了。他問她會不會到倫敦去。

她告訴他說，下個月會去倫敦住在奶奶家，還給了他地址。

他說：「那時候我也可能在倫敦，到時會去看你。」

希莉亞說：「歡迎。」

但她根本就不認為他會真的去。一個月是很長的時間。他去幫她拿了一杯檸檬水來，她喝著檸檬水，兩人談著人生，德莫特說，他相信只要真的很想要某樣東西的話，就一定可以到手的。

希莉亞對於刪掉某些人的邀舞感到相當內疚，這不是她的習慣作風。只不過，她就是對此束手無策……這人就是這樣。

想到可能不會再看到這人，她覺得遺憾。

然而，說真的，有一天她回到溫布頓奶奶家裡，見到奶奶坐在她那把大椅子上，很起勁地傾身向前正在跟一個年輕人談著話，這人難為情地脹紅了臉，連耳朵都紅了，其實希莉亞根本老早已忘了這個人了。

「希望你沒忘了我。」德莫特囁嚅著說。

他這時真的變得很害羞。

希莉亞說她當然沒忘記，而向來對年輕男子有好感的奶奶則留他吃晚飯，他也留下來了。晚飯過後，他們到客廳裡坐，希莉亞唱了歌給他聽。

臨走之前，他提了第二天的計畫。他有早場的戲票，希莉亞是否願意到市區跟他去看戲呢？等到搞清楚他的意思是指希莉亞單獨去時，奶奶有異議，她認為希莉亞的母親不會喜歡這種做法的。然而這年輕人卻有辦法哄得奶奶改變主意，於是奶奶讓步了，但條件是看完戲不得帶希莉亞去別的地方喝茶，她得直接回家。

事情就這麼說定了，希莉亞跟他在早場劇院碰面，看戲看得很開心，是生平看戲最開心的一次，散場後在維多利亞火車站喝茶，因為德莫特說這樣不算違規。

希莉亞回自己家之前，他又來過兩次。

回家後第三天，她正在梅特蘭家喝茶時，有電話找她，她母親在電話裡說：「寶貝，你得馬上回家，有個年輕人騎著摩托車來找你，你知道要我跟年輕人講話是很煩惱的事。你趕快回家，自己來招呼他。」

希莉亞趕回家，一面奇怪這會是誰。她母親說這人曾含糊地報上姓名，但她聽不清楚他叫什麼名字。

結果原來是德莫特，一臉孤注一擲、破釜沉舟、很慘的樣子，見到希莉亞時，反而像是說不出話來，只是坐著囁嚅著單音節字眼，不敢看她。

摩托車是借來的，他告訴她說，他想離開倫敦到別的地方轉轉，換換空氣大概很不錯。他寄宿在一家客棧裡，第二天早上就得走了。走之前，她是否願意跟他出去散散步？

第二天他的情緒也差不多一樣：悶不吭聲，很慘的樣子，不敢正眼看她。突然，他說：「我的假放完了，得要回約克郡去，有些事情一定要敲定下來，我非得再跟你見面不可。我想要一直見到你……無論何時都見到你。我要你嫁給我。」

希莉亞當場愣住，驚訝萬分。儘管她曉得德莫特喜歡她，可是卻壓根兒沒想到一個才二十三歲的陸軍中尉竟然會想著結婚。

她說：「抱歉……我很抱歉……可是我不能……喔，不，我沒辦法。」

她怎麼能呢？她要嫁給彼得的啊！她愛彼得，是的，她仍然愛著彼得，照樣愛，可是她也愛德莫特……

她明白自己想嫁給德莫特，比什麼事情都想。

德莫特仍在繼續說著：「嗯，總之，我一定要見到你……想來我太快求婚了……我沒辦法等……」

希莉亞說：「你知道……我……我已經跟人訂婚了……」

他看著她，那種很快瞟她一眼的眼神。他說：「那沒關係，你放棄他就行了。你是愛我的吧？」

「我……我想是的。」

是的，她愛德莫特甚於世上所有一切，她寧可不幸福地跟德莫特相守，也不願跟別人幸福相守。可是幹嘛要這樣想呢？怎見得她跟德莫特在一起就不會幸福呢？因為，她猜想，大概是她根本就不了解這個人吧……他是個陌生人……

德莫特期期艾艾地說：「我……我……喔！太好了，我們馬上就結婚，我等不及了……」

希莉亞心想：「彼得，我不忍心傷害彼得……」

但是她心中有數，不管多少個彼得，德莫特都忍心傷害，而且她會乖乖聽德莫特的話去做。

她終於首次正視他的眼睛，這時那雙眼睛不再飄忽不定了。

非常、非常藍的眼睛……

他們害羞又沒把握地親吻了……

❖

希莉亞進米莉安臥房時，她正躺在臥房沙發上休息。她只看了女兒一眼，就知道有不尋常的事情發生了。米莉安腦中念頭一閃：「那個年輕人……我不喜歡他。」

她說：「寶貝，怎麼啦？」

「噢！媽……他要我嫁給他，我也想要嫁給他，媽……」

她撲進母親懷裡，臉埋在米莉安肩上。

米莉安的心臟病折騰了起來，但念頭轉得更快了：「我不喜歡這事……我不喜歡這事……但這是自私，因為我不想讓她走。」

❖

幾乎馬上就產生了許多困難：德莫特能操控希莉亞，卻操控不了跋扈的米莉安。他耐著性子，因為不想要讓希莉亞的母親反對自己，但只要有點不順他意的話，他就很不高興。

他承認自己沒有錢——一年才八十英鎊。但是當米莉安問起他要怎樣跟希莉亞維持生活時，他卻很生氣，說他還沒空去想這個。他們總有辦法維持的，希莉亞不介意過窮日子。當米莉安說陸軍中尉結婚是很不尋常的事，他很不耐煩地說，他才不管什麼是尋常的呢！

他頗悻悻地對希莉亞說：「你母親好像什麼都要談到錢，英鎊、先令和便士。」

他就像個任性小孩，一心只想要他看中的東西，其他什麼都不理，也不願意聽人「講理」。

等他走了之後，米莉安心情很不好，她彷彿看到了一宗訂婚很多年卻結不了婚的姻緣前景。她覺得，說不定她根本就不該同意他們訂婚……但是她太愛希莉亞了，無法讓她痛苦。

希莉亞說：「媽，我一定要嫁給德莫特。一定要。我不會再愛別人了。總有一天會有好結果的……噢！你說嘛，會有好結果的。」

「看起來機會很渺茫，我親愛的，你們兩個都兩手空空，而他又這麼年輕……」

「可是總有一天……要是我們等的話……」

「嗯，也許吧……」

「媽，你不喜歡他，為什麼？」

「我是喜歡他，我覺得他很有吸引力，真的很有吸引力。但他卻沒有考慮……」

夜裡，米莉安睡不著覺，一再盤算著她那筆小收入。她能不能多少分給希莉亞一點津貼？要是她賣掉房子的話……

不過，起碼，她是不用付房租的，家裡開銷已經減到最低了。房子也已經到了年久失修的地步，眼前這樣的房產沒有什麼人要買。

她輾轉難眠，要怎樣才能讓她孩子得償所願呢？

要寫信給彼得告訴他這件事，實在太難為了。

而且又是封很蹩腳的信。她能為自己的負心找什麼藉口呢？

當彼得的回信寄來時，完全就是彼得的風格，因為太像他的人，所以希莉亞忍不住對著信哭了。

不要怪自己，希莉亞（彼得寫道），這完全是我的錯，要怪我那最要不得的拖延毛病。我們一家人都是這樣的，所以我們總是沒趕上公車。我本意是想做到最好，讓你有機會嫁個有錢的人。結果現在你卻愛上了比我還窮的人。

真正原因，是你覺得他比我有膽量。當初你要嫁給我並跟我來這裡時，我應該聽你話的……我是個活該的傻瓜。我失去了你，這都要怪我自己。他是個比我強的男人——你的德莫特……他一定是個很不錯的人，否則你不會對他有意思的。祝你們兩位一切順利，永遠。還有，不要為我難過，這是我完蛋，不是你……我只能怪自己是大傻瓜，錯失了良機。願神祝福你，我親愛的……

親愛的彼得……親愛、親愛的彼得……

她心想：「跟彼得在一起的話，我會幸福的，永遠都很幸福……」

但是跟德莫特在一起的生活，會是充滿歷險的！

❖

希莉亞訂婚的這一年風波迭起。有時突然接到德莫特來信說：

> 我現在看清楚了，你母親完全是對的，我們的確窮到不能結婚，我根本就不該開口求婚的。你盡快忘了我吧！

跟著，兩天之後，他又騎著借來的摩托車跑來了，把眼淚汪汪的希莉亞擁在懷裡，宣稱他無法放棄她。

事情一定會有轉圜的。

結果發生的是戰爭。

希莉亞就跟大多數人一樣，戰爭的爆發對他們來說，完全就是難以置信的晴天霹靂。遭暗殺的大公[31]，報紙上的「戰爭恐慌」，諸如此類的事情，幾乎都沒怎麼進到她意識中。

然後，突然間，德國和俄國就打起仗來了，比利時遭侵略。原本難以置信的異想天開成了可能。

31 此指第一次世界大戰因奧匈帝國皇儲大公遭暗殺而引起。

德莫特的來信如下：

看起來我們得要參戰了。大家都說要是我們參戰的話，到耶誕節時，戰爭就會結束了。人家說我很悲觀，因為我認為兩年多就能打完的話，已經算很值得開心的事了……

接著他的話不幸言中：英國參戰了……

這對希莉亞只意味一點：德莫特可能會陣亡……

他拍來一封電報，說他沒法不告而別，問她能否由她母親陪著去見他一面？

銀行已經關門了，但米莉安身邊有幾張五英鎊鈔票（這是奶奶的教導：包裡永遠要備有一張五英鎊的鈔票，親愛的）。火車站售票處拒收大鈔。母女倆繞道火車貨物場，越過鐵軌，上了火車。一個又一個查票員來查票。沒車票？「不，夫人，我們不收五英鎊大鈔……」然後一次又一次記下她們的姓名和地址。

整個過程就是場惡夢，一切都很不真實，只有德莫特是真實的……

身穿卡其軍服的德莫特——完全不同的德莫特——躁動不安，眼神充滿煩惱焦慮。沒有人懂得這場新戰爭，這是那種誰都可能有去無回的戰爭……新的毀滅引擎。空軍，沒有人懂得空軍……

希莉亞和德莫特像兩個小孩般互相依靠……

「讓我撐過去……」

「噢！神哪！讓他回到我身邊……」

別的事都不重要了。

頭幾個星期裡的懸念真令人難受。寄來的明信片上，用鉛筆寫著略為潦草的字跡。

「我們奉命不准透露行蹤。一切平安。愛。」

誰都不清楚發生了什麼事。

頭批傷亡名單帶來了震驚。朋友，還有曾跟你跳過舞的男生，陣亡了……

然而德莫特平安無事，只有這點才重要……

戰爭，對大多數女人而言，只意味著一個人的命運……

過了頭一、兩個星期的懸念之後，家裡也有事情要做。希莉亞家附近開了一所紅十字會醫院，但她得要通過急救和護理考試才能去工作。奶奶家附近有開這種班，於是希莉亞就去住奶奶家。

新雇用的年輕漂亮女傭葛萊蒂絲來應門，如今由她和年輕的廚娘負責打理家中一切。可憐的老薩拉已經不在了。

「您好嗎？小姐。」

「我很好。奶奶在哪裡？」

一陣嘻嘻笑。「她出去了，希莉亞小姐。」

「出去了？」

奶奶——如今剛過了九十歲——比以往更加擔心受到新鮮空氣的傷害。奶奶竟然出去了？

「她去了陸海軍福利社，希莉亞小姐。她說會在你到之前就回來的。噢！我想她現在回來了。」

一輛老舊的四輪馬車駛近了大門前，在車夫的協助下，奶奶靠著那條好的腿小心翼翼下了車。

她腳步穩穩地走在車道上，看起來喜洋洋的，絕對喜洋洋的，臃腫鼓漲的披風在九月陽光下飄揚閃耀。

「希莉亞寶貝兒，你來啦？」

這麼一張柔和的老臉，宛如老皺的玫瑰葉子。奶奶很喜歡希莉亞，也正在為德莫特織睡襪，好讓他在戰壕中可以保暖雙腳。

但是一看到葛萊蒂絲，她語氣馬上就變了，奶奶愈來愈喜歡對「下女們」（如今都是能獨立更生的女性，而且不管奶奶喜不喜歡，她們都照樣有腳踏車！）凶了。

「哎，葛萊蒂絲，」語氣很凶，「你幹嘛不去幫那個男人搬東西下來？還有，提醒你，別把他們帶進廚房裡。招呼他們待在晨間客廳裡。」

可憐的本尼特小姐已經不再獨霸晨間客廳了。

門內堆放著大量的麵粉、餅乾、幾十打沙丁魚罐頭、米、木薯、西米等。車夫大大咧嘴笑著出現了，搬進了五條火腿，後面跟著葛萊蒂絲，搬著更多火腿，總共十六條火腿都堆進了那間藏寶室裡。

「雖說我已經九十歲了，」奶奶說（她那時還沒能預見後來更戲劇化的事件），「但我才不會讓德國人餓死我呢！」

希莉亞差點笑瘋了。

奶奶付了車錢給車夫，還給了他很豐厚的小費，然後指點他去可以好好餵馬的地方。

「好的，夫人，謝謝您，夫人。」這人用手略微碰碰帽子表示致意，依然滿臉笑容，離開了。

「今天真是夠我受的。」奶奶說著，一邊解開軟帽的帽帶。她一點也沒有累壞的樣子，而且顯然還挺自得其樂的。

「店裡擠滿了人，我親愛的。」

顯然是跟其他老太太們擠在一起，大家都雇了四輪馬車去搬火腿。

結果希莉亞一直沒有去紅十字會醫院工作。

有幾件事情發生了。首先，龍斯離職了，回家鄉去跟她哥哥住。希莉亞和母親接手做家務，葛麗格對此很不以為然，她「不贊成」戰爭以及女士們做她們不該做的事。

然後奶奶寫信給米莉安。

最親愛的米莉安：

幾年前你就建議我應該搬去跟你同住，當時我拒絕了，因為覺得自己老得不想搬家。但赫特醫生（這人是個很聰明的男人，又喜歡好聽的故事，但我恐怕他太太是不懂得欣賞他的）說，我的眼力愈來愈差，而且沒得醫。這是神的旨意，我也接受，但我不想由得女傭來擺布我。如今這種邪惡的事在報上看得多了，而且我最近還不見了幾樣東西。你回信給我時，千萬別提這事，她們可能偷拆我的信。這封信是我自己去寄的。所以我想最好還是搬去跟你一起住，這樣一來，事情就容易得多，因為我的收入也有幫助。想到希莉亞要做家務，我就不喜歡，這好孩子應該保留她的精力。你還記得頻秦太太家的伊娃嗎？也是嬌滴滴弱不禁風的，她勞累過度，結果現在住進了瑞士一家療養院。你和希莉亞得過來幫我搬家。恐怕這是件很頭痛的差事。

的確是很頭痛的事。奶奶在溫布頓的房子裡住了五十年，而且又是儉省慣的那一代人，因此什麼東西都捨不得扔掉，以防「萬一有用得上的時候」。

家中有桃花心木的龐大結實衣櫃、五斗櫃等，櫃裡的每個抽屜和架上都塞滿了一匹匹料子，還有奶奶收藏得好好的各種雜物，之後就忘得一乾二淨。有無數的「零頭料子」，長短不一的絲綢和緞子，還有印花布和棉布。有幾十本「耶誕節給女傭」的女紅書籍，書中還有生了鏽的針。有舊衣袍剩下的零頭破布，還有信件、文件、日記、收據、剪報。有四十四個針插和三十五把剪刀。幾抽屜又幾抽屜都塞滿了精美料子的內衣，全都被蟲蛀了洞卻還保存著，因為「上面的繡花手工很好，我親愛的」。

最令人難過的是食品儲藏櫃（希莉亞小時的回憶），儲藏櫃打敗了奶奶，因為她再也沒法摸到櫃內深處了。擺在裡面的食品動都沒動過，就又有新存貨進來堆積在舊存貨上面。長了蟲的麵粉、粉碎的餅乾、發霉的果醬、化掉的醃製水果，通通都從櫃子深處毫不留情地翻出來扔掉，奶奶則坐在一旁邊哭邊哀嘆：「這樣浪費多可惜。」「說真的，米莉安，拿來給下人做她們吃的布丁，應該很好吧？」

可憐的奶奶，這麼能幹、起勁又儉省的家庭主婦，因為上了年紀眼力不好，結果束手無策，只能被迫坐著，看著這些外來人的眼勘察著她的敗局……

她拚命維護每一樣寶藏，而下一代卻無情地想要扔掉她這些寶藏。

「別扔掉我這件棕色絲絨裝，這是我的棕色絲絨裝，是在巴黎的時候邦色拉夫人幫我縫製的，很有法國風格！我穿上它時，每個人都稱讚。」

「可是都破爛了，親愛的，絨毛都磨光了，而且有很多個破洞。」

「可以修補的，我肯定可以修補的。」

可憐的奶奶，年邁、無還擊之力，任由下一代擺布，而且下一代還一臉蔑視，一副「這沒用的，扔了吧」的口吻。

從小她就被教養成絕不扔掉任何東西，哪天說不定會派上用場。這些年輕人就不懂這一點了。她們盡量對她好，盡量遷就她，結果是裝滿了十幾口舊衣箱，都是些零星衣料和被蟲蛀的皮毛衣服，全部都是再也不能用的，可是何必要讓這位老太太那麼難過呢？

奶奶堅持要自己收拾打包那些褪了色、從前那些老派紳士們的照片。

「這個是我親愛的哈提先生，還有洛德先生……我們跳舞時，真是一對俊男美女！每個人都這樣稱讚。」

唉！奶奶的收拾打包！哈提先生和洛德先生抵達時，相框內的玻璃面都碎了。然而，從前奶奶打包的本領是備受稱道的，她打包的東西從來都不會打破。

有時，當奶奶以為沒人看到時，會偷偷摸摸取回一點碎布、口袋花邊、一小段荷葉邊、鉤織圖案等，塞到她自己的大口袋裡，然後偷運到擺在她臥房裡其中一口大得宛如挪亞方舟的衣箱裡，這些箱子都是她個人打包用的。

可憐的奶奶，搬離家簡直要了她的命，但也要不了，因為她有活下去的意志。就因為有這意志，她才會離開這個住了這麼久的家。德軍別想餓死她，他們也別指望靠空襲取她的命。奶奶打算好要活下去，享受人生。當你活到九十歲，就知道可以享受人生是多不尋常的事，這是年輕人不懂的，他們講得彷彿人老了就等於死了一半，肯定很慘。年輕人，奶奶心想，一面想起了她年輕時的一句格言，總以為老年人都是傻瓜，但是老年人則「知道」年輕人才是傻瓜！她姑媽卡洛琳在八十七歲時曾這樣說過，而姑媽說得一點也不錯。

總之，奶奶不怎麼去多想今天的年輕人，他們沒有體力、耐力。看看那些搬運家具的人，四個魁梧壯丁，居然還要求她把那個桃花心木大五斗櫃的抽屜都拿出來。

「當年搬上樓的時候，每個抽屜都是鎖上的。」奶奶說。

「您瞧，夫人，這是很堅固的桃花心木，而且抽屜裡都裝了很重的東西。」

「搬來時就是這樣的！當年那些人才是男子漢。如今男人都虛弱得很，搬點重東西就大驚小怪的。」

幾個小伙子咧嘴笑著，幾經困難，終於還是把五斗櫃搬下了樓，扛到門外貨車上。

「這才像樣。」奶奶嘉許地說，「你們看，不試試的話，是不會知道自己能做什麼的。」

從奶奶家搬出的各種東西之中，有三十瓶柳條裹身的小口大酒瓶，裝的都是奶奶自釀的利口酒。運到目的地卸下時，只有二十八瓶……

這會不會是那幾個咧嘴笑的小伙子們報的仇呢？

「小壞蛋，」奶奶說，「這些小鬼都是些小壞蛋，還自稱滴酒不沾呢！真是厚顏無恥。」

但她卻賞給他們很豐厚的小費，而且也沒真的不高興。說到底，這畢竟是對她自釀的酒的恭維啊！

奶奶安頓好之後，家裡請了個廚娘來取代龍斯。這個廚娘二十八歲，名叫瑪麗，脾氣很好，很討老年人喜歡，會跟奶奶聊天，講追她的那些小伙子的事，以及她那些有病痛親人們訴的苦。奶奶津津有味地聽著瑪麗親戚那些不良於行的腿、靜脈曲張以及其他疼痛故事，然後給她一瓶瓶成藥還有披肩，讓她送給親戚。

希莉亞又開始考慮從事一些跟戰爭有關的工作，不過奶奶極力反對這念頭，預言說要是希莉亞讓自己「勞累過度」，一定會有最可怕的災難。

奶奶愛希莉亞，給她關於對抗人生各種危險的忠告，以及關於五英鎊鈔票的信念。奶奶人生中一項堅定不移的信念就是：「手頭」一定隨時要有張五英鎊鈔票。

她給了希莉亞五十英鎊，都是五英鎊的鈔票，叫她「自己留著」。

「連你丈夫都不要讓他知道有這筆錢。一個女人家永遠不知道什麼時候自己會需要有點積蓄……

「親愛的，要記住，不可以信賴男人。紳士們會表現得很和藹可親，但你一個都不能信賴，除非是個婆婆媽媽、根本就一無是處的傢伙。」

❖

忙著幫奶奶搬家，成功轉移了希莉亞的注意力，她沒再去多想戰爭和德莫特。

可是現在奶奶安頓下來，希莉亞又閒得發慌了。

要怎樣才能讓她不去想德莫特、將他摒之九霄雲外呢？

在煩得要死之際，她把「那群女生」嫁掉了！伊莎貝拉嫁給一個有錢的猶太人，艾絲嫁給了探險家，艾拉當了學校教師，嫁給了一個年紀大的男人，有點殘疾，他被艾拉的青春話語迷住了。伊瑟瑞和安妮一起持家。薇拉很浪漫地邂逅了一位親王，但卻在婚禮那天發生車禍，兩人不幸雙雙身亡。

計畫安排婚禮、選擇伴娘禮服、替薇拉安排喪禮音樂，這些都有助於希莉亞的腦子擺脫現實。

她渴望從事某樣工作，好好努力，但這意味要離家……米莉安和奶奶會同意嗎？

奶奶需要大量關注，希莉亞覺得自己不能丟下母親。

但結果卻是米莉安慫恿希莉亞離家，她很了解辛苦的體力工作才是眼前對希莉亞最有幫助的。

奶奶哭哭啼啼的，但米莉安卻很堅定立場。

「希莉亞得走。」

但是，到頭來希莉亞還是沒有去做任何跟戰事有關的工作。

德莫特的手臂受傷，因此回國住院療養，復原後，被認為適合在國內服役，於是就分發到戰情局去工作。他和希莉亞結婚了。

第十章 婚姻

希莉亞對婚姻的想法極其有限。

婚姻對她來說，就是她最心愛童話故事中的「從此快樂地生活在一起」，她完全看不到其中的艱難困苦，也看不到婚姻有觸礁的可能。當人相愛時，他們是幸福的。她當然也知道有很多不幸福的婚姻，但她認為那是因為那些夫妻不相愛的緣故。

不管是奶奶對男人尖刻、諷刺、幽默的描述，或者是她母親警告（聽在希莉亞耳中是那麼老套）說你得要「管住男人」，也不管閱讀多少寫實主義文學作品，看盡書中悲慘不幸的結局，都完全無法讓希莉亞記在腦海中。她從來不曾想到過奶奶談話中提到的「男人家」跟德莫特是同一物種。書中人物就是書中人物，尤其米莉安自己的婚姻又異常幸福，因此更讓希莉亞覺得她母親的警告特別好笑。

「你知道，媽，爸爸除了你之外，從不看別的女人。」

「是不看，可是話說回來，他年輕時已經玩夠了。」

「我不認為你喜歡德莫特或信賴他。」

「我是喜歡他，」米莉安說，「我覺得他非常有魅力。」

希莉亞哈哈笑說：「但你不會認為娶我的人配得上我──你的寶貝小羊兒、小鴿南瓜──老實說吧，你會嗎？超人中的超人都不行。」

結果米莉安只好承認這說法雖不中也不遠矣。

於是希莉亞和德莫特就快樂地生活在一起了。

米莉安告訴自己：我太多心了，也太敵視這個把我女兒帶走的男人。

婚後的德莫特跟希莉亞原先所想像的很不同。所有的魄力、主宰他人的氣燄、膽量全都從他身上消失了，他只是個年輕、心虛、陷入情網的人，而希莉亞則是他的初戀。

說真的，就某些方面而言，他跟吉姆．格蘭特挺像的，不過吉姆的心虛所以會讓希莉亞感到討厭，是因為她不愛他的緣故，德莫特的心虛卻使得希莉亞更疼愛他。

她其實半自覺地知道自己有點怕德莫特，這人對她來說是個陌生人，她覺得雖然自己愛他，對他卻一點也不了解。

德柏格引起的是她感官上的愉悅，吉姆是知性上的，彼得則是跟她本身的生活交織在一起，但她卻在德莫特身上發現了自己從未有過的「玩伴」。

德莫特性格中有長不大的一面，這點正好跟希莉亞的孩子氣相投。他們兩人的目標、想法、性格簡直是南轅北轍，卻在彼此身上找到了自己想要的玩伴。

婚姻生活對他們而言，是一場遊戲，兩人玩得很熱衷。

人會記得人生中哪些事情呢？絕不是所謂的「重要事情」，不是，而是小事，瑣碎的事……持續留在腦海裡，揮之不去。

回顧她早期的婚姻生活，希莉亞記得些什麼呢？

在裁縫那裡買了一件連衣裙，是德莫特買給她的第一件衣裳。她在小小的試衣間裡試穿，有位年長婦女來幫忙。穿好之後，德莫特就被叫過來，問他喜不喜歡。

他們兩個對此都非常樂在其中。

德莫特當然裝出一副以前經常這樣做的樣子，他們不會在店員面前承認是新婚夫婦——才不呢！

德莫特甚至還不經意地說：「這跟兩年前我在蒙地卡羅買給你的那件挺像的。」

他們最後決定買了件紫藍色的，肩上飾有小束玫瑰花蕾。

希莉亞一直留著這件衣裳，沒有扔掉。

找房子！當然，他們得找棟附家具的房子或公寓。當時無從知道什麼時候德莫特可能又會派到國外去，因此房租一定要盡可能便宜。

希莉亞和德莫特對於住區或房租都毫無概念，於是信心滿滿地從梅菲爾市中心[32]找起！

第二天他們去南肯辛頓區、切爾西區還有貝瓦特。第三天則去了西肯辛頓、翰莫史密斯、西漢普斯頓、貝特斯以及其他邊遠地帶。

到最後，他們看中了兩處，卻拿不定主意要哪一處好。一處是獨戶公寓，每星期租金三幾尼[33]，位於西肯辛頓區的街區大廈裡，一絲不苟，打掃得很乾淨，房東是位老小姐，令人凜然生畏的班克斯小姐，全身散發出效率感。

「沒有餐具和桌布、餐巾？這倒省事。我從來不讓房屋仲介來列清單。我想你們也會跟我一樣，認為這根本就是浪費錢。你們可以和我一起來檢查所有的東西，列出清單。」

班克斯小姐嚇到了希莉亞，從那之後，她很久都沒再那麼怕過哪個人。班克斯小姐提出的每個問題都揭露了希莉亞對於租房子的無知。

德莫特說他們會再通知班克斯小姐，然後兩人就趕快逃到街上。

「你認為怎麼樣？」希莉亞上氣不接下氣地問，「房子很乾淨。」以前她從沒想過清潔問題，但看了兩天那些廉價附家具的公寓之後，讓她深切體會到這點的重要。

「有些公寓根本就有臭味。」她又加上一句。

「我知道。而且這戶公寓裝潢布置得很體面，班克斯小姐說附近購物很方便。但我不太喜歡她這個人，簡直就是個厲害婆娘。」

「她的確是。」

「我覺得她好像吃定我們了。」

「我們再去看看另外那間公寓，至少那裡租金比較便宜。」

32 梅菲爾市中心（Mayfair），倫敦市中心高級地段。
33 幾尼（guinea），舊英國金幣，相當於二十一先令。

另外一戶公寓的租金是每星期兩個半幾尼，位於一棟破舊老房子頂樓，房子從前是不錯的。這戶公寓只有兩個房間和一間大廚房，但都是大房間，比例勻稱，望出去有花園，而且園中還真的有兩棵樹。

不可否認，這間公寓是沒有班克斯小姐的房子乾淨，但希莉亞說，是一種還挺好的髒法。壁紙呈現出潮溼漬痕，油漆也在剝落中，鑲板也需要重新染色，不過棉布套子很乾淨（雖然已經褪色到幾乎看不出圖案了）而且還有很大又舒服的舊扶手沙發。

在希莉亞眼中，這房子還有一個很吸引人之處：住在地下室的那個女人可以幫他們做飯，而且看來是個很好的人，胖胖的，脾氣很好，和藹的眼神讓希莉亞想起龍斯。

「我們應該可以不必請傭人了。」

「這倒是真的。不過，你確定你沒問題嗎？這住處不是跟房子其他部分完全隔絕的，而且不是……嗯，不是你以前住慣的房子，希莉亞。我是說，你的老家是那麼好。」

對，老家是很好的，現在她才曉得有多好。渾厚莊嚴的戚本德[34]和海波懷特[35]家具，瓷器，乾淨涼爽的棉布套……。那個家也許漸漸破敗了：屋頂漏水、裝潢過時、地毯也老舊了，但仍然是個美麗的家。

「不過等到戰事一結束，」德莫特下巴一抬，毅然地說，「我就會努力去賺錢給你。」

「我不要錢。再說，你已經是上尉了。要不是因為打仗的話，你十年都升不了上尉。」

「上尉的薪水真的不高，待在軍隊裡沒有前途。我會去找份比較好的工作。現在有了你，要為你工作，我覺得自己可以做任何事情，而且我也會去做的。」

希莉亞聽了他的話很激動。德莫特跟彼得太不同了，他不會對生活逆來順受，而會主動去改變生活。她覺得德莫特會成功的。

她心想：「嫁給他是對的。我才不管人家說什麼呢！有一天他們會承認我做得對。」

不用說，她這樣想，當然是因為有些批評。路克夫人尤其表現出打心底的不看好。「可是，親愛的希莉亞，你的日子會過得太慘了。哎，你連一個廚房女傭都請不起，你只能像豬一樣捱窮日子。」

路克夫人光是想到請不起廚房女傭就已經夠了，這在她看來已經是超大災難，別的都不用再多想了。希莉亞很寬宏大量，索性忍著沒告訴路克夫人，說他們連廚娘都請不起，更別說廚房女傭了！

還有希瑞爾，接到希莉亞訂婚消息時，他正在美索不達米亞打仗，寫了一封很不贊同的長信來，說這事簡直太荒唐了。

然而德莫特雄心萬丈，他會成功的。這人有個特點，動力很強，希莉亞感覺到這點，也很欣賞這點，跟她所具有的性格完全不一樣。

「我們就租這戶公寓吧。」她說，「我最喜歡這裡，真的。而且雷斯淳吉小姐比班克斯小姐好多了。」

雷斯淳吉小姐三十歲左右，人很隨和，平易近人，笑容可掬，眼神閃亮。

就算這對找房子的小夫妻有什麼讓她感到可笑，她也沒有在神情上顯露出來。他們的建議她通通都接受，卻很圓滑地傳授了他們一定分量的資訊，並且又向大開眼界的希莉亞解釋了熱水鍋爐的限用規則，希莉亞從來沒聽說過這樣的事。

「不能太常洗澡。」她興致勃勃地說，「因為瓦斯配給只有四萬立方英尺，別忘了你們還要做飯。」

於是希莉亞和德莫特就租下蘭特斯特街八號的房子，為期六個月。希莉亞開始過起主婦生涯。

34 戚本德（Thomas Chippendale, 1718–1779），英國木匠，作品糅合了法國、洛可可、中國及其他家具風格特徵，卻又不失設計上的一致性。

35 海波懷特（George Hepplewhite, 1727?–1786），英國名家具設計師，與戚本德、薛瑞登（Thomas Sheraton, 1751–1806）並列英國十八世紀家具製造三大龍頭。

新婚初期，最讓希莉亞感到苦的，是寂寞。

德莫特每天早上去戰情局上班，留下希莉亞獨自面對漫長空虛的一天。

德莫特的勤務兵本德做好培根、雞蛋早餐之後，打掃房子，然後就去領配給。斯德曼太太這時就從地下室上來，跟希莉亞討論晚餐做什麼菜。

斯德曼太太人很熱心，愛講話，是個樂意做飯卻拿捏不準的廚娘。她自己也承認「放胡椒時手很重」。

「我一向這樣，沒出嫁以前就是如此。」斯德曼太太很爽快地說，「很奇怪吧？我做糕餅也不拿手。」

她似乎完全沒有中庸之道，做菜不是一點味道都沒有，就是調味料多到吃得你嗆到流淚。

斯德曼太太像個母親般管著希莉亞，因為希莉亞很急於要當個懂得精打細算的主婦，卻又不知道該怎麼做才好。

「買菜最好交給我去辦，像你這樣的少奶奶買菜會吃虧的。你們根本就想不到要捏著鯡魚，讓牠的尾巴像兩腳般站起來，用這方法檢驗牠的新鮮程度。有些魚販很會出花招。」斯德曼太太沉著臉搖頭說。

戰爭期間持家成了複雜的事。一個雞蛋要八便士，希莉亞和德莫特於是大量倚靠「代用蛋製品」來過日子，湯塊也一樣，不管廣告怎麼吹噓它們味道有多好，德莫特總是稱之為「棕色沙子湯」，還有他們的肉類配給。

肉類配給讓斯德曼太太興奮不已，長久以來，再也沒有別的事讓她這樣興奮了。當本德首次領回很大一塊牛肉時，希莉亞和斯德曼太太圍著這塊牛肉轉圈，欣賞著它，斯德曼太太一面大聲發表感想。

「多美的景象，可不是嗎？簡直讓我流口水。自從打仗以來，我就不曾看過這樣的肉了，簡直是幅畫，我要這麼說。但願斯德曼在家就好了，我要叫他來看看，你不會反對吧，太太？讓他看看這樣一塊肉，對他是一大享受。要是你想要烤它的話，我想瓦斯小烤爐恐怕裝不下。我可以在樓下幫你烤好。」

烤好之後，希莉亞硬是要斯德曼太太收下幾片烤肉，斯德曼太太客氣推辭一番之後，終於勉強收下了。

「就這一次，下不為例。」

斯德曼太太這樣不吝讚賞，以致這「大塊烤肉」端上桌時，希莉亞也感到很興奮自豪。

至於午飯，希莉亞通常都外出解決，到附近的國立廚房買些現成的回家吃，她不敢太早把那個星期的瓦斯配給用光，只敢早晚用，洗澡次數也減到每星期兩次，他們這樣省著，才可以在客廳裡生火取暖。

關於牛油和糖，斯德曼太太可真是個寶貴的盟友，她買到的分量比配給券換到的多很多。

「你瞧，他們都認得我。」她對希莉亞說，「艾弗瑞德小子每次見到我都跟我打眼色。『太太，有很多可以給你。』他說。但他不會給每個進來的小姐太太們這麼多，這是因為我們彼此熟。」

有斯德曼太太打理這些事情，希莉亞幾乎整天沒事幹。而她發現愈來愈難打發這整天的時間！

在娘家的時候，家裡有花園，有花可以忙，有她的鋼琴，還有米莉安……

這裡卻沒有別人。從前在倫敦的朋友不是嫁人了，就是到別的地方去了，要不就忙於戰時工作。而且，對於現在的希莉亞來說，他們大部分也都太有錢了，希莉亞已經高攀不上。沒出嫁前，別人可以隨時邀她去家中作客、參加舞會、到高級場所去參加派對。可是現在成了已婚婦女之後，這一切都停止了，她和德莫特無法回請人家。希莉亞向來不在意別人，卻感到自己的日子太空洞了。她向德莫特提說她想去醫院工作。

德莫特對此強烈反對，非常討厭這念頭，希莉亞只好聽他的。最後，德莫特同意讓她去上打字速記課程。希莉亞又指出，學學簿記也很有用，萬一以後要找工作的話。

現在她覺得日子有意思多了，有些事可做。學簿記讓她得到極大樂趣，整潔、清楚以及準確都讓她感到愉快。

還有德莫特下班回家所帶來的快樂，他們兩個對於在一起過的新生活都感到既興奮又開心。最美好的時光，是上床之前兩人坐在火爐前的時候，德莫特手持一杯阿華田，希莉亞則是一杯保衛爾牛肉汁。

兩人仍然覺得很難以置信：他們真的在一起，要永遠這樣下去了。

德莫特不是感情外露的人，從來不會說「我愛你」，也幾乎不會主動撫摸她。當他打破自己的藩籬說了些話時，希莉亞總是當寶一樣珍藏在記憶裡。很明顯他是很難說出這些話的，因此希莉亞也就更加珍惜這些無意中冒出來的話語，每次冒出這些話時，總讓她大吃一驚。

他們有時坐著聊斯德曼太太的一些怪事，然後德莫特會突然把她拉過來，囁嚅著說：「希莉亞，你這麼美……這麼美。答應我，你要永遠這麼美。」

「要是我不美的話，你也一樣會愛我的。」

「不，未必會。那會不太一樣的。答應我，說你會永遠美麗……」

❖

安頓下來三個月之後，希莉亞回娘家一個星期。她發現母親看來滿臉病容和倦容。奶奶卻剛好相反，容光煥發，還有滿肚子精彩的德軍暴行故事。

米莉安就像枯萎的花插到水中一樣，希莉亞回娘家第二天，她就活過來了，又回到從前的樣子。

「媽，你想死我了吧？」

「是的，寶貝，別提這個了，遲早總要來的。你很幸福，你看來很快樂。」

「對，噢，媽，你看錯德莫特了。他很好，沒有人能像他這麼好……而且我們日子過得很好玩。你知道我有多喜歡吃蠔。為了開玩笑，有一天他買了一打蠔，全部放在我床上，說這叫做『蠔床』。噢，這話說得很傻，可是我們兩個笑了又笑。他真是很體貼，這麼好的人，我想他這輩子從沒做過一件刻薄或者不光彩的事。他的勤務兵本德滿腦子想的都是『上尉』，對我卻頗有微言，我看他是認為我配不上他的偶像。有一天他說：『上尉很喜歡洋蔥，可是家裡好像從來沒見到過洋蔥。』所以我們馬上就做了炸洋蔥。斯德曼太太是站在我這邊的，她總想要我吃我喜歡的菜。她說男人身體都很好，但要是她對斯德曼先生讓步，那她會變成怎麼樣？她倒想知道。」

希莉亞坐在母親床上，快樂地聊著天。

回家真好，家看起來比她記憶中的還要美好得多，這麼乾淨——吃午飯時潔淨無瑕的桌布餐巾，還有閃亮的餐具以及光潔的玻璃杯。以前是多麼把這一切視為理所當然啊！

還有飯菜，雖然很簡單，卻很可口，做得很開胃，引人垂涎，上菜又上得好。

母親告訴她，瑪麗要去加入陸軍婦女輔助隊[36]了。

「我認為這決定挺正確，她應該去的，她還年輕。」

戰事發生之後，葛麗格出乎意料變得很難相處，老是不停地對飯菜嘮叨不滿。

「我習慣每天吃一頓有熱肉食的飯菜，這些內臟還有這魚完全不對，也沒有營養。」

米莉安怎麼努力解釋這是因為打仗而受限都沒用，葛麗格老得聽不進這些話。

「精打細算是一回事，吃得像樣是另一回事。還有植物奶油，我從來不吃，也不會去吃。要是我父親知道

36　陸軍婦女輔助隊（Women's Army Auxiliary Corps, WAACs），一九一七至一九一八年成立，集結了逾五萬七千名英國婦女為戰事效力。

自己女兒在吃植物奶油，而且還是在體面紳士家裡吃，他在墳裡都躺得不安了。」

米莉安告訴希莉亞這些事情時，哈哈大笑。

「起初我拿她沒辦法，只好給她吃牛油，我自己吃植物奶油。後來有一天，我用植物奶油包裝紙包牛油，牛油包裝紙包植物奶油，把兩包都拿出來，跟她說，這是非比尋常的植物奶油，就跟真的牛油一樣，她要不要試試？她試了，吃了之後馬上拉長了臉。不，她真的沒法吃這樣的東西。於是我接著拿出用牛油包裝紙包住的真正植物奶油，問她是否比較喜歡這個？她嘗了之後說：『哎，對，這東西才對。』然後我就告訴她真相，而且我還挺凶的。從那之後，我們就均分牛油和植物奶油，再沒那些囉嗦了。」

奶奶在吃的方面態度可是強硬無比。

「我希望，希莉亞，你有吃很多牛油和雞蛋，對你身體有益處。」

「嗯，奶奶，人不能吃太多牛油。」

「胡說，我親愛的，這對你身體有好處。你一定要吃。那個漂亮的女孩子，賴雷太太的女兒，前些日子死了，她餓死了自己。整天外出工作，回家就只吃那麼一點點東西。得了流行性感冒，又加上肺炎，我早就知道她這樣做會有什麼下場。」

奶奶邊低頭看著手中的織針，邊興致勃勃地點著頭說。

可憐的奶奶，視力衰退得很厲害，如今只能用很粗的毛線針勾織東西了，即便如此，還經常會漏織了一針，或者針法錯了。發現之後，她就坐著靜靜哭著，眼淚從老皺的臉頰上流下來。

「簡直是浪費時間，」她說，「讓我很生氣。」

她對周遭環境愈來愈疑心。

當希莉亞早上進她臥房時，經常會發現這位老太太在哭。

「我的耳環，寶貝兒，你爺爺送給我的鑽石耳環，那個丫頭拿走了。」

「哪個丫頭？」

「瑪麗。而且她還想對我下毒，她在我吃的水煮蛋裡放了些東西，我嘗得出來。」

「噢，不會啦，奶奶，水煮蛋裡面根本不可能放任何東西的。」

「我嘗過了，親愛的，舌頭有苦苦的感覺。」奶奶做了個鬼臉。「前些日子有個下女對她的女主人下毒，我在報紙上看到的。瑪麗知道我曉得她拿我的東西，我有幾樣東西不見了，現在輪到我那對美麗耳環了。」

奶奶又哭了起來。

「你確定嗎，奶奶？說不定耳環一直在抽屜裡。」

「找也沒有用，親愛的，耳環不在了。」

「本來在哪個抽屜裡的？」

「右邊那個抽屜，她端托盤來時會經過的。我把耳環包在手套裡，但沒有用，我已經很仔細找過了。」

然後希莉亞找出了捲裹在蕾絲花邊裡的耳環，奶奶表現出無限驚喜，說希莉亞真是個又乖又聰明的女孩，但她對瑪麗的懷疑依然絲毫不減。

她會坐在自己固定坐的椅子上，傾身向前興奮地竊竊私語。

「希莉亞，你的包，你的手提包放在哪兒了？」

「在我房間裡，奶奶。」

「她們這會兒在樓上，我聽得到。」

「對，她們正在收拾房間。」

「她們已經在那兒很久了，她們是在找你的包。你要永遠隨身帶著包。」

由於視力衰退，奶奶發現簽支票也成了很困難的事。她會叫希莉亞站在一旁看著，告訴她從哪兒開始簽，到哪兒就是支票的盡頭。

支票簽好時，她嘆一口氣，然後叫希莉亞拿到銀行去兌現。

「你會留意到我支票上簽的是十英鎊，不過兌現出來的鈔票總是少到只有九英鎊。但我絕不要簽一張九英鎊的支票，希莉亞，你要記住這點，一個不小心，就會被人竄改成了九十英鎊。」

由於是希莉亞親自去兌現支票的，所以她才是唯一有機會竄改金額數字的人，但奶奶沒想到這點，這只不過是她自我保護的怒氣部分而已。

另一件讓奶奶難過的事，是米莉安很和藹地告訴她說，她得要再做些新衣服。

「你知道，媽，你現在穿的這件差不多都磨破了。」

「我的絲絨裝？我漂亮的絲絨衣服？」

「對，你自己看不到，可是這件衣服已經破舊得很厲害了。」

奶奶於是可憐兮兮唉聲嘆氣，眼淚汪汪。

「我的絲絨衣服，我這件絲絨好衣服；我在巴黎做的這件絲絨衣服。」

搬離住慣的環境，奶奶很感痛苦，在溫布頓住了幾十年之後，她發現鄉下生活無聊得要死，很少有人來串門子，也沒有什麼在進行的事情。她從來不到外面花園去，因為害怕空氣。她整天坐在飯廳裡，就跟住在溫布頓時一樣。米莉安念報紙給她聽，之後，日子對她們兩人來說，都過得非常慢。

奶奶唯一的消遣就是訂購大量食品，食品送來之後，討論怎麼挑個收藏它們的地方，以免這些食品被人認為有「囤積」之嫌。櫃子裡的上層都擺滿了沙丁魚罐頭和餅乾，碗櫃裡意想不到的角落則塞滿了牛舌罐頭和一包包的糖。奶奶自己的大衣箱裡藏滿了一罐罐金色糖漿。

「可是，奶奶，你真的不該囤積食品。」

「啐！」奶奶心情開朗地哈哈大笑著。「你們年輕人什麼都不知道。巴黎圍城的時候，老百姓吃老鼠呢！老鼠喔！深謀遠慮，希莉亞，我從小就被教導要深謀遠慮。」

接著，奶奶突然現出警覺表情。

「那些下女，她們又在你房間裡了。你的珠寶首飾呢？」

❖

希莉亞已經有幾天覺得有點兒不舒服了，最後終於躺在床上趴著，強烈噁心想吐。她說：「媽，你想這是不是表示我有孩子了？」

「恐怕是的。」

米莉安看來很憂慮又情緒低落。

「恐怕？」希莉亞很驚訝。「你難道不想要我有個孩子嗎？」

「不，我不想，還不到時候。你自己很想要嗎？」

「嗯……」希莉亞思索著，「我沒想過。德莫特和我從沒談過生孩子的事。我想我們是知道可能會有孩子的。我不願意沒有孩子，這會讓我覺得少了什麼似的……」

德莫特南下過來度週末。

情況一點也不像書上所寫的，希莉亞照樣整天害喜得很厲害。

「你為什麼這麼不舒服呢？希莉亞，你自己怎麼認為？」

「嗯，我有了。」

德莫特非常不開心。

「我不想要你有孩子。我覺得自己是畜生，完全就是個畜生。我受不了你不舒服、慘兮兮的樣子。」

「可是，德莫特，我很高興有了呀！我們會很不喜歡沒有孩子的。」

「我才不在乎，我不想要孩子。你會一直只掛著孩子，不理我了。」

「我不會的，不會的。」

「會的，你會的。女人都會這樣。她們總是只顧著家務，忙著孩子，完全忘了丈夫。」

「我不會這樣的。我會愛這個孩子，因為是你的孩子，你難道不了解嗎？因為這是你的孩子，所以才教人感到興奮，並不是因為孩子本身。而且我會一直最愛你的，一直、一直、一直……」

德莫特轉過頭去，含著眼淚。

「我受不了，我讓你有了，其實我可以預防的，你說不定會死掉。」

「我不會死的，我強壯得很。」

「你奶奶說你很嬌弱。」

「噢！奶奶是這樣的。她沒法相信有哪個女人會很樂得體壯如牛的。」

德莫特接受了大量的安撫。他為希莉亞而產生的焦慮和苦痛使得希莉亞深受感動。

他們兩人回倫敦之後，德莫特很殷勤地服侍她，要她服用些專利食品以及江湖郎中藥物，以便止住害喜。

「書上說，三個月之後就會好多了。」

「三個月是很長的時間，我不想要你害三個月的喜。」

「這是挺難受的，但是也難免。」

希莉亞覺得，等著做媽媽實在是很令人失望的事，跟書上描寫的太不一樣了。本來她想像中的是自己坐著縫製小衣裳，一面想著跟即將來臨的孩子有關的美夢。

可是當人害喜得猶如暈船般嚴重時，哪有能力去想那些美夢呢？強烈的暈眩噁心把什麼想法都驅之腦外了！希莉亞只不過是個健康但受苦的動物。

她不但大清早害喜，而且整天不時發作。除了不舒服之外，害喜也使得生活成了惡夢，因為她不知道什麼時候會發作。有兩次她在關鍵時刻從公車上跳下來，衝到路旁水溝去吐。在這樣的情況下，接受邀請到人家的家裡作客，成了很不保險的事。

希莉亞待在家裡，慘兮兮地害著喜，偶爾也出去散散步，運動一下。她不得不放棄祕書課程，縫東西又讓她頭暈，只能靠在椅子上看書，要不就是聽斯德曼太太那一大堆想當年的懷孕生產經驗。

「我還記得那是我懷碧翠絲的時候，去蔬果店時突然想吃得不得了（本來我到店裡是要買半顆比利時甘藍菜的），我非得買那個梨子不可！又大又多汁，那是有錢人家買來當飯後甜點的那種昂貴梨子。說時遲、那時快，我已經拿起梨子吃了起來！招呼我的那個小伙子瞪眼看著，也難怪他。但店老闆是個很顧家的男人，他知道怎麼回事。『孩子，沒事兒。』他說，『你別在意。』『真對不起。』我說。『沒關係，』他說，『我自己有七個孩子，我老婆上次懷孕除了想吃醃黃瓜之外，什麼都不想。』」

斯德曼太太停下來喘口氣，又說：「但願你媽能陪你，不過當然你的奶奶需要她照顧。」

希莉亞也很希望母親能夠來陪她，日子簡直就像惡夢，當時是多霧的冬天，一天又一天的濃霧，每天等到德莫特下班回家之前，都是漫漫長日。

不過他下班回來之後是那麼溫柔體貼，牽掛著她。通常他都會帶一本有關妊娠的新書回來，吃過晚飯後，往往抽出其中片段念出來。

「懷孕期間的婦女有時會想吃些很奇怪又非本土的東西。從前對於這種渴望都認為應該盡量予以滿足，如今認為這些渴望若有害處，就要加以控制。希莉亞，你會想吃什麼很奇怪又非本土的東西嗎？」

「我對吃不在乎。」

「我也在看關於無痛分娩的半麻醉，看來挺應該做的。」

「德莫特，你認為我害喜到什麼時候才會停？都已經過了四個月了。」

「噢！差不多快停了。所有的書上都是這樣說的。」

儘管書上這樣說，實際上卻沒停，還一直持續下去。

德莫特主動提議說，希莉亞應該回娘家去。

「你整天待在這裡太苦了。」

但希莉亞不肯。她知道要是真的回娘家的話，德莫特會感到受傷的。何況她也不想回去。當然會順利的；她不會死的，不會像德莫特那麼荒謬地以為她會死，然而……萬一……畢竟女人有時的確會……那她更不願錯過跟德莫特相守的每一分鐘了……

雖然害喜很嚴重，她還是很愛德莫特，比以前更愛。

而他對她如此溫柔體貼，又那麼好玩。

一晚閒坐時，她看到他嘴唇在動。

「德莫特，怎麼啦？你在自言自語些什麼？」

德莫特看起來頗不好意思。

「我只是在想像醫生跟我說：『我們沒辦法同時救母嬰。』然後我說：『把小孩砍碎。』」

「德莫特，你真殘暴。」

「我恨他這樣連累你，如果是『他』的話。我希望是『她』。我倒不介意有個藍眼長腿的女兒。可是想到萬一是個可惡小男孩我就討厭。」

「這是個男孩。我要個男孩，跟你一樣的男孩。」

「我一定會打他的。」

「你這人怎麼這麼可怕。」

「做父親的本來就有責任要打孩子。」

「德莫特，你在吃醋。」

他是在吃醋，吃醋吃得厲害。

「你很美，我要你整個都只屬於我。」

希莉亞哈哈笑說：「我這會兒還特別美哩！」

「你會重新變美的。看看葛萊蒂絲．庫柏，已經有兩個孩子了，還是像以前一樣漂亮。想到這點，就讓我大大放下心來。」

「德莫特，我希望你不要這麼堅持要我保持美麗，這……這很讓我害怕。」

「可是為什麼害怕呢？你會永遠美麗的，一年又一年……」

希莉亞略微做個鬼臉，不安地挪動著身體。

「怎麼啦？痛嗎？」

「不是，身體一邊突然一陣劇痛，很吃不消，像有東西在踢我。」

「我想應該不是胎兒。上次那本書說，滿五個月之後……」

「噢，可是，德莫特，你是指『胎兒律動』吧？這說法聽起來如此詩意又動人。我還以為是很美的感覺，不應該是這種的。」

可偏偏就是！

她的胎兒，希莉亞說，必然很好動，整天踢個不停。

由於這種宛如運動員般的好動，於是他們為胎兒命名為「拳拳」。

「拳拳今天又動個不停了嗎？」德莫特下班回家後會這樣問。

「糟透了，」希莉亞回答說，「連一分鐘太平都沒有，不過我想這會兒他會睡一下了。」

「我期望，」德莫特說，「將來他會成為職業拳師。」

「不行，我可不要他被人打斷鼻子。」

希莉亞最希望的倒是她母親能來陪她，然而奶奶身體很不好，有點支氣管炎（她歸咎於自己一個不小心開了臥房的窗戶造成的），米莉安雖然很渴望去陪希莉亞，卻丟不下老太太。

「我覺得自己對奶奶有責任，不能丟下她，尤其她又信不過傭人們。不過，噢，我的寶貝兒，我真想和你在一起。你能不能來這裡呢？」

但是希莉亞又不願意離開德莫特，腦海深處隱約有著恐懼：「我可能會死掉。」

結果是奶奶攬了這件事上身。她以潦草、龍飛鳳舞的筆跡寫信給希莉亞。由於視力衰退，紙上的字跡更是無規可循。

最親愛的希莉亞：

我堅持要你媽去陪你，以你現在的情況，要是不能讓你的意願滿足的話，對你是很不好的。我知道你親愛的媽媽很想要去陪你，可是又不願把我一個人丟給傭人們。這點我不會提，因為誰知道會有什麼人偷看人家的信件。

親愛的孩子，千萬要好好保護腳，要記住。在看鮭魚或龍蝦時，別把手放在肌膚上，我媽懷孕時曾經在看著鮭魚時伸手摸脖子，結果你卡洛琳姨婆生出來之後，脖子上有塊鮭魚狀的胎記。

隨信附上五英鎊鈔票（只有半張，另外半張隨後另行寄給你），記得去買些好東西吃。

愛你的

奶奶

米莉安的來訪帶給希莉亞極大的喜悅。他們在客廳長沙發上幫她鋪了床，德莫特更是施展渾身解數招呼她。憑這點要打動米莉安還成疑問，但是他對希莉亞所表現的溫柔體貼卻打動了米莉安。

「我想是因為吃醋，所以我才不喜歡德莫特，」她招認說，「你知道，寶貝，即使到現在，我還是沒法喜歡任何把你從我身邊搶走的人。」

米莉安到訪第三天接到電報，匆匆趕回家去了。奶奶一天之後就去世，最後遺言幾乎就是告訴希莉亞不要跳上公車，或者跳下公車。「少婦從來不會想到這些事情。」

奶奶一點都不知道自己即將離世，還操心著沒來得及為希莉亞的小寶寶織好小襪子……根本沒想到她未能活著見到曾外孫就去世了。

奶奶的去世，對米莉安和希莉亞的財務狀況並沒有太大的改善。奶奶絕大部分的收入是第三任丈夫留給她的房地產終生權益。剩下的錢，一半以上是各種小遺產，其餘的都留給米莉安和希莉亞。希莉亞成了每年一百英鎊收入的擁有人，由於米莉安更為拮据（奶奶給的遺產都貼在維持那棟房子上了）。經過德莫特同意之後，希莉亞把這筆錢轉交給米莉安，用來幫忙保住「老家」。她比以往更排斥賣房子的念頭，而她母親也有同感。有棟鄉下房子能讓希莉亞的孩子來玩，這是米莉安的憧憬。

「更何況，親愛的，將來說不定有一天你自己也需要這房子的——等我走了之後。我會希望這地方成為你的庇護所。」

希莉亞覺得「庇護所」一詞用得挺可笑的，但想到將來可能跟德莫特一起住在老家，她倒是很喜歡。然而德莫特對此事看法卻不同。

「你當然喜歡自己的老家，不過，我卻不認為這房子對我們有什麼大作用。」

「說不定將來有一天我們會去住在那裡。」

「對，等我們差不多到了一百零一歲時。這房子離倫敦太遠了，派不上什麼用場。」

「就算你退伍以後也沒用嗎？」

「就算到那時，我也不想要坐下來不動。我會去找個工作，再說，我也不確定戰後是否要留在軍隊裡，可是現在我們還不需要談這個。」

往長遠看有什麼用呢？德莫特仍然有可能隨時又被派往法國，可能陣亡……

「不過我會有他留下的孩子。」希莉亞心想。

但她知道孩子無法取代德莫特在她心中的地位。對她來說，德莫特比世上任何人都重要，而且永遠如此。

第十一章　為人母

希莉亞的孩子在七月出生了，而且是在二十二年前她出生的那個房間裡出生的。屋外的櫸木濃綠枝葉輕拍著窗戶。

德莫特深怕（而且怕得很厲害）希莉亞不在眼前，他已經認定待產母親的角色是非常可笑的。這種態度反而大大幫助了希莉亞度過軟弱時期，她一直保持堅強活躍，卻仍不斷地害喜。

孩子快出生前三個星期，她才回到娘家。到了第三個星期，德莫特有一星期假，於是過去陪她。希莉亞希望孩子出生時，德莫特也在，她母親則希望等德莫特走了之後孩子才出生。米莉安認為男人在這種時刻完全就是個麻煩，礙手礙腳的。

護士來了，一副輕鬆愉快又老神在在的樣子，以致希莉亞暗地裡很恐懼、不放心。

一天晚上，正在吃晚飯時，希莉亞扔下刀叉叫了起來：「噢！護士小姐！」

護士陪著她出了飯廳，一會兒之後，護士又回到飯廳，向米莉安點點頭，「很準時。」她微笑著說，「真是個模範產婦。」

「你不趕快打電話叫醫生來嗎？」德莫特凶巴巴地問護士。

「哦，不用急，還要再等幾個鐘頭才輪到他來幫忙。」

希莉亞回到飯廳裡，繼續吃完晚飯。晚飯過後，米莉安和護士一起走出飯廳，低聲討論著要用的床單等物，鑰匙叮噹響著……

希莉亞和德莫特坐在飯廳裡，拚命看著對方，說說笑笑，但這時恐懼襲上了他們心頭。

希莉亞說：「我沒事的。我知道我會沒事的。」

德莫特粗暴地說：「你當然會沒事的。」

兩人慘兮兮地望著對方。

「你很強壯的。」德莫特說。

「非常強壯。再說，每天都有女人生孩子，平均一分鐘一個，不是嗎？」

猛然一下陣痛，痛得希莉亞的臉都扭曲了，德莫特大叫：「希莉亞！」

「沒事的。我們出去走走，屋裡現在變得像醫院似的。」

「都是那個該死的護士害的。」

「她其實真的很好。」

他們走到外面夏日夜晚中，很奇怪地感覺很孤立。屋內正忙忙碌碌的在準備著。他們聽到護士在打電話，聽到她說：「是的，醫生……不，醫生……是的，十點鐘左右應該最好……對，情況挺令人滿意的。」

外面的夏夜涼爽，一片綠色……櫸木沙沙作響……

兩個孤單的孩子手牽手遊蕩著，不知道該怎樣互相安慰……

希莉亞突然說：「我只是想說……倒不是因為會出什麼事，不過萬一發生的話……我要說的是，我過得很幸福快樂，其他什麼事都不重要。你承諾過要讓我幸福快樂，也做到了……我作夢也想不到人可以這樣幸福快樂。」

德莫特斷斷續續地說：「我害你成了這樣……」

「我知道，你感到十分難過……不過我卻非常高興，對每樣事情高興……」

她又加上一句：「而且之後……我們會永遠愛著對方。」

「永遠，我們一輩子……」

護士從屋裡叫她。

「親愛的，你最好現在進屋裡來。」

「來了。」

終於降臨到他們頭上了，他們得要分開，希莉亞覺得這真是最糟糕的，得離開德莫特，自己獨自去面對這新狀況。

他們緊緊依偎著，對於分開的所有恐懼，都在那一吻中流露無遺。

希莉亞心想：「我們永遠忘不了這個晚上……永遠忘不了……」那天是七月十四號。

她走進了屋裡。

❖

很累……如此疲倦……疲倦得要命……

房間在打轉，一片朦朧，然後擴大了，化成了清晰的實景。護士對她微笑著，醫生則在房間角落裡洗著手。醫生從她一出生就認識她了，這時詼諧地叫著她說：「希莉亞，我親愛的，你生了個小寶寶。」

她生了個孩子了，不是嗎？

這點似乎不重要了。

她疲倦得要死。

就是這樣……疲倦……

大家好像都指望她做些什麼或說些什麼……

但是她沒辦法。

她只想一個人靜一靜……

休息……

可是卻有件事……某個人……

她喃喃問道：「德莫特呢？」

❖

她迷糊地睡了一下，等到睜開眼睛時，德莫特已經在那裡了。

可是他怎麼了？他看起來很不一樣，樣子很奇怪。他一定是出問題了，接到了壞消息或什麼的。

她說：「怎麼了？」

德莫特以怪異、不自然的口吻說：「是個女兒。」

「不，我是指……你，你怎麼了？」

他的臉皺成一團，皺得很奇怪，原來他在哭——德莫特在哭！

他斷斷續續地說：「真可怕……這麼久……你不知道這有多要命……」

他在床邊跪下，臉埋在床上。她把手放在他頭上。

他真的非常在乎……

「親愛的，」她說，「現在沒事了……」

❖

母親在她眼前，一見到那張甜蜜笑容的臉，希莉亞馬上就感到好多了、強壯多了。就像小時候在育嬰室裡的日子，她感到「現在媽媽在這裡，一切都會很好的」。

「媽，你不要走開。」

「不會的，寶貝，我會坐在這裡陪你。」

希莉亞握著母親的手睡著了。醒來時，她說：「噢！媽，沒有害喜的感覺真是太好了！」

母親哈哈笑起來。

「你待會兒就會看到寶寶了。護士小姐正抱她過來。」

「你確定不是男孩嗎？」

「相當確定。希莉亞，生女孩好多了。對我來說，你就比希瑞爾貼心得多。」

「對，可是我之前那麼肯定是個男孩……嗯，德莫特會很高興的，他要個女兒。他總是會如願以償的。」

「照樣如願以償。」米莉安冷淡地回答。「護士小姐來了。」

護士筆挺僵直地，一副鄭重其事的樣子，抱著軟墊裹住的某樣東西。

希莉亞刻意堅強起來。新生嬰兒都很醜，醜得嚇人，她一定要做好心理準備。

「喔！」她大為驚訝地叫了出來。

這個小東西就是她的孩子？護士溫柔地把孩子放進她臂彎裡時，她既興奮又害怕。這個可笑的紅通通小東西，像個印地安老太婆，一頭亂蓬蓬黑髮，就是她女兒？一點也不像塊生牛肉。小臉看起來又好玩又可愛，很滑稽的樣子。

「八磅半。」護士很滿意地說。

就像她這輩子之前一樣，希莉亞覺得很不真實。她現在是真的在扮演年輕媽媽的角色了。

可是她卻一點也沒有為人妻、為人母的感覺。她只覺得像個參加過刺激但令人疲累的派對之後，回到家的小女孩。

希莉亞為寶寶命名為「茱蒂」，僅次於「拳拳」的好名字！

茱蒂是個最令人滿意的寶寶。每星期體重如期增加，而且非常少啼哭。真的啼哭的時候，就像小老虎發威地怒吼。

按照奶奶所說的「做過月子」之後，希莉亞就把茱蒂留給米莉安照顧，自己回倫敦去另找個合適的新家。她和德莫特的團聚尤其欣喜，簡直就像二度蜜月。希莉亞發現，德莫特的心滿意足，有部分原因是因為她丟下了茱蒂來陪他。

「我很怕你會只顧著忙家務而懶得再理我了。」

他的醋意消失了，一有時間，就會很起勁地陪她去找房子。希莉亞現在覺得自己找房子相當有經驗了，不再是個十足的呆瓜，被那個講究效率的班克斯小姐嚇跑。她可能一輩子都要租房子住。

他們打算租一層不附家具的房子，因為比較便宜，且家具差不多都能輕易地由米莉安從老家供應。

不附家具的房子卻很少，而且隔很久才有房子可看，又總是除了房租之外，還有很大筆額外附加費。隨著一天天過去，希莉亞愈來愈洩氣。

最後是斯德曼太太救了他們。

有一天吃早飯的時候，她出現了，一臉神祕兮兮，宛如在進行某種陰謀。

「先生，真是萬分抱歉，」斯德曼太太說，「在這時候來打擾。不過昨晚話傳到我丈夫耳朵裡，說蘭切斯頓大廈十八號——就在我們這條街拐角——有房子要出租。他們昨晚寫信給仲介，所以，太太，要是你趁別人還沒得到風聲之前，現在就趕快去，可以這麼說……」

不用再多說了，希莉亞馬上從餐桌旁跳起身來，戴上帽子，像隻追蹤氣味的狗一般，急忙衝了出去。

蘭切斯頓大廈十八號也正在吃早飯。希莉亞站在門廳裡，聽到邋遢的女傭宣布說：「太太，有人來看房子。」接著就是很激動的哀叫：「可是他們應該還沒接到我的信啊！現在才早上八點半。」

有個身穿日本浴衣的少婦從飯廳裡走出來，一面擦著嘴，伴著一股鹹魚氣味。

「您真的要看房子嗎？」

「是的，拜託。」

「哎，好吧，我想……」

她帶著希莉亞參觀房子。是的，太好了，有四間臥房，兩間客廳，當然，到處都挺髒的。年租八十英鎊（便宜得很），但有附加費（老天）一百五十英鎊，還有「油地毯[37]」（希莉亞最討厭油地毯了）也要計價。

希莉亞還價出了一百英鎊附加費，穿浴衣的少婦輕蔑地拒絕了。

「好吧。」希莉亞心一橫，「我租了。」

37 油地毯（lino，或譯油地氈），是十九世紀中以亞麻油、天然樹脂、黃麻布等製成的合成地板料，因維護容易，不久便迅速普及。

下樓的時候，她很高興自己做出的決定。因為這時先後有兩個女人上樓來，手裡都拿著仲介發出的看房子介紹單！

不到三天，就已經有人出價兩百英鎊附加費給希莉亞和德莫特，請求他們轉讓租權。但是他們緊抓不放，付了一百五十英鎊，拿到了蘭切斯頓大廈十八號的租權。他們終於有了自己的家了（很髒的家）。

一個月之後，這房子幾乎改頭換面，讓人認不出來了。德莫特和希莉亞自己動手裝潢，因為他們負擔不起別的費用。兩人自行摸索，靠著經驗學會了有關粉刷、油漆、貼壁紙等的有趣竅門。裝潢出來的結果很迷人，起碼他們自己這樣認為。灰溜溜的長通道貼上了廉價印花壁紙之後，明亮了許多。粉刷成黃色的牆壁使得朝北的房間看起來充滿陽光。客廳是淺米色的，裝飾著畫和瓷器。鋪在地毯四周的油地毯全部都扯了起來，送給斯德曼太太，她毫不客氣收下了。「我真的喜歡有一些好的油地毯，太太……」

與此同時，希莉亞又成功通過另一項嚴厲考驗——巴曼太太仲介所。這家仲介所提供保母人選。來到這處令人生畏的地方時，接待希莉亞的是個傲慢的黃頭髮人，她得要在一張洋洋灑灑的表格上回答三十四道問題，這些題目簡直就是先給填表人一個下馬威。填完之後，就被帶到一個小隔間裡，這小隔間看來就像個醫療室，拉上簾子之後，就把她丟在那裡，等著黃頭髮人去把認為合適的保母叫來見她。

等到第一個保母進來時，希莉亞的自信心已經跌到谷底，一點也沒因這第一個應徵者而舒緩下來，這第一個應徵者是個拘泥刻板的大塊頭女人，乾淨得要命，大模大樣的。

「您早。」希莉亞軟弱地說。

「您早，太太。」這大模大樣的女人在希莉亞對面的椅子上坐了下來，定定地直視著她，她這樣做，多少傳達出了某種訊息，讓希莉亞覺得自己的條件不適合任何一個自重的人。

「我要找個保母照顧嬰兒。」希莉亞開始希望自己並未令人感覺（她恐怕會）或聽起來很外行。

「是，夫人。幾個月？」

「對，最少兩個月。」

立刻犯了一個錯誤：「幾個月」是術語，不是時期。希莉亞覺得自己在這女人面前已經跌了身價。

「說得是！夫人。還有其他小孩嗎？」

「沒有了。」

「所以是頭一個孩子。家裡有幾個人？」

「那您家裡的編制怎麼樣，夫人？」

「呃……我和我先生。」

編制？用這詞來形容尚未雇用的唯一傭人可真絕。

「我們家日子過得很簡單。」希莉亞臉紅著說，「就一個女傭而已。」

「育嬰室有人負責打掃並服侍嗎？」

「沒有，你得要自己負責育嬰室。」

「啊！」這大模大樣的女人站起身來，用悲哀多過生氣的口吻說，「夫人，恐怕您的條件不是我想要找的工作。我在衛斯特動爵家裡工作時，是有育嬰室專用女傭的，而且有下級女傭照料育嬰室的一切。」

希莉亞在心底暗自咒罵那個黃髮人。幹嘛要人填好需求和家庭狀況表格之後，卻派個顯然只接受能討好她幻想的豪門工作的人來應徵呢？

第二個來應徵的是個嚴肅、沉著臉的女人。

「一個孩子？從幾個月大開始帶？希望您了解，夫人，我要全權管理，不能容忍干涉的。」她怒視著希莉亞。

希莉亞說她恐怕是不會去煩她的。

「年輕的媽媽來煩我的話，我會教訓她們的。」這個怒視者說。

「我很疼孩子，夫人，我尊重他們，但是不會讓一個母親老是插手管。」

這個滿臉怒容的應徵者被除名了。

接著是個很邋遢的老太婆，形容自己是「保母」。

希莉亞竭盡所能地靠眼看、耳聽、理解，還是搞不懂她在說什麼。

這個保母也落選了。

然後來了個看來脾氣很壞的年輕女子，聽到要自己打理育嬰室，就露出嗤之以鼻的神情。接著是個面頰紅潤挺隨和的女孩，原本是當專門負責客廳和臥室的女傭，但自認為「跟小孩處得比較好」。

就在希莉亞開始感到絕望時，來了個三十五歲左右的女人，戴夾鼻單眼鏡，非常整潔，有雙和藹親切的藍眼睛。

談到「要自己打理育嬰室」時，她沒有表現出之前那些應徵者的常見反應。

「嗯，我對這沒意見，只除了壁爐的烤火架。我不喜歡清理烤火架，這會讓手變粗，帶小孩的話，就不希望手很粗。除此之外，我倒不介意自己做，我曾到過殖民地，什麼事都能自己動手做。」

她讓希莉亞看了之前帶過小孩的各種照片，最後希莉亞決定只要她的介紹信令人滿意的話，就雇用她。離開巴曼太太仲介所時，希莉亞舒了一口氣。

結果瑪麗．丹曼的介紹信令人非常滿意。她是個很仔細、很有經驗的保母。接下來希莉亞得找個女傭。

找女傭可說比找保母還要費勁，起碼保母人選很多，但女傭人選幾乎沒有了，她們都到軍需品工廠或陸軍婦女輔助隊、海軍婦女聯勤會[38]上班去了。

希莉亞見到一個她很喜歡的姑娘，豐滿、性情很好，名叫凱蒂。她費盡唇舌想說服凱蒂到家裡來工作。但凱蒂就像其他應徵者一樣，對於育嬰室很抗拒。

「夫人，我不是討厭小孩，我喜歡小孩，問題在保母。自從上次那份工作之後，我發誓再也不要去有保母的人家工作了。有保母的地方就有麻煩。」

無論希莉亞怎麼替瑪麗．丹曼說好話都不管用。凱蒂就只是不斷重複一口咬定：「哪裡有保母，哪裡就有麻煩。這是我的經驗。」

最後是德莫特扭轉了局面。希莉亞把頑固的凱蒂交給他去應付，結果德莫特很靈巧地又得逞了，成功說服凱蒂給他們一段試用期。

「儘管不知道會有什麼情況降臨到我身上，因為我說過，再也不到有育嬰室的人家去工作了。可是上尉講話態度這麼好，又認得我男朋友在法國的部隊等等。好吧，我說，我們只好試試看了。」

就這樣，終於敲定了凱蒂，在十月一個輝煌的日子裡，希莉亞、德莫特、丹曼、凱蒂還有茱蒂，全都搬進了蘭切斯頓大廈十八號，開始了家庭生活。

德莫特對茱蒂的態度很滑稽，他竟然怕她。當希莉亞想要讓他抱女兒時，他緊張得直往後退。

38　海軍婦女聯勤會（Women's Royal Naval Service, WRENs），為英國皇家海軍的一支，於一九一七年成立。

「不，我不行，就是辦不到。我不要抱這東西。」

「你總有一天會的，等她再大一點的時候。而且她也不是一樣東西！」

「等她大一點時，她會比較好，一旦會講話、會走路時，我敢說我一定會喜歡她。現在她胖得嚇人，你想她會不會長好？」

他一點也不肯欣賞茱蒂的線條或酒窩。

「我想要她長得瘦巴巴的、有骨感。」

「現在可不行，她才三個月大。」

「你真的認為她將來有一天會瘦嗎？」

「當然會。我們兩個都是瘦子。」

「要是她長得胖胖的，我可受不了。」

希莉亞只好借助於斯德曼太太對茱蒂的欣賞來安慰自己，斯德曼太太繞著小寶寶走了一圈又一圈，就像從前繞著那大塊肉表達欣賞一樣，多輝煌的記憶。

「簡直就是上尉的翻版，可不是嗎？啊，可以看得出她真的是家裡製造出來的。請多包涵這句老話。」

整體而言，希莉亞覺得持家還挺好玩的。之所以好玩，是因為她並非很當真。丹曼的表現證實了她是個絕佳保母，很能幹又愛孩子，非常討人喜歡，只要仍有很多工作待做，或者家中亂七八糟的，她都很樂意去做好。一旦家裡的事都安排好了，一切上軌道時，丹曼就顯露出性格的另一面來。她脾氣很火爆，不是針對茱蒂，因為她很疼愛茱蒂，而是針對希莉亞和德莫特。所有的雇主都是丹曼的天敵，最無心的話語都會導致一場突來的風暴。譬如希莉亞說了句：「昨晚你的電燈開著，我希望孩子沒事吧？」

丹曼馬上就大動肝火。

「我想晚上我總可以開開燈看一下時間吧？你們可以把我當成黑奴，但總得有個限度。我在非洲的時候，自己手下就有黑奴——那些無知的異教徒可憐鬼——可是我也不會對他們的所需看不過眼。要是你嫌我浪費電力，麻煩你直接說出來就好。」

丹曼說起奴隸時，廚房裡的凱蒂有時就會嘻嘻笑。

「保母永遠都不滿意的，除非她手下有十幾個黑鬼供她使喚。她老是在講非洲的黑鬼，我才不要有個黑鬼待在我廚房裡呢，這些討厭的黑東西。」

凱蒂實在令人很感安慰，情緒很好，心平氣和，處變不驚，她做她的事，做飯、清潔打掃，沉醉在懷念「待過的地方」。

「我永遠忘不了我第一個工作的地方。不，永遠忘不了。我還是個黃毛丫頭，沒滿十七歲。他們給我吃的都很糟糕，讓我吃不飽。中飯就是一條鹹魚，吃的是植物奶油而不是牛油。我瘦得一把骨頭，簡直可以聽到骨頭磨擦響聲。我媽挺擔心我的。」

看著原本就很豐滿又日益增加分量的凱蒂，希莉亞很難相信這個故事。

「凱蒂，你在我家有吃飽吧？」

「您放心，夫人，沒事的，而且您別親自動手，這只會把自己操勞壞的。」

可是希莉亞卻很內疚地愛上了下廚。自從很驚訝地發現原來下廚只要小心地遵照著食譜做就可以之後，她就一頭栽進了這活動。由於凱蒂不贊成，迫使她只在凱蒂放假外出的時候才下廚，這時她就會在廚房裡玩得不亦樂乎，為德莫特的下午茶和晚飯做出令人興奮的美味來。

近來德莫特回到家時，總是因為消化不良而要求以淡茶及薄薄的烤吐司，取代龍蝦排和香草舒芙蕾，實在是人生憾事。

凱蒂本人則堅守做家常便飯。她沒辦法照食譜做菜，因為她對量分量很反感。

「這個一點，那個一點，我就是這樣放的。」她說，「我媽就是這樣做菜的。下廚的人從來不去量分量。」

「要是量分量的話，說不定比較好。」希莉亞建議著說。

「你得靠眼看做準，」凱蒂堅定地說，「我向來就是看著我媽這樣做的。」

真是好玩，希莉亞心想。

有自己的房子（或者該說公寓），還有個丈夫、一個孩子、一名女傭。好不容易，她覺得自己終於長大成人了，成了一個真正的人。她甚至還學起了正確的行話。她跟同棟大廈裡另兩位年輕主婦交了朋友。這些人都對好牛奶的品質、哪裡可以買到最便宜的布魯塞爾甘藍、傭人的罪孽等等，十分熱衷。

「我盯著她的臉看，說：『阿珍，我向來不容許態度傲慢的。』就這樣。她還真給我臉色看呢！」

除了這些話題之外，她們似乎從不談別的。

私底下，希莉亞很怕自己永遠不能成為真正的主婦。

幸虧德莫特並不在意。他常說很討厭那些主婦，說她們的家總是那麼不舒服。

而且，他有些話似乎也沒說錯。那些只談傭人的主婦似乎總是要看那些「傲慢」臉色，而她們的「得力」傭人卻總是在最不方便的時候走掉，把所有的做飯和家務事都丟給她們去解決。而整個早上都花在選購食物上的主婦，似乎比誰都更會買到最差勁的貨色。

希莉亞認為，在持家這件事上，大家都太大驚小怪了。

像她和德莫特這樣的人，樂趣就多得多了。她不是德莫特的管家婆，她是他的玩伴。

將來有一天，茱蒂會跑會講話，也會像希莉亞愛慕米莉安一樣愛慕自己的母親。

到了夏天，倫敦又熱又悶時，她就帶著茱蒂回娘家小住，茱蒂會在花園裡玩耍，發明一些跟公主和惡龍有關的遊戲，希莉亞會把育嬰室書架上的童話故事書都念給茱蒂聽……

第十二章　和平

停戰協定讓希莉亞大感驚訝，她已經習慣了戰爭，以致覺得戰爭永遠都不會結束了……

這不過是人生的一部分……

如今戰爭結束了！

戰爭期間做什麼打算都沒用，你只能聽天由命，一天天過日子，只能希望並祈禱德莫特不會又被派到法國去打仗。

可是現在……不一樣了。

德莫特滿腦子打算，不願再待在軍隊裡，軍隊裡沒有前途。一復員之後，他準備到西堤區[39]謀職，他已經知道有家很好的公司有個職位空缺。

「可是，德莫特，留在部隊裡不是有保障得多？我是說，有養老金什麼的。」

「要是留在軍中，我會霉掉。再說，那苦哈哈的退休金有什麼好？我打算去賺錢，賺很多錢。希莉亞，你不介意冒個險吧？」

不，希莉亞並不介意。她最欣賞德莫特的，就是他這種勇於冒險的性格，他一點也不怕人生。

德莫特永遠不會逃避人生，他會面對人生，迫使人生如他的意。

她母親曾說德莫特很無情。嗯，就某方面來說，也是對的，他是對人生很無情：不受任何婆婆媽媽的考量所影響。但他對她卻一點也不無情，看看在茱蒂出生之前，他對她有多溫柔體貼……

德莫特冒了他的險。

他退役之後在西堤區找了一份薪水不多的工作，但這工作前景很好，將來可以賺到很多錢。

希莉亞本來還納悶他是否會覺得辦公室生涯很厭煩，但他似乎沒這種感覺，反而顯得很開心，很滿足於他的新生活。

德莫特喜歡從事新的事。

他也喜歡新的人。

他從來不去愛爾蘭探望兩位撫養他長大的姑姑，希莉亞對此有時頗感震驚。

他送她們禮物，每個月固定寫一次信給她們，卻從來不想去看她們。

「難道你不喜歡她們嗎？」

「我當然喜歡她們，尤其是露西姑姑，她就像是我母親一樣。」

「嗯，那麼，你怎麼不想去看看她們呢？要是你喜歡的話，我們可以請她們來住住。」

「噢！那挺麻煩的。」

39 西堤區（the City），倫敦的金融中心，大型商業機構的發祥地。

「麻煩？怎麼會？你不是喜歡她們嗎？」

「嗯，我知道她們過得很好，相當開心如意。我倒並不真的想見到她們。畢竟，人長大之後就要離開親人，這是很自然的事。現在露西姑姑和凱悌姑姑對我來說不算什麼了，我已經長大到不再需要她們了。」

希莉亞心想，德莫特真是與眾不同。

不過反過來說，可能德莫特也認為她與眾不同，對於她一輩子熟悉的地方和人都那麼捨不得。

事實上，他沒認為她與眾不同，他是根本沒想過這回事，德莫特從來都不去想別人是怎樣的，去談論想法和感覺，在他看來簡直就是浪費時間。

他喜歡現實，不喜歡空想。

有時希莉亞會問他些問題，例如：「要是我跟人跑了，你會怎麼辦？」或者「萬一我死了，你怎麼辦？」

德莫特從來都不知道他會怎麼辦。事情沒發生之前，他怎麼會知道他要怎麼辦？

「可是難道你不能想像一下嗎？」

不能，德莫特就是不能想像。想像跟眼前不同的狀況，在他而言是白費工夫。

當然，這點也是真的。

然而，希莉亞卻無法停止想像，她天生就是愛想像的。

有一天，德莫特傷了希莉亞。

他們出席了一個晚宴。希莉亞還是很怕出席晚宴，生怕萬一羞怯毛病發作起來，會張口結舌說不出話。

有時的確會這樣，但有時不一定會這樣。

但這次她出席這個晚宴，結果卻出奇地好（起碼她自認為）。起初她有點講不出話來，之後，她鼓起勇氣發表了一下意見，逗得跟她交談的男士笑了起來。

膽子一大，希莉亞舌頭也靈活了，之後就頗能跟人聊，大家都笑了，聊了很多。希莉亞就跟別人一樣談笑風生，說了些自認很風趣的話，而且似乎別人也認為很風趣。她興高采烈地回到家裡。

「我並不笨，原來我並沒有那麼笨。」她很快樂地跟自己說。

隔著梳妝室的門，她叫著德莫特。

「我認為這是個很不錯的派對，我玩得很開心。幸虧我及時發現絲襪抽絲了。」

「還不錯。」

「噢，德莫特，你不喜歡這晚宴嗎？」

「嗯，我有點消化不良。」

「喔，親愛的，真遺憾。我去替你弄點消化片來。」

「哦，現在沒事了。你今天晚上是怎麼回事？」

「我？」

「就是，你跟平常不太一樣。」

「我想我是很興奮吧。你說的不一樣是指哪方面？」

「嗯，平常你挺懂事的，今天晚上你一直不停又說又笑的，不太像你。」

「你不喜歡我這樣嗎？我還以為我表現得很好。」

希莉亞心裡生出了一股怪誕的寒意。

「嗯，我只不過認為聽起來挺傻的。」

「是啊，」希莉亞緩緩地說，「我想我是表現得挺傻的……不過大家好像喜歡這樣，他們都笑了。」

「噢，大家！」

「再說，德莫特，我玩得很開心……是挺差勁的，但我認為自己是喜歡有時傻一下的。」

「噢，好吧，那就算了。」

「可是我不會再這樣了，如果你不喜歡的話。」

「嗯，我是挺討厭你表現得傻兮兮的，我不喜歡傻女人。」

這話很傷人……哦，是的，是很傷人……

傻瓜，她是個傻瓜。她當然是個傻瓜，她向來都知道這點的。不過她多少期望過德莫特不會介意這點，希望他會……怎麼說呢，很溫柔地看待她的這點。要是你愛一個人的話，對方的缺點和不足只會讓你更疼惜他，而不是減少。你說「喏，你不就是這副德性嗎？」的時候，不是用惱怒的口吻說的，而是用憐惜的口吻說的。

不過話說回來，男人是不大懂得表現憐惜的……

一陣奇異的恐懼感席捲了希莉亞。

男人本性就不是溫柔的……

他們不像母親們……

疑慮突然襲來，她其實並不懂得男人，對於德莫特她根本就沒有真正的認識……

「男人家！」她想起奶奶常說的這句話。奶奶像是有十足把握，清楚知道男人是怎樣以及不是怎樣的。不過，當然，奶奶可一點也不傻……她以前常常笑奶奶，可是奶奶卻一點也不傻。

而她，希莉亞，卻是……她向來心裡都有數，很知道自己傻，但她曾以為跟德莫特在一起就沒關係了。

原來，還是有關係的。

在黑暗中，眼淚不知不覺滑下了她的雙頰……

她讓自己哭個夠，在夜晚黑暗的遮掩下哭泣。到了早上，她就不一樣了，從此再也不會當眾表現傻氣了。

她被寵壞了，就是這麼回事。大家向來都對她這麼好，鼓勵了她……

但她並不想要德莫特只去看他曾經看到過的某一刻而已……

這又讓她想起了某件事，很久以前的事。

不，她想不起來是什麼事。

不過從此她會很小心，不再表現傻氣了。

第十三章　伴侶關係

希莉亞發現，她有些地方是德莫特不喜歡的。要是表現出無助跡象的話，他就很沒好氣。

「明明你自己可以做得很好的事情，幹嘛要我幫你做？」

「噢，德莫特，可是有你幫我做感覺很好的。」

「胡說，要是我順著你，你就會愈來愈差勁。」

「大概會吧。」希莉亞難過地說。

「又不是因為你根本做不好這些事。你很明理、聰明又能幹。」

「想來，是跟維多利亞式女性作風有關吧，就像長春藤一樣，自動想依附。」

「嗯，」德莫特欣然說，「你可不能依附我，我是不會讓你依附的。」

「德莫特，我愛作白日夢、愛幻想，喜歡假想可能會發生的事情以及萬一發生時我該怎麼辦，你對這些很介意嗎？」

「我當然不介意，要是你自己樂在其中的話。」

德莫特向來都很公平，他自己很獨立，所以他也尊重別人的獨立。想必他對事情也有自己的想法，卻從來不會形諸話語，或想要跟別人分享。

問題就在於，希莉亞樣樣都想要分享。樓下院子裡的杏樹開花時，她心裡就是會有股奇異的狂喜，渴望牽著德莫特的手，把他拖到窗前，要他也感受一下同樣的狂喜。可是德莫特卻討厭別人牽他的手——他根本就討厭人家碰他，除非是在他充滿愛意的時候。

當希莉亞在爐子上燒到了自己的手或被廚房窗子夾到了手指，就會滿心渴望能把頭倚在德莫特肩上，得到一些安撫，卻感到這種事情只會讓德莫特厭惡，而且她一點也沒想錯。德莫特很不喜歡別人碰他，或者依偎著他尋求安慰，或要他去感受別人的情緒。

於是希莉亞堅強地違反自己對分享的熱愛、喜愛肢體接觸，以及渴望安全感的性格。

她告訴自己：她太稚氣也太傻氣了。她愛德莫特，德莫特也愛她。也許他愛她的程度比她愛他更深，因為他不需要那麼多愛的表達來滿足自己。

她從德莫特那裡得到激情和志同道合之情，要是再要求疼愛的話就不合理了。奶奶就清楚得多，「男人家」不是這樣的。

每逢週末，德莫特和希莉亞就一起到鄉間去，帶著三明治搭火車或公車到某個選定的地點，然後漫步過鄉野，再搭另一路線的火車或公車回家。

整個星期裡，希莉亞就盼望著週末來到。德莫特每天從西堤區回家之後，總是筋疲力盡，有時還頭疼，甚至鬧消化不良。吃過晚飯後，他喜歡坐著閱讀。偶爾會跟希莉亞說說白天發生的一些事，但大致上他是寧可不交談的。通常他都有本關於某種技術的書要閱讀，而在閱讀的時候，他是不喜歡有人打斷他的。

但是到了週末，希莉亞又找回了她的伴兒，他們散步過樹林，開些荒唐玩笑，偶爾在爬山的時候，希莉亞會說：「德莫特，我非常喜歡你。」一面伸手挽著他。這是因為德莫特跟她比賽跑上山，而希莉亞則跑得上氣不接下氣。德莫特這時並不介意讓她挽著自己，只要是開玩笑式的而且又真的能協助她爬上山的話。

有一天，德莫特提議說，他們應該去打打高爾夫球。他打得很差，他說，但他會打一點。希莉亞拿出了球桿，擦乾淨上面的鏽跡，一面想起了彼得。親愛的彼得……親愛、親愛的彼得。她對彼得那份溫馨感情會終生留在她心底。彼得是她的自己人……

他們找到了一處不起眼的高爾夫球場，球場費不太高。能再打起高爾夫實在太開心了。她的球技生疏得很，不過德莫特的球技也好不到哪裡去。他打出很強勁的長距球，但是這些長距球都偏得很厲害。

兩人一起打球實在很好玩。

不過，並非只停留在好玩階段而已，德莫特這人玩的時候也和工作一樣，很重效率又下苦功。他買了本書深入研究，在家練習揮桿，還買了些軟木球來練習。

接下來那個週末，他們並沒有打一個回合，德莫特光是練習打球而已，而且也要希莉亞照做。

德莫特開始全心投入高爾夫，希莉亞也努力這樣做，卻不太成功。

德莫特的球技突飛猛進。

希莉亞的球技則還是差不多老樣子。她熱切希望，但願德莫特有一點點像彼得就好了……

然而她愛上的卻是德莫特，而且也就是他這些和彼得截然不同的性格吸引了她。

有一天，德莫特回家後跟她說：「你聽我說，下個星期天我要和安德烈去道頓西斯打球，可以吧？」

希莉亞說當然可以。

德莫特玩回來後滿腔興奮。

高爾夫太棒了，尤其是在一個一級的球場打球。下星期希莉亞一定也得去道頓西斯看看。那個球場週末是禁止婦女打球的，不過她可以跟他去那裡走走。

他們又去了一、兩次之前去的便宜小球場，但德莫特對那裡已經沒什麼興趣了，說那種地方對他沒好處。

一個月之後，他告訴希莉亞說要加入道頓西斯高爾夫球會。

「我知道很貴，但是，畢竟我還可以從別的地方省錢。我唯一的消遣娛樂就是高爾夫，這對我會起很大作用。安德烈和衛斯同也都是那裡的會員。」

希莉亞緩緩說：「那我呢？」

「你加入會員不划算。女會員在週末不能打球，再說我想你也不會想要自己一個人在平時過去打球的。」

「我的意思是，那我週末怎麼辦？你會去跟安德烈以及別人打高爾夫。」

「嗯，加入了高爾夫球會卻不去用，這是挺笨的。」

「是沒錯，但是我們一向都是一起度週末的，你和我。」

「哦，明白了。嗯，你可以找別人啊！你可以吧？我是說，你自己就有很多朋友。」

「沒有，我沒有朋友。現在沒有。以前住在倫敦的少數幾個朋友都結了婚，到別的地方去了。」

「還有安德烈太太和衛斯同太太，以及其他人啊！」

「她們不算是我的朋友，她們是你朋友的太太。這是不一樣的。何況，這根本不是重點，你不明白，我是喜歡跟你在一起，喜歡跟你一起做些活動。我喜歡我們的散步和三明治，喜歡我們一起打高爾夫，以及所有的樂趣。平時你上班很累，我都沒讓你操心或者拿什麼事來煩你，但是我盼望著週末來臨，我很喜歡這些週末日子，噢，德莫特，我喜歡跟你在一起，可是現在看來，我們以後都不會在一起從事什麼活動了。」

她但願自己的講話聲音沒有顫抖，但願能忍住淚不流下來。她是不是太不講理了呢？德莫特會不會因此生氣？她是不是自私了些？她在依附……對，毫無疑問她是在依附。又做了常春藤！

德莫特盡力表現出耐心和講理。「希莉亞，我認為這樣不太公平。我從來都沒干涉過你想做的事情。」

「可是我並不想要做什麼事啊！」

「嗯，要是你去做想做的事，我是不會介意的。如果哪個週末你說要跟安德烈太太或某個老朋友上街，我是會很樂得讓你去的。我會去另外找別人作伴，去別的地方。畢竟，我們結婚的時候，同意過彼此給對方自由，讓對方可以做自己想做的事。」

「我們從沒同意過或談過這類事情。」希莉亞說，「我們只是彼此相愛，想跟對方結婚，認為兩人永遠在一起是最美滿的事。」

「嗯，說的也是。倒不是我不愛你，我還是照樣愛你，但是男人喜歡跟別的男人一起從事些活動，而且需要練習。要是我想要跟別的女人去混的話，那你大概就有可以抱怨的理由了。不過我從來都不想要去理別的女人，除了你之外。我討厭女人。我只是想要跟別的男人一塊兒打場像樣的球而已。我想你對這點不會很不講理吧。」

是的，也許她的確是不講理……

德莫特想要做的是這麼純真的事，這麼自然的事……

她覺得很慚愧……

但德莫特不明白，她會多想念兩人共度的週末……她不是只想要晚上跟德莫特睡在一張床上而已，她愛德莫特這個玩伴更甚於他做愛人時……

她以前常聽別的女人說，男人只想要女人做床上伴侶兼管家婆而已，這話難道是真的嗎？婚姻的整個悲劇莫非就在於：女人想要做伴侶，而男人卻對此感到厭煩？

她說了這類的話，而德莫特也一如以往老實回答。

「希莉亞，我想這話是真的。女人老想跟男人一起從事活動，而男人卻寧可跟別的男人一起。」

嗯，她得到了很坦白的回答。德莫特是對的，她是錯的。她的確不講道理，於是她這樣說了，德莫特的臉色豁然開朗。

「你真體貼，希莉亞，我期望你到頭來真的比較能享受，我是說，能找到也喜歡聊事情和感受的人，一起出去消磨時間。我知道在這方面我是很不行的。而且這樣我們還是很開心的，事實上，我大概只有星期六或星期天才去打高爾夫，其他的日子我們還是可以一起外出的。」

接下來的星期六，他容光煥發地自己出去了。星期天他主動提議和希莉亞去漫步。他們去了，感受卻不若從前。德莫特非常體貼，但希莉亞知道他掛念著道頓西斯。因為衛斯同曾邀他那天去打高爾夫，德莫特回絕了。

他對自己做出的犧牲非常自覺地引以為豪。

接下來的週末，希莉亞慫恿他那兩天都去打高爾夫，而他也興高采烈地走了。

希莉亞心想：「我一定得要再學學自己一個人玩，要不然，就得交些朋友。」

她曾經很瞧不起那些「管家婆」，對自己和德莫特的伴侶之情很感自豪。那些管家婆全心全意都在兒女、傭人、家務上，對於她們的丈夫在週末去打高爾夫只會感到鬆了一口氣，因為他們不會在家添亂：「親愛的，這對傭人們來說輕鬆很多。」男人家必須做個養家活口的人，但是他們待在家裡時卻是個麻煩。

或許，說到底，管家婆還算是一份不錯的工作。看起來像是這樣。

第十四章 常春藤

回到娘家多好啊！希莉亞攤直了身子躺在綠草上，感覺是多麼美妙地溫馨與活著……

櫸木在頭頂上方窸窣作響……

綠油油……綠油油……整個世界都是綠色的……

茱蒂拖著一匹木馬吃力地走上了草坡……

茱蒂實在太討人喜歡了，結實的小腿、紅潤的雙頰、藍色的眼睛、一頭濃密的栗色鬈髮。茱蒂是她的寶貝女兒，就像她曾經是母親的寶貝女兒一樣。

只不過，當然，茱蒂頗不相同……

茱蒂不要人講故事給她聽，這真可惜，因為希莉亞不費吹灰之力就可以編出一大堆故事。然而，茱蒂根本就不喜歡童話故事。

茱蒂對於假想完全不在行，當希莉亞告訴茱蒂說，自己小時候如何假裝這片草地是大海，而她玩的滾鐵環則是在河中奔馳的馬時，茱蒂只是瞪著眼說：「可是這是草地，而且你滾的是個鐵環，不能騎在上面的。」

很顯然，她認為希莉亞一定是個挺傻的小女生，使得希莉亞覺得頗洩氣。

先是德莫特發現她很傻，現在則是茱蒂！

茱蒂雖然才四歲，卻充滿常理判斷。而希莉亞則發現，常理判斷經常會很令人洩氣。

更甚的是，茱蒂的常理判斷對希莉亞有很不好的影響。她很努力要在茱蒂眼中——充滿評判眼光的清澈藍眼睛——表現出明智，結果反而經常弄巧成拙，讓自己顯得更傻。

茱蒂在自己母親眼中完全是個費解的謎，希莉亞童年時所有愛做的事情，茱蒂都覺得很無聊。茱蒂沒辦法獨自在花園裡玩上三分鐘，她會邁步走回屋裡，宣稱花園裡「沒有事情好做」。

茱蒂喜歡做真實的事情。她在自己家的公寓裡時，從來不會感到無聊。她會用撢子拂拭桌子，幫忙整理床鋪，幫她爸爸清潔高爾夫球桿。

德莫特和茱蒂突然成了朋友，兩人之間發展出彼此都非常滿意的交情。雖然對於茱蒂的胖嘟嘟體形仍然感到痛惜，德莫特卻不由得感染了女兒有爸爸陪伴時所表現出的開心。他們一本正經地跟對方說話，就像兩個大人似的。當德莫特把一根球桿交給茱蒂清潔時，他是期望她把這事情做好的。而當茱蒂說：「這個很好吧？」來徵求評論時——譬如她用磚塊蓋了房子、捲好了一個毛線球，又或者自己洗乾淨了一根調羹——德莫特從來不會隨口說「做得好」，除非他真的認為好，否則他會指出哪裡做得不對，或者結構錯了。

「你這樣會讓她洩氣的。」希莉亞說。

可是茱蒂卻一點也沒洩氣，也從來沒覺得傷感情。她喜歡爸爸多過喜歡媽媽，因為爸爸難討好得多。她喜歡做困難的事情。

德莫特很粗野，跟茱蒂一起蹦跳玩耍時，茱蒂幾乎總是會受傷，跟德莫特玩遊戲一定會撞出個包，或者擦破皮、夾到手指等等。茱蒂卻一點也不在乎。希莉亞那些比較溫和的遊戲在她看來太乖了。

只有在她生病時，她才要媽媽而不要爸爸。

「媽媽，你不要走開，不要走，在這裡陪我。不要讓爸爸進來，我不要爸爸。」

對於孩子不想要他在眼前，德莫特倒是相當樂得這樣，因為他不喜歡病人。任何生病或不開心的人，都讓他感到不自在。

茱蒂就像德莫特一樣，不喜歡人家摸她，討厭人家親吻她或抱起她。晚上睡覺前她可以忍受媽媽親她一下，其他就不行了。她爸爸從來沒親過她。當他們互道晚安時，是互相咧嘴笑笑。

茱蒂和外婆卻相處得很好，米莉安對於外孫女的活力十足和聰明很感開心。

「她反應快得不同尋常，希莉亞，一次就學會了。」

米莉安從前的教學熱情又復活了，她教茱蒂字母以及一些簡單的生詞。外婆和外孫女雙方都很享受上這些課。

有時候，米莉安會跟希莉亞說：「可是她不是你，我的寶貝……」

聽起來好像是她在為自己對青春感興趣而辯解。米莉安喜歡青春。在她復甦的頭腦中有著教師的喜悅。茱蒂在她來說是個持久不變的刺激因素和志趣。

但她的心是完全向著希莉亞的，母女之間的愛比以前更強烈。當希莉亞回到娘家時，見到的母親就像個小老太婆，又灰又褪了色。然而一、兩天之後，她就活了過來，臉色變好了，眼睛也有了神采。

「我又得回了我的丫頭。」她會很開心地說。

她總是邀請德莫特也來她家，但德莫特沒來時，她也總是很高興，她要希莉亞完全屬於她。

而希莉亞也很愛那種重返昔日生活的感覺，感受到安心的快樂浪潮席捲了她：被愛著的感覺，很充實的感覺……

對她母親來說，她是完美的……母親不要她不一樣……她可以就只做自己。

能夠做自己真是令人安心……

還有，她可以盡情表現柔情，說自己想說的話……

她可以說：「我是這麼的快樂。」不用怕因為看到德莫特皺眉，而要設法收回自己的話。德莫特討厭聽人說出自己的感受，他總覺得這很不像樣……

回到娘家，希莉亞可以隨她喜歡而盡情不像樣……

回到娘家，她可以更體會到跟德莫特在一起有多快樂，她有多愛他和茱蒂……

在縱情表達愛意並把腦中所想到的事情說個痛快之後，再回去做個德莫特認可的明智、獨立的人。

噢，親愛的娘家，還有那棵櫸木……青草生長、生長，觸著她的臉頰。

她朦朧地想著：「它是活的，是隻綠色大野獸，整個地球就是隻綠色大野獸……仁慈、溫馨又活生生的……我這麼快樂，這麼快樂……我已經有了世上所有我想要的一切……」

德莫特在她的思緒中快樂地忽進忽出，是她生命旋律的主題。有時她非常想念他。

一天，她對茱蒂說：「你想爸爸嗎？」

「不想。」茱蒂說。

「可是你會想要他在這裡吧？」

「會，我大概會想。」

「難道不確定嗎？你那麼喜歡爸爸。」

「我當然喜歡他，可是他在倫敦。」

在茱蒂而言，事實就是如此。

希莉亞回去時，德莫特見到她很開心，他們度過了一個小別勝新婚般的夜晚。希莉亞喃喃說：「我好想你。你有沒有想我？」

「嗯，我沒想過這點。」

「你是說，你沒想過我？」

「沒有。想了又有什麼用？想你又不能讓你回到這裡來。」

當然，這話也說得很對又很有理。

「可是你現在很高興我在這裡吧？」

他的回答讓她很滿意。

後來德莫特睡著了之後，她躺著沒睡，感到如夢般的快樂，心想著：「真要命，但我想我是希望德莫特有時可以稍微不誠實一下……

「要是他能說『我想你想得要命，親愛的』，那有多讓人感到窩心又溫馨呀！而且說真的，這話是不是真的都沒關係。」

不，德莫特就是德莫特，她那可笑、會說真話犀利傷人的德莫特，茱蒂完全就像他……

如果不想要聽到真實答案的話，也許，聰明一點的做法就是不要去向他們提問題。

昏昏欲睡中，她想著：「不知道將來有一天我是不是會吃茱蒂的醋……她和德莫特彼此的了解比跟我的深得多。」

她倒是想到過，茱蒂有時吃她的醋，她喜歡爸爸的注意力完全放在她一個人身上。

希莉亞心想：「多奇怪呀！茱蒂沒出生之前，德莫特吃她的醋，甚至在她還是個小娃娃的時候也一樣。

沒想到事情竟然發展得跟當初所以為的正好相反……」

親愛的茱蒂……親愛的德莫特……如此相似，如此滑稽，又這麼甜蜜……而且他們是她的。不對，不是她的，她是他們的。她比較喜歡這樣，讓人感到更溫馨，更窩心。她屬於他們的。

希莉亞發明了一個新遊戲，其實，她認為這只不過是「那群女生」的新階段而已。「那群女生」已經處在垂死狀態，希莉亞竭力讓她們復活過來，讓她們生了孩子，住在宏偉的莊園豪宅，還有有趣的生涯，但全都不管用。「那群女生」拒絕活過來。

希莉亞創造了一個新人，叫做海瑟。希莉亞興致勃勃跟著她從童年一直發展下去，追蹤她的生涯。海瑟是個不快樂的小孩，一個窮親戚。從小，她在育嬰室女傭之中就有個惡名，因為她習慣念著：「有事情要發生了，有事情要發生了。」而通常總是會有事情發生的，就算只不過是育嬰室女傭刺破了手指而已。海瑟發現自己已經建立起了類似女巫的名聲。成長過程中，她學到要左右耳根子軟的人是多容易的事……

希莉亞滿懷興致跟著海瑟進入到通靈、算命、降神等等的世界裡。海瑟最後在龐德街一家算命所落腳，聲名大噪，其實背後有個貧窮社會的「密探」小圈子幫她暗中調查。

然後她愛上了一個年輕的海軍軍官，他是威爾斯人，因此又有了威爾斯村落的風光。慢慢地，情況開始明顯了（人人都看得出，唯有海瑟沒察覺），在她詐欺的手法之下，有著真正的預知天賦。

最後海瑟自己也發現了這種能力，因此嚇壞了。可是她愈是想用欺騙手法，結果她那些離奇的猜測愈是說中……那能力已經抓住了她，不肯放過她。

那個年輕軍官歐文則比較模糊不清，到最後事實證明了他是個花言巧語的無賴。

希莉亞只要有一點閒暇時，或者帶茱蒂去公園玩時，這故事就會在她腦海中繼續發展。

有一天她想到，應該把這故事寫下來……

事實上，說不定可以寫成一本書……

她花了六便士買了些練習簿和很多枝鉛筆，因為她用鉛筆很粗心，然後動手寫了起來……

真要寫下來，反而不是那麼容易。她寫這段時，腦子其實已經想到六段之後了。等到真的寫到了那一段時，原先想到的文字又已經從腦海中消失了。

不過她還是有所進展。雖然寫出來的跟她原先腦海裡的故事不大一樣，但閱讀起來還是挺像一本書的，有篇章等等。她又買了六本練習簿。

有一段時間她並沒有告訴德莫特這件事，事實上，在沒能把海瑟在威爾斯復興派[40]見證會上「見證」的那段內容寫好之前，她不會說的。

這章寫得比希莉亞原先想的順利，她很有勝利之感，想對別人說。

「德莫特，」她說，「你想我能寫本書嗎？」

德莫特欣然說：「我認為這個主意好極了。要是我是你，我就會寫。」

「嗯，事實上，我已經……我是說，已經開始寫了，寫了一半了。」

「很好。」德莫特說。

希莉亞跟他說話時，他曾放下正在閱讀的一本有關經濟學的書。說完這話，他又把書拿了起來。

「這是講一個通靈女孩子的故事，但她不知道自己能通靈。然後她勾搭上了一個作假的算命所，在降神會上使出詐騙手法。後來她愛上了一個威爾斯青年，還跑到威爾斯去，發生很多奇怪的事情。」

「想來有個故事情節吧？」

40 威爾斯復興派（Welsh Revival），二十世紀威爾斯最大、最著名的基督教復興會，成立於一九〇四至一九〇五年間，影響力遠及海外。

「當然有，我講得不好而已。」

「你懂得通靈或降神之類的事情嗎？」

「不懂。」希莉亞頗受挫折地說。

「那麼，寫這些東西不是有點冒險嗎？再說，你也從來沒去過威爾斯，是吧？」

「對。」

「寫你真正懂的東西不是比較好嗎？寫倫敦或者你家鄉。在我看來，你只是在給自己製造困難而已。」

希莉亞感到羞愧。一如以往，德莫特是對的，她表現得就像個傻瓜。幹嘛要挑自己完全不懂的主題來寫呢？還有那個復興派見證會也是，她從來沒去過復興派的見證會，那幹嘛要描寫這樣的一個見證會呢？

然而說歸說，她還是沒法放棄海瑟和歐文……他們就在那兒……不，得幫他們想想辦法。

接下來那個月，希莉亞把所能想到有關招魂、降神、通靈能力、詐欺手法等的文章通通看了。然後，花了很多心血慢慢重寫那本書的第一部分。她做這事很沒樂趣，所有的句子像是吞吞吐吐的，甚至毫無明顯原由地陷入了最驚人複雜的文法糾結中。

那年暑假德莫特乖乖同意去威爾斯度他那兩星期的假期，這樣希莉亞就可以去看看「當地色彩」。他們正式展開了這項計畫，但希莉亞發現當地色彩非常難以捉摸。她隨身帶了小筆記本，以便記下讓她印象深刻的事。但她天生觀察力就特別不敏銳，日子一天天過去，看來要記下任何事情根本是不可能的。

可怕的誘惑吸引著她，讓她很想放棄威爾斯，把歐文改成名叫赫克特、住在高地的蘇格蘭人。

可是接著德莫特又向她指出：還是會產生同樣難題的。因為她也對高地一無所知。

失望之餘，希莉亞索性放棄了整件事。這樣下去不會有結果。何況，她已經開始在腦海中演起新故事，這回是住在康瓦爾海岸的一戶捕魚人家……

她已經相當熟悉阿莫斯・波利杰了……

她沒告訴德莫特，因為覺得心虛，很清楚曉得自己對漁夫或大海一無所知。寫下來也沒用，不過在腦海裡編故事卻很好玩。故事裡會有個老奶奶，牙都差不多掉光了，而且頗邪惡……

遲早她總會寫完海瑟那本書的。歐文可以成為倫敦一個卑劣的股票經紀人……只不過，或者可說在她看來，歐文並不想要那樣……

他生悶氣，變得很模糊，以致真的根本不存在了。

希莉亞已經相當習慣於貧窮，過日子很小心。

德莫特一心指望將來會賺到錢，事實上，他對這點相當肯定。希莉亞卻從來沒指望會有錢。她相當滿足於保持現況，卻希望德莫特不至於太失望。

兩人都沒預料到的是一場真正的金融災難。戰後蓬勃繁榮過後，隨之而來的是不景氣。德莫特的公司清算後結束營業，他也因此失業了。

他們擁有的是德莫特每年的五十英鎊，希莉亞每年的一百英鎊，再加上「戰爭貸款」[41]中存下來的兩百英鎊，以及可以讓希莉亞與茱蒂棲身的米莉安的房子。

那是很糟糕的時期，主要是經由德莫特而影響了希莉亞。德莫特很難面對不幸，尤其是像這種非他應得報應的不幸（因為他工作得很好），這使得他滿肚子苦，脾氣很壞。希莉亞解雇了凱蒂和丹曼，打算在德莫

41 戰爭貸款（War Loan），指戰爭期間人民借給政府的資金。

特找到另一份工作之前自己來做家務。然而，丹曼卻拒絕接受解雇。

她氣沖沖地說：「我留下來，跟我爭也沒用。我會等著有工資發的那天，現在我才不會離開我的小寶貝。」於是丹曼留了下來，和希莉亞輪流分擔家務、做飯、照顧茱蒂。一天早上由希莉亞帶茱蒂去公園，丹曼負責做飯和打掃，第二天早上則是丹曼出去，希莉亞留在家裡。

希莉亞從中發現了奇特的樂趣，她喜歡忙碌。到了晚上，就找時間繼續寫海瑟的故事，費盡苦心完成了這本書，不斷參考她的威爾斯筆記，然後把書稿寄給了一家出版社。說不定會有些結果。

然而，很快就被退稿了，希莉亞把退稿往抽屜裡一塞，沒再去嘗試了。

希莉亞生活中的主要難題是德莫特。德莫特完全不講理，對失敗如此敏感，以致變得很讓人受不了跟他一起生活。要是希莉亞開開心心的，他就叫她要對他的困苦起碼表現出一點同情。要是她沉默，他就說她大可以試試為他打打氣。

希莉亞極度認為，要是德莫特肯合作的話，他們其實很可以把這時期變成愉快的經歷。人在遇到困難時，最好的方法不就是含笑以對嗎？

但是德莫特笑不出來，這跟他的自尊有關。

不管德莫特對她多麼不好又不講理，希莉亞都沒像那次晚宴風波般感到受傷了。她了解德莫特很痛苦，而且是因她而痛苦的成分更多過為自己。

有時他跑來表白。

「你和茱蒂為什麼不走？帶她回你母親那裡去，我現在很不中用了，我知道自己不是個適合一起生活的對象。我以前就告訴過你，遇到患難我就很不行，我受不了患難。」

但是希莉亞不肯離開他。她但願自己能讓情況變得對他比較容易些，但看來是束手無策。

隨著日子一天天過去，德莫特找工作總是不成，情緒也愈來愈壞。

最後，就在希莉亞覺得自己已經完全失掉了勇氣，德莫特又不斷建議她回娘家去，她差點就決定要這樣做時，卻時來運轉。

一天下午，德莫特回家來，完全像是換了另一個人似的，看來又像從前那個孩子氣的年輕人了，深藍眼睛閃爍著光芒。

「希莉亞，實在太好了，你還記得湯米．弗比斯嗎？我們很久沒見，我去看他，只是順便而已，他馬上抓住我，他們正在找一個像我這樣的人選。起薪每年八百英鎊，一、兩年內我就可以加薪到一千五或兩千英鎊。我們出去找個地方慶祝一下吧！」

那天晚上多快樂啊！德莫特滿腔熱情又興奮，就像個小孩似的。他堅持買件新衣裳給希莉亞。

「你穿這種風信子藍色很美。我……我還是非常愛你，希莉亞。」

情侶——是的，他們仍然是情侶。

那天晚上，醒著躺在床上時，希莉亞心想：「我希望……我希望德莫特永遠順利，事情不順利時，他是那麼想不開。」

「媽媽，」第二天早上茱蒂突然對她說，「什麼叫做『只能共享樂的朋友』？保母說她那個在佩克安的朋友就是這種人。」

「這是指某種人在你一切順利時，他對你很好，但你遇到困難時，他就不會陪著你分擔。」

「哦！」茱蒂說，「我明白了，就像爸爸一樣。」

「不，茱蒂，爸爸當然不是這種人。爸爸擔心的時候，是不開心也不很歡樂，但要是你或者我病了、不開心的話，爸爸就會為我們做任何事。他是全世界最忠誠的人。」

茱蒂若有所思地看著她母親說：「我不喜歡生病的人，他們躺在床上不能玩。昨天瑪格莉特在公園時，有東西弄到眼睛裡，結果就得停下來不能跑，要坐下來。她要我陪她一起坐著，可是我不肯。」

「茱蒂，這樣對人太不好了。」

「才不，才不是這樣。我不喜歡坐著，我喜歡到處跑。」

「但要是換了你眼睛裡進了東西，你也會想要有人坐下來陪你講講話，而不是丟下你跑開。」

「我不會在意的……再說，我眼睛又沒有進了東西，是瑪格莉特眼睛有東西。」

第十五章　發跡

德莫特發跡了，一年賺將近兩千英鎊，希莉亞和他過著很美妙的日子。兩人都同意應該存錢，但也都同意不用急著馬上開始存錢。

他們買的第一樣東西是輛二手汽車。

其次，希莉亞渴望住在鄉間，對茱蒂來說會好得多，而且她自己又很討厭倫敦。以往德莫特總是以開銷為由反對這個念頭：通勤的火車費、市區買食物比較便宜等等。

但是現在他也承認喜歡這個想法，他們會在離道頓西斯不太遠的地方找棟村舍。最後他們在一處大莊園分割出來建造的門房住宅定居下來，道頓西斯高爾夫球場就在十英里之外。他們也買了一隻狗，很可愛的威爾斯白色長毛小獵犬，名叫「奧布利」。

丹曼拒絕隨他們去鄉間住。在他們經濟環境惡劣的時候，丹曼一直像個天使般守護著他們，然而隨著富裕的降臨，她卻成了與之作對的惡魔。她對希莉亞非常無禮，經常不耐煩或輕蔑地把頭一甩，最後乾脆辭職，說是她認識的某人已經變得自命不凡了，所以到了她該做個轉變的時候。

他們在春天裡搬進了新家，最讓希莉亞興奮的是紫丁香，有無數盛開的紫丁香，從淡紫色到紫色，各種色調都有。清早漫步走進花園裡，奧布利跟在她腳邊，希莉亞覺得日子簡直完美極了，不再有汙垢灰塵和霧氣，這是真正的家……

希莉亞非常喜愛鄉間生活，以及帶著奧布利去散很長的步。家附近有一所小規模學校，茱蒂早上就去那裡上學，如魚得水。只面對一個人時，她很害羞，但是在大庭廣眾面前卻毫不怯場。

「媽媽，將來我能去上真正的大學校嗎？有好幾百、好幾百、好幾百個女生的那種學校？英國最大的學校是哪一所？」

希莉亞和德莫特為了這個小小的家交鋒過一次。樓上前方的房間之一要用來做他們的臥房，另一間德莫特要用來做他個人的更衣室，但希莉亞堅持要用來做茱蒂的小孩房。

德莫特很懊惱。

「我想你會照你意思去做。我就成了家裡唯一在自己房間裡得不到陽光的人。」

「茱蒂應該有個陽光充沛的房間。」

「什麼話，她整天都不在房間裡，後面那個房間相當大，有很多空間可以讓她跑來跑去。」

「可是沒有陽光。」

「我就不明白，為什麼陽光對茱蒂很重要，對我就沒那麼重要。」

然而希莉亞這次堅定立場，毫不讓步。她也很想給德莫特有陽光的房間，但結果沒給。

最後，德莫特倒是坦然接受了這次的落敗，當作發個牢騷，不過卻是那種好脾氣的牢騷，假裝是個被糟蹋的丈夫和父親。

附近有不少鄰居，大多數都有孩子，大家都很友善。唯一困擾的是，德莫特不肯到別人家去吃晚飯。

「聽我說，希莉亞，我從倫敦下班回來累得要死，你還要我穿得很正式出去吃飯，過了半夜才回到家上床，我辦不到。」

「又不是每天晚上，這還用說。但我看不出每星期一次有什麼關係。」

「嗯，我不要去，你喜歡的話，你自己去好了。」

「我沒法自己一個人去，人家請客吃飯都是一對對夫婦。而且要是我跟人說你晚上從來不出門——但畢竟你還年輕，這種說法聽起來很奇怪。」

「我肯定你不用我陪著一起去也行的。」

但這卻很不容易。就像希莉亞所說的，在鄉間，人家請客時一定請夫婦兩人，要不就不請。不過德莫特的話也有幾分公道。他養家活口，當然在他們的共同生活裡也該有置喙餘地。於是她回絕了所有邀請，兩人都待在家裡，德莫特閱讀財經方面的書籍，希莉亞有時縫紉，有時緊握著雙手，思索著她腦中那戶康瓦爾郡的捕魚人家故事。

希莉亞想要再生一個孩子。

德莫特不肯。

「你以前總是說倫敦家裡不夠大。」希莉亞說，「當然那時我們也沒錢。但是現在我們夠富足了，家裡房間很多，而且帶兩個孩子不會比帶一個麻煩到哪裡去。」

「嗯，現在可不是我們要孩子的時候，重新又來一次那麼多的辛苦和麻煩，小孩啼哭和奶瓶等等。」

「我想你會一直這樣說的。」

「不會，我不會一直這樣說的。我想再要兩個孩子，但不是現在。來日方長，我們兩個都還挺年輕的。等到我們兩個都開始對事情感到有點厭倦時，養孩子就會成了有點刺激好玩的事。現在就先享受一下人生。你可不想又再開始害喜吧？」他停了一下又說：「告訴你，我今天去看了什麼。」

「噢，德莫特！」

「汽車。這輛二手車車況滿爛的。是戴維斯帶我去看的，但它是輛跑車，只行駛了八千英里而已。」

希莉亞心想：「我多愛他啊！就像個長不大的男孩。這麼熱衷……而且他工作如此努力。難道不該有他喜歡的東西嗎？……將來我們會再生個孩子的。在這之前，先讓他買車吧……畢竟，我在乎他多過世上任何小寶寶……」

德莫特從來都不想要招呼老朋友來家裡住，這點很讓希莉亞不解。

「可是你以前不是很喜歡安德烈嗎？」

「對……可是我們已經彼此沒聯絡了，最近也一直沒見面。人會變的……」

「那路卡斯呢？我們訂婚的時候，你和他是形影不離的。」

「哦，我才沒功夫去理從前部隊裡所有的人呢！」

一天，希莉亞收到愛麗．梅特蘭的來信，現在她是皮特森太太了。

「德莫特，我的老朋友愛麗從印度回來了。我當過她的伴娘，可不可以請她和她先生來度週末？」

「當然可以，要是你喜歡的話。她先生會打高爾夫嗎？」

「我不知道。」

「要是不會打的話，還挺麻煩的。不過，也沒什麼關係，你不會要我留在家裡陪他們吧？」

「我們能不能一起打打網球？」

這個住宅區有幾個供居民使用的網球場。

「愛麗一向都很熱愛打網球，至於湯姆，我知道他打網球的，他從前打得很好。」

「聽我說，希莉亞，我不能打網球，這會毀了我的比賽。再過三個星期就是道頓西斯盃高爾夫球賽了。」

「難道除了高爾夫，別的事都不重要了嗎？這真的讓狀況變得很棘手。」

「希莉亞，要是大家都可以做自己喜歡的事，情況不就容易多了嗎？我喜歡高爾夫，你喜歡網球。你請朋友來，跟他們去做你們喜歡做的事。你知道我從來都不干涉你做你想做的事。」

這倒也是真的。聽起來完全正確，但是做起來多少讓事情變得很難。希莉亞尋思著，人一旦結了婚，多少就跟丈夫綁到一塊兒了，沒有人當你是一個獨立的個體。要是只有愛麗一個人來，那就一點問題也沒有，但是她丈夫也來的話，德莫特當然應該要陪他做點什麼才是。

畢竟，當戴維斯（德莫特幾乎每個週末都跟他打高爾夫）和太太來住時，她，希莉亞，就得整天幫忙招待戴維斯夫婦。戴維斯太太人很好，卻很沉悶，只是坐著，得要找話跟她講。

但她卻沒跟德莫特提這些事，因為知道他最討厭人跟他爭辯。她邀請了皮特森夫婦來家度週末，然後只能聽天由命了。

愛麗沒怎麼變，她和希莉亞津津有味地聊著從前的事情。湯姆有點不愛講話，稍微老了一點，看起來就像個和善的小男人，希莉亞暗自認為，他總是看來有點心不在焉，卻很開朗。

德莫特表現得非常良好，向客人解釋說他星期六得參加比賽（愛麗的丈夫不會打高爾夫），但整個星期天他都幫忙招待客人，帶他們去河邊，希莉亞知道，他其實最討厭把下午花在這種玩法上的。

等到客人離去之後，他對希莉亞說：「喏，老實說吧，我表現得夠不夠高尚？」

「高尚」是德莫特的口頭禪之一，總是會引得希莉亞哈哈大笑。

「你是表現得很高尚，像個天使。」

「嗯，短時間之內別再讓我做第二次了，要等很長一段時間之後了，行嗎？」

希莉亞沒有讓他再這麼做。其實後來她挺想邀另一個朋友和她先生來度週末，但知道朋友先生不會打高爾夫，而她則不想要德莫特做出第二次犧牲……

跟一個要犧牲他自己的人生活在一起，希莉亞心想，實在太難了。要他做烈士的話，德莫特會是個很難相處的人。但是當他自己很享受時，跟他一起生活會好過得多……

更何況，他連對自己的老朋友都沒什麼感情。老朋友在德莫特看來，通常都是累贅。

在這一點，茱蒂顯然跟父親是同一鼻孔出氣的，幾天之後，當希莉亞提到茱蒂的朋友瑪格莉特時，茱蒂只是瞪大了眼。

「瑪格莉特是誰？」

「你不記得瑪格莉特了嗎？在倫敦的時候，你常和她在公園裡玩的。」

「不記得了。我從來沒在什麼地方跟瑪格莉特玩過。」

「茱蒂，你一定記得的，才一年前的事啊！」

可是茱蒂根本就記不得有瑪格莉特這個人。她不記得任何一個在倫敦跟她玩過的人。

「我只知道學校裡的那些女生。」茱蒂安然地說。

❖

發生了一件頗令人興奮的事。話說希莉亞接到一通電話，臨時邀她去替補一個不能出席晚宴的客人。

「我知道你不會介意，親愛的……」

希莉亞一點也不介意，她很高興。

那天晚上她很盡興。

她沒有害羞，發現談話很容易，不用留神自己是否「發傻」，現場沒有德莫特的批判眼光落在她身上。

她覺得彷彿突然又回到了沒出嫁前的時期。

坐在她右邊的那個男人曾經常到東方國家旅行，這是希莉亞最渴望去旅行的地區。

有時她覺得，如果有機會的話，她會丟下德莫特、茱蒂和奧布利以及一切，衝到遠方，消失得無影無蹤……去漫遊世界……

她旁邊這人說到巴格達、喀什米爾、伊斯法罕、德黑蘭、設拉子（真好聽的地名，光是說出來，不用有任何意義都覺得動聽）。他也講到在巴基斯坦的俾路支省的遊歷經過，那時很少旅人能去那兒。

坐在她左邊的是個年紀比較大、很和藹的男人，他挺喜歡坐在自己旁邊這個聰慧少婦，等到她終於轉過頭來跟他聊天時，還一臉沉醉在遠方國土光華中的表情。

這人的工作跟書有關，她推想，於是就笑著把自己投稿失敗的故事講給他聽了。他說很願意看看她的稿子。希莉亞告訴他說，寫得很糟糕。

「總而言之，我還是想看看。您是否願意給我看看？」

「要是您想看，當然可以，但您會失望的。」

他認為也許會失望，因為她看起來不像個作家——這個金髮白膚，長得宛如北歐人的少婦。不過，正因為她吸引了他，所以他才有興趣想看看她寫了什麼。

希莉亞凌晨一點回到家時，見到德莫特已欣然入睡。她太興奮了，忍不住叫醒德莫特跟他說話。

「德莫特，我過了一個很美好的晚上。噢！我非常盡興！有位男士講波斯和俾路支省的事情給我聽，還有個很客氣的出版商，晚飯後他們要求我唱歌。我唱得很差，可是他們好像不介意。後來我們去了花園裡，我跟那個旅行家去看了蓮花池，他還想親我呢，不過挺好的，一切都那麼好，有月光還有蓮花以及種種一切，我還真願意讓他……不過我沒有，因為知道你會不喜歡的。」

「沒錯。」德莫特說。

「可是你不介意，是吧？」

「當然不介意，」德莫特很好性子地說，「我很高興你玩得盡興，卻不知道你為什麼要把我叫醒，跟我講這些。」

「因為我玩得太開心了。」她抱歉地補上一句說，「我知道你不喜歡我這樣說。」

「我倒不介意，只不過在我看來這樣挺傻的。我是說，人可以玩得很盡興，卻不必非要說出來不可。」

「我就忍不住，」希莉亞老實說，「我就是得要說很多才行，不然我會爆炸。」

「嗯，」德莫特說著翻過身去，「你現在已經告訴過我了。」

然後他又繼續睡他的覺。

希莉亞邊脫衣服邊有點清醒冷靜下來，心想，德莫特就是這樣，喜歡潑冷水，不過挺好心的……

希莉亞已經忘了曾答應要給出版商看她的稿子，因此第二天下午這人上門來訪，提醒她曾做出的承諾時，她很驚訝。

她從閣樓的櫃子裡翻找出了那疊蒙塵的稿子，再度聲明這是個很愚蠢的故事。

兩星期後，她接到來信，請她到倫敦去見他。

很不整潔的辦公桌上到處堆了一捆捆的稿子，他兩眼從眼鏡後面對她閃爍著光芒。

「你瞧，」他說，「我曉得這是本書，不過這稿子卻只有一半多一點，其他部分呢？是不是不見了？」

希莉亞困惑萬分，從他手中接過稿子來。

接著沮喪得不由得張開了嘴。

「我拿錯稿子了。這是我沒有寫完的舊稿。」

接著她就解釋起來，他用心聽著，然後叫她把修訂過的版本寄給他，至於這份沒寫完的稿子，就暫時先由他先保管。

一星期後，她又被叫去。這次她朋友的眼睛光芒比上次閃爍得更厲害了。

「這第二次寫的版本不好，」他說，「你找不到出版商願意看的，而且不看也是對的。但你原來的那個故事一點也不差。你想是否能夠寫完它呢？」

「可是這故事根本就是錯的，錯誤連篇。」

「聽我說，親愛的孩子，我會很坦白地跟你談談。你不是個天降奇才，我不認為你會寫出傑作來。但是你的確是個天生的說故事人。你帶著某種浪漫迷霧去想招魂、靈媒以及威爾斯復興派見證會這些事，可能你所想的全都是錯誤的，但你看到的卻是跟百分之九十九的讀者（讀者其實也是不懂這些東西的）看到的一樣。這百分之九十九的讀者可並不會喜歡閱讀精心得出的事實，他們要的是虛構的，也就是像是真的卻又不是真實的。注意，一定得要是似是而非的。你會發現你所告訴我的康瓦爾漁夫故事也是同樣情況。你就把這些故事寫成書好了，但是，看在老天的份上，在沒寫完之前，千萬不要接近康瓦爾郡或者漁夫，這樣，你才會寫出那種人家在閱讀康瓦爾郡漁夫時所期望會讀到的逼真內容。你不會想要跑到那裡去，結果發現康瓦爾漁夫並非自成一格，而是跟倫敦渥瓦茲水管修理匠差不多的同類。你真正知道的事情，你永遠寫不好的，因為你有個很誠實的腦子。你可以在想像中不誠實，卻無法在實際中不誠實。你知道的事情，你沒法寫出假話，但是對於你不知道的事情，卻可以寫出最棒的假話。你得要寫捏造的東西（對你來說是捏造的），卻不能寫真實的東西。喏，回家去寫吧。」

一年後，希莉亞第一本小說出版了，叫做《寂寞海港》。出版社改正了那些很明顯不準確的部分。

米莉安認為這本書非常好，德莫特則認為頗差勁。

希莉亞曉得德莫特的看法是對的，但她卻很感激母親。

「現在，」希莉亞心想，「我自命為作家了。我認為這比自命為妻子或母親還要奇怪。」

第十六章　喪親

米莉安生病了。每次希莉亞見到母親，心裡就覺得一陣抽搐。

母親看起來這麼瘦小、可憐。

而且她一個人住在那棟大房子，如此孤零零的。

希莉亞要母親搬去跟他們住，但米莉安極力拒絕了。

「行不通的。對德莫特也不公平。」

「我已經問過德莫特了，他挺願意的。」

「他很客氣。但我絕不會想要這樣做。得要讓年輕人自己在一起才行。」

她說得很堅決，希莉亞就沒有再跟她爭了。

過了一會兒，米莉安說：「我一直想要告訴你這話已經有一段時間了。我錯看了德莫特。當初你要嫁給他時，我並不信任他，不認為這人老實或專一……我以為會有別的女人。」

「噢！媽，德莫特除了高爾夫球之外，從來不看別的東西的。」

米莉安微笑了。

「我看錯了……我很高興……我覺得就算現在我走了，也已經把你交託給了能看顧你並照顧你的人。」

「他會的。他的確是這樣。」

「對，我很滿意……他很有魅力，對女人很有吸引力，希莉亞，記住這點……」

「媽，他是個很喜歡待在家裡的人。」

「對，幸虧這樣。而且我想他是真的很愛茱蒂。茱蒂完全就像他，不像你。她是德莫特的孩子。」

「我知道。」

「只要我覺得他會對你好……起初我並不這樣認為的。我以為他很殘酷，很無情……」

「他不是這樣的人。他好得不得了。茱蒂出生以前他就很體貼。他只不過是那種不喜歡把事情說出來的人而已，什麼都放在心裡，就像塊石頭一樣。」

米莉安嘆息了。

「我以前很吃醋，不願意去看他好的特點。我太想要你幸福了，我的寶貝。」

「我是很幸福，親愛的媽媽，我很幸福。」

「是的，我想你是……」

過了一、兩分鐘後，希莉亞說：「在這世界上，其實我已經沒什麼別的想要了，只除了或許想再生個孩子吧。我想要有一兒一女。」

她本期望母親也會贊同她的願望的，哪知米莉安卻微微皺起了眉頭。

「我不知道你的想法是否明智。你太在乎德莫特了，兒女會把你從男人身邊奪走的。照說本來是有了孩子會拉近你們兩人的距離，但其實不是這樣的……不，並非這樣的。」

「可是你和爸爸……」

米莉安嘆息。

「實在很難的。兩邊拉扯……總是朝兩邊拉扯。很難做。」

「可是你和爸爸很幸福美滿……」

「是的，不過我也花了很多心血……有很多事我都很留神。為了兒女的緣故而放棄某些事情，有時讓他很懊惱。他愛你們，但是我們最快樂的時候，卻是他和我出去度個小假的時候……希莉亞，要記住，永遠不要丟下丈夫太久，男人是會忘記的……」

「爸爸除了你之外，是絕對不會看其他女人的。」

她母親的回答卻挺妙的。

「或許他是不會去看。不過我卻總是留神看著他。曾經有一個專門負責客廳的女傭，是個高頭大馬的漂亮女孩，我以前常聽你爸說他欣賞這種型的女人。有次她把槌子和一些釘子遞給他，可是在過程中，她卻趁機把手放在他手上。我看見了。你爸幾乎沒留意到，他只是看來很驚訝的樣子。我想他是沒對這小動作有什麼念頭，大概以為是無意而已，男人都很單純……但是我把那個女孩辭退了，馬上辭退，給了她一封很好的介紹信，然後說她不適合我。」

希莉亞很震驚。

「可是爸爸從來沒有……」

「可能是沒有。但我才不冒任何險呢！我看得太多了。太太身體不好，然後女家教或陪伴人幫忙當家……都是些年輕聰明的女孩。希莉亞，答應我，替茱蒂找女家教時要非常小心。」

希莉亞笑了起來，親了母親。

「我不會雇用高頭大馬的漂亮女孩。」她承諾著說，「我會找又瘦又老戴眼鏡的。」

❖

茱蒂八歲的時候，米莉安去世了。當時希莉亞在國外。德莫特有十天的復活節假期，他要希莉亞跟他一起去義大利度假。本來希莉亞有點不願意離開英國，因為醫生已經告訴她，母親的身體很差。她身邊有個陪伴人在幫忙照顧她，每隔幾個星期，希莉亞就回娘家去探望她。

然而，米莉安卻不肯讓希莉亞留下來陪她，讓德莫特自己去度假。她來到倫敦，住在蘿蒂表姊家（表姊這時已經守寡），茱蒂和女家教也過去住在一起。

在科摩湖時，希莉亞接到電報叫她速返。她搭上能趕上的第一班火車，德莫特也要同去，但希莉亞勸他留下來把假度完。他需要換換空氣和環境。

就在她坐在餐車裡，火車經過法國時，突然一陣奇異的心寒感覺通過她全身。

她心想：「不用說，我再也見不到她了。她走了……」

抵達時，她發現米莉安果然就是差不多在那時去世的。

❖

她母親……她那英勇矮小的媽媽……

那麼靜止又奇怪地躺在那裡，包圍在花朵和白色之中，一張冰冷安詳的臉孔……

她母親，有著忽喜忽悲的性情，有著迷人、會轉變的外表，還有堅定不移的愛與保護……

希莉亞心想：「我現在是一個人了……」

德莫特和茱蒂是外人……

她心想：「以後再沒有人可以依靠了……」

一陣驚慌席捲了她……接著是懊悔……

最後這幾年裡，她滿腦子只想著德莫特和茱蒂……很少想到母親……她母親卻一直都在那兒……一直都在……在所有事情的背後撐著……

她徹頭徹尾曉得母親，母親也曉得她……

年幼的時候，她就發現母親又精彩又令人滿意……

而母親也一直保持著她的精彩和令人滿意……

如今母親卻走了……

希莉亞的世界垮了下來……

她的弱小母親……

第十七章 災禍

德莫特本意是好的，他厭惡麻煩和不快樂的事，但他卻想要心存善意。他從巴黎寫信給希莉亞，建議她應該過去度一、兩天假，藉此振作起來。

也許這是出於善意，也許是因為他對於回到居喪的家中感到畏怯……

然而，這點卻是他無論如何也得做的事……

要吃晚飯之前，他回到了家中。希莉亞正躺在床上迫切地等著他的歸來。辦喪事的操勞結束了，她很急於不要讓悲戚的氣氛造成茱蒂的反感。小茱蒂，這麼小又生氣蓬勃，比她自己的事更重要。茱蒂曾經為外婆而哭，但是很快就忘了。小孩子本就該遺忘的。

德莫特馬上就會在這裡了，然後她就可以讓一切成為過去。她滿腔熱情想著：「我有德莫特實在太好了。要不是因為德莫特的話，我會想死掉的……」

德莫特情緒很緊張，純粹是因為這種緊張才使得他進房裡來說：「嗯，大家都好嗎？開朗又開心嗎？」

換了別的時候，希莉亞就會看得出造成他說話這麼輕率的原因，偏偏這個時刻，這些話彷彿像是他在她臉上打了一巴掌。

她往後縮著身子，眼淚冒了出來。

德莫特向她道歉，並努力解釋。

最後，希莉亞握著他的手睡著了，看到她睡著之後，德莫特如釋重負地抽出了自己的手。

他漫步走出房間，去到茱蒂的小孩房裡。茱蒂興高采烈地對他揮揮調羹，她正在喝一杯牛奶。

「哈囉，爸爸，我們要玩什麼？」

茱蒂可一點也不浪費時間。

「不可以玩太吵的遊戲，」德莫特說，「你媽媽睡著了。」

茱蒂很懂事地點點頭。

「我們來玩『老小姐』。」

他們玩起老小姐遊戲來。

日子像往常一樣過著。到最後，終於也還是不太像往常了。

希莉亞如常持家，一點也沒露出悲戚的樣子，但是這陣子她完全沒了原動力，她就像個停擺的鐘。德莫特和茱蒂都感覺到這種變化，兩人都不喜歡這變化。

兩星期後，德莫特要邀朋友來家裡過夜，結果希莉亞在還沒來得及制止自己之前就叫了起來。

「哦，現在不行，我受不了得整天跟一個不熟的女人講話。」

但是她馬上就後悔了，跑去找德莫特跟他說她不是有意這樣不通人情的，他當然可以請朋友來家小住。

於是朋友來了，但是這次作客卻並非賓主盡歡。

幾天後，希莉亞接到愛麗的來信。內容令她既驚訝又很悲痛。

我親愛的希莉亞（愛麗寫道）：

我覺得應該由我自己來告訴你（要不然你可能會聽到各種亂七八糟的版本），湯姆跟別的女人跑掉了，那是我們在回國船上認識的女人。這對我來說是很傷心的打擊。我們在一起時那麼幸福，而且湯姆很愛兒女。這簡直就像是一場可怕的夢。我傷透了心，不知道該怎麼辦。湯姆一直是個完美的丈夫，我們甚至從來沒吵過架。

希莉亞為她朋友的遭遇感到非常難過。

「這世界上的傷心事還真多。」她對德莫特說。

「她丈夫必定是個爛人。」德莫特說，「你知道，希莉亞，有時你似乎認為我自私，但你說不定還得忍受更糟糕的呢！起碼，我是個又好又正派、不欺騙的丈夫，不是嗎？」

他語氣頗有些喜劇味道。希莉亞親他一下，笑了起來。

三星期後，她帶著茱蒂回到娘家房子去，得要把房子整個清理一遍，這是個讓她退避三舍的任務，但是沒有別人能做這事。

少了她母親迎接的笑容，家簡直難以想像。要是德莫特能陪她來就好了。

德莫特則試著用他的作風為她打氣。「你會真的喜歡這件事的，希莉亞，你會發現很多根本已經完全忘掉的東西。再說這個時節去那裡也正是時候，轉換一下環境對你也有好處。我反而要一個人待在這裡的辦公室做苦工。」

德莫特在這方面太不足了！他一貫地忽略掉情緒壓力的意義，就像匹受驚的馬兒般閃避著情緒壓力。

希莉亞叫了起來，這次破例地生氣了：「你說得好像這是去度假似的！」

他轉移目光不去看她。

「嗯，」他說，「也算是吧……」

希莉亞心想：「他不厚道……他不……」

一股寂寞如浪潮般淹沒了她，她感到害怕……

沒有了母親，這個世界多冰冷啊……

接下來幾個月，希莉亞經歷了很苦的時期。她要見律師，要處理好各種事務。

不用說，她母親幾乎沒留下什麼錢。房子成了要考慮的問題：究竟是要留著還是要賣掉？房子狀況很差，因為一直以來都沒有錢修理。如果不想讓整個地方完蛋的話，幾乎就得馬上花相當大一筆錢去維修。總而言之，以這房子的現狀，買家是否會考慮，很成疑問。

希莉亞舉棋不定，左右為難。

她受不了和這房子分開，然而常識又告訴她，賣掉是最好的做法。這房子離倫敦太遠了，她和德莫特沒法住在這裡，就算德莫特曾有此念（希莉亞卻很肯定，德莫特根本不會受此念頭吸引）。對於德莫特而言，鄉間，是指一流的高爾夫球場。

這麼說來，她堅持守著這房子，不過就是出於感情的緣故？

然而她受不了放棄這房子。米莉安曾經做出如此英勇的奮鬥，為她保住這房子。是她自己很久以前勸阻母親賣房子的……米莉安當初是為了她去保住這房子，為她以及她的兒女們。

要是她保住了這房子，茱蒂會當一回事嗎？她不認為。茱蒂是那麼超然事外，不受羈絆，就像德莫特。德莫特和茱蒂這類人會住某個地方，只因為那地方很方便而已。到最後，希莉亞去問了女兒。她常覺得才要九歲的茱蒂比她自己要明智又實際得多。

「賣了它你會不會得到很多錢，媽媽？」

「不會，恐怕是不會的。你瞧，這是棟老式的房子，又在很鄉下的地方，不靠近城鎮。」

「嗯，這樣的話，或許你最好保留它。」茱蒂說，「我們可以在夏天來這裡。」

「茱蒂，你喜歡來這裡嗎？還是你比較喜歡我們現在住的家？」

「我們現在住的家很小。」茱蒂說，「我喜歡住在多米屋大飯店，我喜歡很大很大的房子。」

希莉亞笑了起來。

茱蒂說的倒是真的。現在把房子賣掉的話，她拿不到多少錢。無疑地，就算從生意眼光來看，最好還是等到鄉間房屋在市場上沒那麼滯銷時再脫手。於是她轉而著手最起碼的維修問題。或許，等這些基本維修完畢之後，她可以為布置好的房子找個房客。

這些事情的生意面很令人操心，但也讓她的心思從傷心思緒中轉移開來。

接下來要面對的是她退避三舍的清理。如果要把房子租出去，首先就得全部清理過。有些房間已經鎖上多年，裡面有很多古老的大木箱、抽屜、櫥櫃，全都塞滿了過去的回憶。

❖

回憶……

待在這房子裡是如此寂寞，如此怪異。

沒有了米莉安……

只有裝滿舊衣服的大木箱，塞滿信件和照片的抽屜……

讓人心痛……心痛得厲害。

有著鸛鳥圖案的日式盒子是她小時候的最愛。盒子裡面有摺疊的信件，有一封是媽媽寫的：「我的寶貝小羊兒小鴿南瓜……」熱淚滑下了希莉亞的臉頰。

一件飾有小朵玫瑰花蕾的粉紅絲綢晚裝塞在一口大木箱裡，以便萬一哪天可以「改頭換面」，但結果卻被遺忘了。這是她最早穿的晚裝之一……她還記得上次穿這件晚裝時的情景：當時她是個如此不善社交、傻里傻氣急於投入社交圈的黃毛丫頭……

奶奶的信件塞滿了整整一口大木箱，八成是當初搬來住時一起帶來的。坐在三輪推車椅上的老先生照片上寫著「永遠對你專一的仰慕者」，以及其他一些潦草的縮寫。奶奶和「男人家」，永遠是「那些男人家」，就算他們已經老到了要坐在海邊的三輪推車椅上時……

一個印有兩隻貓圖案的馬克杯，這是有一年她生日時，蘇珊送給她的生日禮物。

回到……回到過去……

為什麼這麼讓人心痛呢？

如果她不是一個人在這房子裡就好了……要是德莫特能陪她就好了！

但是德莫特一定會說：「為什麼不乾脆連看都不要看，一把火通通燒掉就好？」

這麼明智，然而她就是做不到……

她打開了更多原本鎖住的抽屜。

詩。一張張紙上的詩，褪了色的花體字寫成的，她母親還是個黃花閨女時的字跡……希莉亞一首首看了。充滿感傷，矯揉造作，完全是那個時代的風格。是的，但是有些內容——有些峰迴路轉的想法，某個突如其來的原創句子——使得這些詩成為她母親的風格。米莉安的腦子，那個快速、急如飛鳥的腦子……

「約翰生日時送給他的詩……」

她父親，滿臉大鬍子、快活愜意的父親……

有張銀版照片，呈現出他年輕時鬍子刮得一乾二淨、表情一本正經的樣子。

年輕時——逐漸變老——多神祕啊，這一切多令人害怕啊！有沒有哪個特別的時刻裡，你會比其他時刻更像自己呢？

未來……希莉亞，會往未來的哪裡去呢？

嗯，情況很明顯，德莫特比較有錢了……有大房子住……再生一個孩子……說不定再生兩個。疾病、孩子的病痛，德莫特變得有點難相處，對於任何他想要做的事所遇到的阻力更加不耐煩……茱蒂長大成人，活潑、充滿決心、活得很投入……德莫特和茱蒂一起……她自己，則變得比較胖了，人老珠黃，父女倆用帶點好玩的嘲弄態度對待她……「媽，你是挺傻的，你知道……」對，失去了容貌之後，就更難遮掩你的傻氣了。

（腦中回憶突然閃現：「希莉亞……答應我，你要永遠這麼美。」）對，可是如今那已經過去了。他們會在一起活很久，久到美貌之類的事都失去了意義。德莫特和她彼此愛對方入骨，他們基本上不是同一類的人，卻互屬於對方。她愛他，因為他如此不同，雖然現在她已經清楚知道他對事情會有怎樣的反應，卻仍不知道、也永遠不會知道「為什麼」他有這樣的反應。也許他對她也有同感。不，德莫特就只是接受事物，卻從不去思考它們，在他看來這似乎徒然浪費時間而已。希莉亞心想：「這是對的，嫁給你愛的人絕對是對的。金錢和外物不算什麼。就算我們得住在很小的村舍裡，我得要自己煮飯、做家務。有了德莫特，我就會永遠幸福的。」但是德莫特不會變窮的，他是個成功人士，會繼續成功下去的。他是那種人。當然，他的消化不良倒是會惡化下去。他會繼續打高爾夫……而且他們會一直這樣下去，也許在道頓西斯或者其他類似的地方……她則永遠沒得開眼界了，去看遠方的事物：印度、中國、日本；俾路支省的荒野；波斯，那裡的地名宛如音樂：伊斯法罕、德黑蘭、設拉子……

她全身顫慄了一下……要是一個人可以自由的話——相當自由——什麼都沒有，身無長物、沒有丈夫或孩子，沒有什麼牽絆著你，綁住你，扯著你的心……

希莉亞心想：「我想跑掉……」

米莉安也曾這樣覺得。

儘管愛丈夫和孩子，有時卻也曾想要抽身而出……

希莉亞打開了另一個抽屜。是信件。父親寫給母親的信件。她拿起了最上面的一封，信上日期是他去世前一年。

最親愛的米莉安：

希望過不久你就能來跟我會合。母親似乎身體很好，精神挺不錯的。她的視力在衰退，但還是照樣為她那些情人們織很多睡襪！

我跟阿穆爾做了次長談，談關於希瑞爾的事。他說這孩子不笨，只是不用心。我也跟希瑞爾談了，希望能讓他聽進去。

盡量在星期五前來與我會合，我最親愛的，那天是我們結婚二十二週年慶。我發現很難道盡你對我的意義。親愛的，你是男人夢寐以求的忠誠妻子。因為你，我滿懷謙卑地感恩上帝，我親愛的。轉達我的愛給我們的小寶貝娃兒。

你忠誠的丈夫
約翰

希莉亞又淚盈於眶了。

將來有一天，她和德莫特也會結婚二十二週年，德莫特不會寫出這樣一封信，但是，內心深處，他說不定也有同感。

可憐的德莫特。過去那個月裡，她這樣傷心低沉，對他來說也夠難受的。他不喜歡不快樂。嗯，等到她忙完了這件差事，她就會把悲慟拋到腦後去。米莉安活著的時候，從沒有橫梗在她和德莫特之間。去世後的米莉安當然也一定不會這樣做……

她和德莫特會一起向前走，幸福、快樂並享受事物。

這才是會讓她母親感到最高興的事。

她把父親的信全部從抽屜裡取出來堆在壁爐裡，點燃了火柴。這些信屬於死者所有，她只留下了讀過的那封。

抽屜底有個褪色的袖珍舊記事本，封面繡有金線。裡面有張摺疊的紙，很破舊。上面寫著：「生日那天米莉安送給我的詩」。

深情……

這個世界如今鄙視深情……

但是在那個時刻，對希莉亞來說，不知何故卻是無法承受的甜蜜……

希莉亞病倒了。房子裡的寂寞壓得她受不了，她但願有個人可以講講話。雖然有茱蒂和胡德小姐在，但她們卻是屬於一個截然不同的世界，跟她們在一起，非但不能解脫，反而更有壓力。希莉亞很急著不要讓茱蒂的生活蒙上陰影，茱蒂是如此地生氣蓬勃，對什麼都那麼開心投入。當她跟茱蒂在一起時，希莉亞刻意表現出歡樂狀。她們一起玩劇烈的遊戲，用上各種球、羽毛球板、毽子等等。

等到茱蒂上床睡覺以後，包住房子的那片寂靜就裹住了希莉亞，感覺那麼地空虛……如此空虛……寂靜帶回了歷歷如繪的往事，那些快樂、溫馨的夜晚，和母親談著德莫特、茱蒂、書籍以及人和想法。

如今，沒有了可以談話的人……

德莫特不常來信，即使有也很簡短。他去參加了七十二洞的比賽，跟安德烈一起，羅斯特也和外甥女來了。他讓瑪茱莉·康乃爾做第四個搭檔。他們在西爾伯洛打高爾夫，很爛的球場。女人來打高爾夫真是個麻煩。他希望希莉亞過得很開心。能否代他謝謝茱蒂寫信給他呢？

希莉亞開始睡不好。往事一幕幕浮現，讓她醒著無法入睡。有時她驚恐地醒過來，卻不知道究竟是什麼嚇到了她。看著鏡中的自己，她知道自己看來面帶病容。

她寫信給德莫特，求他那個週末過來陪她。

他回信說：

親愛的希莉亞：

我查了火車班次，但真的很不值得。我要不得在星期天趕回來，要不就得在凌晨抵達鎮上下火車。家裡的汽車現在行駛得不太好，所以我送去翻修了。你也曉得，我整個星期忙於工作，感覺有點過勞，到了週末已經累得要死，不想再搭火車奔波了。

再過三個星期我就可以放假了。我認為你提議去法國迪納爾度假的點子很好，我會寫信去訂房間的。不要太過操勞累壞了自己，要經常出去走走。

你還記得瑪茉莉．康乃爾嗎？挺漂亮的黑髮女孩，巴瑞特家的外甥女。她剛失業，說不定我可以幫她在這裡找份工作。她相當有效率。有一晚我帶她去看戲，因為她現在過得不太順利。

你保重並看開一點。現在我認為你不賣房子是對的，情況說不定會好轉，以後你可能會賣個比較好的價錢。我不認為這房子對我們有什麼大作用，但要是你對它有感情的話，我想把房子封起來，雇個人看管，也花不了多少錢。你說不定還可以布置一下這房子，你寫書賺到的錢就夠付費用和園丁薪水了，要是你願意的話，我也會幫忙達成這目標的。我工作得非常辛苦，大多數晚上回到家時都在鬧頭痛。

一切馬上就會好轉的。

轉達我的愛給茱蒂。

愛你的

德莫特

最後那個星期，希莉亞去看了醫生，請醫生開點能讓她入睡的藥。醫生是看著她出生長大的，問了她一些問題，檢查了她身體，然後說：「你能不能找個人陪陪你？」

「再過一星期我先生就會來了。我們要一起到國外去。」

「啊！太好了！你知道，我親愛的，你快要精神崩潰了。你很消沉，受到了打擊，心很亂，這都很自然，我知道你跟你母親感情很深。一旦你跟你先生離開這裡，去到新環境，你馬上就會好起來的。」

他拍拍她肩膀，開了處方給她，就叫她走了。

希莉亞天天數著日子。等德莫特來了以後，一切就好了。他預計在茱蒂生日前一天到，他們準備一起慶祝，然後出發前往迪納爾。

新的生活……把悲痛和回憶拋到腦後……她和德莫特繼續向未來邁進。

再過四天德莫特就到了……

再過三天……

還過兩天……

今天！

❖

有些事情不對勁……德莫特是來了，但是這人卻不像德莫特，看著她的是個陌生人：不正眼看她，視線望著旁邊，然後又轉移開去……

一定是有什麼事了……

他病了……

出了問題……

不，跟這不一樣……

他是……是個陌生人……

❖

「德莫特，出了什麼事嗎？」

「會有什麼事呢？」

他們單獨在希莉亞的臥房裡，希莉亞正在用絲帶和棉紙包裝茱蒂的生日禮物。

為什麼她感到那麼害怕呢？為什麼會有這種很難受的恐懼感呢？

他的眼神，游移不定的眼神，不時從她臉上轉向別處……

這不是德莫特，那個正派、英俊、開懷大笑的德莫特……

這是個鬼鬼祟祟、畏首畏尾的人，看起來幾乎……就像是罪犯……

她突然說：「德莫特，是不是有什麼事？跟錢有關？我是說，你是不是做了什麼……」

該怎麼開口說呢？德莫特，這樣一個誠實的人，怎會是貪汙舞弊的人呢？真是胡思亂想……胡思亂想！

然而那游移畏縮的眼神……

彷彿她會在意他做了什麼似的！

他看來很驚訝。

「錢？哦，沒有，錢沒問題。我……這方面很好。」

她放下心來。

「我還以為……我真荒唐……」

他說：「是有事……我想你也猜得出來的。」

但是她猜不出來。要是跟錢無關（她曾一直隱約唯恐公司會倒閉），她就想不出還會是什麼事了。

她說：「告訴我吧。」

不是……不會是癌症吧……

有時候，連強壯、年輕的人也會得癌症的。

德莫特站起身來，語氣聽來很奇怪又很僵。

「是……嗯，是關於瑪茱莉．康乃爾。我經常跟她見面，我很喜歡她。」

噢！真教人鬆了一大口氣！不是癌症……但是瑪茱莉．康乃爾……為什麼會是瑪茱莉．康乃爾呢？難道德莫特……德莫特向來不看別的女人的……她柔聲說：「沒關係，德莫特，要是你做了傻事的話……」

跟人調情。德莫特不慣於調情的。但話說回來，她還是很感驚訝，又驚訝又受傷。就在她如此悲戚的時候，如此渴望德莫特在眼前安慰她的時候，他卻在跟瑪茱莉．康乃爾調情。瑪茱莉是個挺好的女孩，又長得滿好看的。希莉亞心想：「奶奶一定不會感到驚訝。」腦中念頭一閃，說到底，也許奶奶是真的相當懂得男人的。

德莫特粗暴地說：「你不明白，不是像你所想的那樣，沒有事……沒有事的……」

希莉亞臉紅了。

「那當然，我並沒有認為有……」

他繼續說下去。

「我不知道怎麼樣才能讓你明白。這不是她的錯……她對這事也感到苦惱，還有對你……噢！老天！」

他坐了下來，臉埋在雙手裡……

希莉亞驚愕地說：「你真的很關心她……我明白了，哦，德莫特，我很遺憾……」

可憐的德莫特，被這股熱情沖昏了頭。他會很不快樂的，所以她……她不可以對這事太過苛責，得要協助他走出這件事，而不是責怪他。這不是他的錯，她沒待在他身邊，他感到寂寞，這是很自然的……

她又說：「我深深為你感到難過。」

他又站起身來。

「你不明白。你不用為我感到難過……我是個爛人，我覺得自己是個卑鄙小人，不能像樣地對待你。我對你和茱蒂都沒用了……你最好跟我一刀兩斷……」

她為之瞠目。

「你是說，」她說，「你不再愛我了？一點都不愛了？但我們一直這麼幸福……在一起總是很快樂。」

「對，在某種程度上……很安定……這是相當不同的。」

「我認為安定的幸福是世上最好的。」

德莫特做了個手勢。

她驚愕地說：「你要離開我們？不再見我和茱蒂？但你是茱蒂的父親呀……她愛你。」

「我知道……我也非常在乎她。但是這樣不好。我不想做的事情從來都勉強自己不來的……我不快樂的時候，沒法表現得像樣……我會像個畜生似的。」

希莉亞緩緩說：「你要一走了之……跟她？」

「當然不是。她不是那種女孩，我絕不會建議她做這種事的。」

他語氣聽起來很受傷又被冒犯。

「我不明白……你只是要離開我們嗎？」

「因為我對你們不再有好處……我只會變得很差勁。」

「但我們一直這麼幸福，這麼快樂……」

德莫特不耐煩地說：「對，當然，我們的確是，在過去是。但我們已經結婚十一年了。經過十一年後，人需要有個轉變。」

她退縮了。

他則繼續說著，語氣充滿說服力，比較像他本人了：「我收入相當不錯，為了茱蒂，我答應給你足夠的贍養費，何況你現在自己也在賺錢了。你可以到國外去，去旅行，去做各種你一直很想做的事……」

她舉起了手，彷彿在擋他揮來的一擊似的。

「我敢說你是很樂在其中。你跟她在一起是真的比跟我要快樂得多……」

「別說下去了！」

過了一、兩分鐘後，她平靜地說：「九年前，就是在今天晚上，茱蒂就快出生，你還記得嗎？這對你難道沒有任何意義嗎？難道我和……和你想要用退休金打發掉的女主人沒有任何差別嗎？」

他繃著臉說：「我說過我對茱蒂感到很抱歉……但畢竟我們同意過，另一方可以完全自由……」

「我們有同意過嗎？什麼時候？」

「我肯定我們有同意過。這是看待婚姻唯一像樣的方式。」

希莉亞說：「我認為，當你把一個孩子帶到這世上來之後，維繫住婚姻才是更像樣的方式。」

德莫特說：「我所有朋友都認為理想婚姻應該是自由……」

她笑起來。他的朋友們。德莫特可真不同尋常，只有這時候他才會把他朋友扯進來。

她說：「你是自由的……要是你選擇離開我們的話，你可以離開……要是你真的選擇……可是你要不要再等一下，你要不要確定一下？有十一年的幸福回憶，相對另一邊是一個月的意亂情迷。在毀掉一切之前，先等一年，以便確定這些事……」

「我不願意等。我不想要這種等待的壓力……」

希莉亞突然伸出手去抓住了門柄。

這一切都不是真實的，難道是真的……她叫了出來：「德莫特！」

房間陷入黑暗，圍著她旋轉。

她發現自己躺在床上，德莫特拿著一杯水站在她旁邊。他說：「我不是有意要你難過的。」

她遏制住了自己歇斯底里的大笑……接過了那杯水喝了下去……

「我沒事，」她說，「沒關係的……隨你高興去做……你現在可以走了，我沒事……隨你高興去做，不過讓茱蒂明天過她的生日。」

「那當然……」

他又說：「要是你確定沒事的話……」

他緩緩穿過那扇開著的門，走進了他房間，關上了身後的門。

茱蒂的生日就在明天……

九年前，她和德莫特漫步走進花園裡，後來她獨自進入疼痛和恐懼中，而德莫特曾為此心痛……

想必……想必……世上沒有人做得出這麼殘酷的事，選擇這天來告訴她吧……

對，德莫特就做得出……

殘酷……殘酷……殘酷……

她的心狂喊著：「他怎麼能……他怎麼能……對我這麼殘酷？」

❖

非得給茱蒂過生日不可。

禮物，特別的早餐，野餐，坐到飯桌上跟大人一起吃飯，遊戲。

希莉亞心想：「從來沒有過像這樣漫長的一天……如此漫長，我快瘋了。但願德莫特表現得再熱烈一點就好了。」

茱蒂卻什麼都沒留意到。她留意到她的禮物，她的樂趣，大家都對她百依百順。她這麼開心，毫無所覺，真讓希莉亞心碎。

❖

第二天，德莫特走了。

「我會從倫敦寫信來，好嗎？你暫時還會留在這裡吧？」

「不留在這裡……不，不要這裡。」

留在這裡？處在空虛、寂寞中，沒有米莉安來安慰她？

哦，母親，母親，回到我身邊，母親……

哦，母親，你在這裡就好了……

獨自留在這裡？在這個充滿幸福回憶，跟德莫特有關的回憶的房子裡？

她說：「我情願回家。我們明天回家。」

「隨便你。我會留在倫敦。我還以為你喜歡這裡。」

她沒回答。有時你就是沒辦法回答。人要不是明白，就是不明白。

德莫特走了以後，她陪茱蒂玩，告訴茱蒂說他們不會去法國了。茱蒂平靜地接受了這項宣布，沒感興趣。

希莉亞覺得很不舒服，兩腿作痛，頭暈眩，感覺自己像個很老的老婦。頭痛愈來愈厲害，痛到她簡直要大叫出來。她服用阿斯匹靈，卻沒有用。她感到噁心想吐，想到食物就退避三舍。

希莉亞害怕兩點：一怕自己會瘋掉，二怕茱蒂會留意到蛛絲馬跡……

她不知道胡德小姐是否留意到了什麼，這人很安靜，有她在真是很大的安慰，她是如此鎮靜又不多事。胡德小姐安排了回家的事。她似乎認為希莉亞和德莫特結果沒去成法國是相當自然的事。

希莉亞很高興回到自家住宅。她心想：「這好多了，我終究不大可能發瘋了。」

她的頭痛現象好些了，但身體卻愈來愈糟糕，全身彷彿被人打過似的。兩腿無力行走……這點再加上要命的反胃，使得她跛行又無力……

她心想：「我要病倒了。為什麼心思會這麼影響身體呢？」

她回家兩天後，德莫特從倫敦回來。

那人仍然不是德莫特……怪異，而且嚇人——發現你丈夫身體裡住了個陌生人……

這點讓希莉亞恐懼到想要尖叫……

德莫特很不自然地談著外界的事物。

「就好像來串門子的人似的。」希莉亞心想。

然後德莫特說：「你不認為這樣做最好嗎？我的意思是，分手。」

「這樣做最好？對誰而言？」

「嗯，對我們大家。」

「我不認為這樣做對茱蒂或我最好。你知道我不這樣認為的。」

德莫特說：「不是每個人都能幸福的。」

「你是指你會幸福，而茱蒂和我則不會……我看不出為什麼就該是你幸福而不是我們。哦，德莫特，你能不能就去做你想要做的事，而不要堅持談這個？你得要在瑪茱莉和我之間做出選擇……不，不是這樣，你厭倦了我，說不定這是我的錯，我早該看出來的，我早該多加努力，但我太肯定你是愛我的了，我相信你就如同相信上帝一樣，這點很愚蠢──奶奶就會這樣告訴我。不，你得要做出選擇的，是瑪茱莉和茱蒂。你的確愛茱蒂，她是你的親骨肉，而我跟她也永遠不及你跟她，你們兩個之間有這種心意相通，她跟我就沒有。我愛她，但我不了解她。我不想要你遺棄茱蒂，不想要她的生命有殘缺。我不會為自己奮戰。遺棄你自己的孩子是很刻薄寡恩的事。我相信，要是你這樣做的話，你不會快樂的。德莫特，親愛的德莫特，你肯不肯試一下？你肯不肯付出你人生中的一年？要是過完這一年，你做不到，覺得還是得要去瑪茱莉那裡，嗯，那麼，你就該去。但那時我會覺得你已經盡力了。」

德莫特說：「我不想要等待……一年是很長的時間……」

希莉亞做了個洩氣的手勢。

（要是她沒感到不舒服得要命就好了。）

她說：「好吧，你已經做出決定……但哪天你想要回來，你會發現我們在等著你，而且我不會責怪你……走吧，而且……快快樂樂地，說不定哪天你會回到我們身邊的……我想你會的……我認為在一切表面之下，真正愛你的還是我和茱蒂……而且我也認為，在這表面之下，你是正派又專一……」

德莫特清清喉嚨，看來很尷尬。

希莉亞但願他走掉就好，這一切談話實在……她如此愛他，要看著他實在太痛苦了，要是他乾脆走掉，去做他想要做的事就好了，不要把這些痛苦帶回家來給她……

「真正的重點是，」德莫特說，「要多久我才能獲得自由？」

「你是自由的，你現在就可以走了。」

「我想你不明白我在說什麼。我所有的朋友都認為我應該盡快離婚。」

希莉亞瞪大了眼。

「我還以為你告訴我說沒有……沒有……沒有理由要離婚。」

「當然沒有。瑪茱莉是個非常正派的人。」

希莉亞忽然有狂笑的衝動，但她遏制住了。

「嗯，那麼呢？」她說。

「我永遠不會要她做那種事的。」德莫特以震驚的口吻說，「但我相信一點，要是我自由的話，她是會願意嫁給我的。」

「可是你已經娶了我呀！」希莉亞困惑地說。

「所以才得要離婚。離婚可以辦得相當容易又快，不用麻煩你，所有費用我來出。」

「你是說，你和瑪茱莉終究會一起走掉？」

「你以為我會把這樣一個女孩拖到離婚法庭上嗎？才不，整件事情可以輕易辦好，一點也不用讓她的名字出現。」

希莉亞站起身來，兩眼冒火。

「你是說……你是指……哦，我認為這真是惡劣透頂！要是我愛上一個男人，我會跟他一走了之，就算這是不對的。我或許會搶了某人的丈夫，但我不認為我會把孩子的爸爸也搶走。不過話說回來，這種事誰也說不準。但我會很誠實地去做這件事。我才不會躲在暗處，讓別人去當壞人，自己沒事。我認為你和瑪茱莉兩個都惡劣透頂——惡劣透頂。要是你們兩個彼此相愛，沒有了對方就活不下去，起碼我還會尊重你們。我會跟你離婚的，儘管我認為離婚是不對的，但我不願意去碰這些謊言、假裝以及圈套。」

「胡說，別人都是這樣的。」

「我才不管。」

德莫特朝她走過來。

「聽我說，希莉亞，我要離婚，我不願意等，而且我不會讓瑪茱莉牽扯進來。你得要同意離婚。」

希莉亞正面看著他。

「我才不要。」

第十八章 恐懼

不用說，德莫特在這一點犯了錯誤。

要是他懇求希莉亞，請她大發慈悲，告訴她說他愛瑪茱莉，想要擁有她，沒有了她就活不下去，希莉亞就會心軟，不管他要什麼都會同意的，無論這樣有多傷她感情。德莫特一不開心，她就沒轍了，他想要什麼，她都會給他，而且也沒辦法下次不這樣。

她是站在茱蒂這邊來對抗德莫特，要是德莫特對她用對了方法，她也會為了德莫特而犧牲茱蒂的，儘管事後她會恨自己這樣做。

但是德莫特卻用了截然不同的手法，他把想要得到的當作是自己的權利，而且還欺壓希莉亞逼迫她同意。

她向來都很軟，任由他搓圓捏扁的，因此這回她做出反抗讓他很吃驚。她幾乎食不下嚥，無法入睡，兩腿發軟幾乎走不動，飽受神經痛和耳痛之苦，但態度卻很堅定。而德莫特則百般欺凌她，想迫使她同意。

他說她表現得很丟臉，是個鄙俗、死抓著不放的女人，應該為自己感到慚愧，他為她感到可恥。但這些都對希莉亞產生不了作用。

表面上是這樣，內心裡，這些話讓她心如刀割，留下了傷口。那個德莫特……德莫特，竟然會認為她是這樣的人。

她愈來愈擔心自己的身體狀況，有時話說到一半，卻忘了原本要說什麼，連她的思緒也混亂起來了……

她會在夜裡滿懷恐懼地醒過來，很肯定感到德莫特在對她下毒，想把她除掉。到了白天，她知道這些都是晚上的胡思亂想而已，但還是照樣把園藝工具小屋內的除草劑鎖起來。一邊這樣做時，一邊心想：「這樣做腦筋不大正常，我絕對不可以瘋掉，就是不能瘋掉……」

她在夜裡醒來之後，會滿屋子晃來晃去想找某樣東西。有一天晚上，她知道自己在找什麼了，她在找她母親……

她得找到母親。她穿好衣服，加上外套和帽子，拿了母親的照片，要去警察局請他們尋找母親下落。她母親失蹤了，但是警察會找到她……一旦找到母親之後，一切就都沒事了。

她走了很長時間，那天又下雨又潮溼……她記不得究竟為什麼走著。哦，對了，要去警察局……警察局在哪裡？應該是在鎮上，而不是在空曠的鄉下地方吧！

她轉身往另一個方向走去……

警察會很好心又樂意協助，她會把母親姓名給他們……母親叫什麼名字來著……怪了，她記不起來……

她自己叫什麼名字？

真令人害怕……她不記得自己的名字了……

西碧兒，是這名字嗎？還是叫伊鳳……無法記得名字真是糟糕……

她非得想起自己的名字不可……

她跌倒在一條水溝裡……

溝裡的水滿滿的……

你可以讓自己淹死在水裡……

淹死比吊死好，只要躺進水裡就行了……

哦，水好冷！她辦不到……不行，她做不來……

她會找到母親的……母親會處理好所有事情。

她會跟母親說：「我差點就淹死在水溝裡了。」然後母親會說：「那可就真是太傻了，寶貝兒。」

傻，對，傻。德莫特就認為她傻，很久以前就這樣認為。他曾這樣說過。他的臉讓她想起了某件事。

啊！可不是！那是夢中槍手的臉孔！

那是夢中槍手所代表的恐懼，其實一直以來，德莫特就是那個夢中槍手……

她恐懼到不舒服……

她得回家……得躲藏起來……那個夢中槍手正在找她……德莫特正在偷偷跟蹤她……

她終於回到家裡，那時已凌晨兩點鐘，屋裡的人都睡了……

她不敢回到自己房間。德莫特想要除掉她，他可能會偷偷潛進來……

驚恐，夢中槍手就在那兒……在門後面……她聽得到他的呼吸聲……德莫特，那個夢中槍手……

她悄悄走上了樓梯……

她狂奔上了一段樓梯，茱蒂的女家教胡德小姐的房間就在那裡。她衝進去。

「別讓他找到我……別讓他……」

胡德小姐非常善體人意又令人安心。

她送希莉亞回房間，留在那裡陪她。

希莉亞快入睡時，突然說：「我真笨，我是不可能找到我母親的。我想起來了……她已經死了……」

❖

胡德小姐去把醫生請來。醫生很好心又當機立斷，決定要胡德小姐來照管希莉亞。

醫生自己則和德莫特面談了一番，直言希莉亞情況很嚴重，警告說，除非完全讓希莉亞免於憂慮，否則後果不堪設想。

胡德小姐很有效率地扮演了她的角色，盡可能不讓希莉亞和德莫特單獨相處。希莉亞緊緊依靠著她，跟胡德小姐在一起很感安全……她很好……

有一天，德莫特進到她房間裡，站在她床邊。

他說：「很遺憾你病倒了……」

那是原來的德莫特在跟她講話，不是那個陌生人。

她哽咽了……

第二天，胡德小姐一臉擔心地進她房間來。

希莉亞平靜地說：「他走了，是吧？」

胡德小姐點點頭。希莉亞如此平靜地接受，讓她放了心。

希莉亞躺著不動。她感受不到悲痛，感受不到煎熬……她只是感到麻木和安詳……

他走了……

有一天，她得要站起來重新開始人生，跟茱蒂一起……

一切都過去了……

可憐的德莫特……

她睡著了。幾乎連著睡了兩天。

❖

然後他又回來了。

回來的是德莫特，不是那個陌生人。

他說他很抱歉，說他一走了之後就很淒慘，說他認為希莉亞是對的，他應該跟她和茱蒂廝守在一起。起碼，他會努力一下……他說：「但你一定要好起來。我受不了見到病痛……或者不快樂。部分原因就是因為今年春天裡你不快樂，所以我才會去跟瑪茱莉交往。我想要有個人跟我玩……」

「我知道，我應該要『保持美麗』，就像你以前一直告訴我的。」

希莉亞遲疑了一下，然後又說：「你……你真的是說要再努力一下？我的意思是，我已經再也受不了了……要是你衷心地努力一下，三個月也好。等三個月結束時，要是你辦不到，那就算了。但是……但是……我很害怕舊事重演……」

他說他會再試三個月，甚至不會跟瑪茱莉見面，說他很抱歉。

但是情況並不如所想。

希莉亞知道，胡德小姐很遺憾德莫特又跑回來。

後來，希莉亞承認胡德小姐並沒有看錯。

這情況不是突然而來的。

德莫特變得很情緒化。

希莉亞為他感到難過，卻不敢說什麼。

慢慢地，情況愈來愈糟糕。

要是希莉亞進房間，德莫特就走出房間。

要是她跟他說話，他也不回答。他只跟胡德小姐和茱蒂講話。

德莫特根本不跟她講話或正眼看她。有時開車帶茱蒂出去。

「媽媽來不來？」茱蒂會問。

「來，要是她願意的話。」

等到希莉亞準備好時，德莫特就會說：「還是讓媽媽開車帶你去吧。我想我很忙。」

有時希莉亞會說「不去」，她很忙，於是德莫特就帶茱蒂出去。

難以置信的是，茱蒂竟然什麼也沒留意到，又或者是希莉亞以為是這樣。

但偶爾茱蒂說的話讓她吃驚。

那時她們正在談要對奧布利好，現在牠成了大家都疼愛的狗兒，茱蒂突然說：「你很好心，非常好心。爸爸就不好心，但是他非常非常快活……」

有一次她若有所思地說：「爸爸不太喜歡你……」然後很滿意地補上一句：「但是他喜歡我。」

有一天，希莉亞跟她說話。

「茱蒂，你爸要離開我們，他認為去跟另一個人住會比較開心。你認為讓他走是不是比較好心？」

「我不想要他走，」茱蒂很快地說，「拜託，拜託，媽媽，不要讓他走。他跟我玩的時候很開心……還有……還有，他是我爸爸。」

「他是我爸爸！」這些話裡充滿了自豪和肯定。

希莉亞心想：「茱蒂還是德莫特？我得要選其中一邊。茱蒂只是個孩子，我得站在她那邊才行……」

但她又想：「我再也受不了德莫特的薄情了。我又抓不住了……愈來愈害怕……」

德莫特再度失去蹤影，那個陌生人取代了德莫特的位置，以嚴峻、敵意的眼光看著她……

你在世上最愛的人用這種眼光看你，是很可怕的事。希莉亞可以理解不忠，卻無法理解十一年的感情一夜之間突然轉變成了不喜歡……

激情會淡下來而消失，但是難道就再沒有別的什麼了嗎？她愛過他，跟他生活在一起，為他生孩子，跟他一起捱過窮日子，而他卻挺安然地準備永遠不再看到她……哦，真令人害怕，太害怕了……

她是個阻礙……要是她死了的話……

他希望她死掉……

他一定是希望她死掉的，否則她不會這麼害怕。

希莉亞在育嬰室門口往裡看，茱蒂睡得正熟。希莉亞悄悄關上房門，下樓到門廳裡，走到前門。

奧布利趕緊從客廳裡跑出來。

「哈囉，」奧布利吠著表示，「去散步嗎？晚上這個時候？嗯，要是我也去的話，我不介意……」

但牠的女主人卻別有念頭。她雙手捧住奧布利的臉，在牠鼻子上親了一下。

「待在家裡，乖乖狗。你不能跟女主人去。」

不能跟女主人去。不行，真的！別人絕對不能跟著去女主人要去的地方……

她知道自己再也受不了了……她得要逃掉……

跟德莫特耗了這麼久之後，她感到心力交瘁……也感到絕望……她得要逃掉……

胡德小姐到倫敦去了，去見國外回來的妹妹。德莫特趁機「攤了牌」。

他馬上承認有繼續跟瑪茱莉見面。他曾許下諾言，卻沒能遵守……

這倒沒關係，希莉亞覺得，只要他不再打擊她就行了。但他又開始了……

她現在也記不清有多少無情、傷人的話語，充滿敵意的陌生人眼光……德莫特，她曾愛過的德莫特，現在恨她……

而她受不了了……

所以這是最容易的解脫方法……

他曾說會離開一下，但兩天後會再回來，她說過：「你不會在這裡找到我的。」他眼睛亮了一下，她很肯定他知道她的意思……

當時他馬上說：「嗯，當然，要是你喜歡到別的地方去的話。」

她沒有回答……之後，等到一切都過去了，他就可以對大家說（也讓自己認為）他當時不理解她所指的意思……這樣對他會容易得多……

他已經知道了……因為她看到了那瞬間的眼睛一亮，滿懷希望。或許他自己並未察覺這點，他會很震驚於承認這種事情……但他的眼睛的確一亮……

當然，他並非比較喜歡這個解決方式。他會喜歡的是她也能像他一樣，說她歡迎「有個轉變」。他要她也得到她的自由。他想要的是做他想做的，與此同時，又能對此感到心安理得。他想要她開心又滿足地到國外旅行，然後他就可以覺得：「嗯，這其實對我們兩個都是最好的解決方法。」

他想要快樂，又想讓自己良心過得去。他不肯接受事實真面貌，他想要事情是按照他喜歡的那樣。但是死亡是個解決方法……他倒不見得會覺得要怪自己，他會很快說服自己說，希莉亞自從母親去世後就一直很不對勁。德莫特在說服自己方面是非常聰明的……

她玩味了一下這個想法：他會感到抱歉，感到非常懊悔……她想了一陣子，就像個小孩：「等我死了以後，他就會感到很難過了……」

但她知道不是這樣的。一旦對自己承認要對希莉亞的死負上任何責任的話，他會崩潰的。他唯一的解救就是自欺……所以他會自欺……

不行，她要一走了之，完全解脫掉。

她再也無法承受了。

太讓人心痛了……

她不再去想茱蒂，已經過了這階段……除了她自己的痛苦和渴望解脫之外，什麼對她都不重要了。

那條河……

很久以前，曾有條河穿越過山谷，還有報春花……在什麼事情都還沒發生的很久以前……

她走得很快，這時已來到了道路通往橋上的地點。

那條河，疾流過橋下……

周圍沒有人……

她心想不知此時彼得．梅特蘭在何方。他結婚了，戰後娶了妻子。當初若嫁了彼得，彼得就會對她好的，她跟彼得在一起也會幸福的……幸福又安全……

但她永遠不會愛他如同愛德莫特一樣……

德莫特……德莫特……

如此殘酷無情……

整個世界都殘酷無情，真的，殘酷又奸險……

那條河比較好……

她爬過橋欄縱身躍下……

第三卷

島

第一章 屈從

這，對希莉亞而言，就是故事的結局。

之後發生的所有事情，在她看來都不算什麼了。這些事包括上警察法庭的過程，把她從河裡拖上來的倫敦東區小伙子，裁判官的譴責，報章上的報導，德莫特的生氣懊惱，胡德小姐的忠心耿耿。當希莉亞坐在床上告訴我這一切時，對她來說，似乎都如夢幻泡影不重要了。

她沒有再想過自殺。

她承認自己很壞，想要去尋死，這樣做就跟她指責德莫特所做的完全一樣，同樣是在遺棄茱蒂。

「我當時覺得，」她說，「唯一的補救方法就是為茱蒂活下去，永遠不再想我自己。我覺得很慚愧……」

她和胡德小姐帶著茱蒂出國到瑞士去。

在瑞士的時候，德莫特寫信給她，並附上了離婚所需的證據。

有好一陣子她完全沒有處理這件事。

「你知道，」她說，「我感到心太亂了。我只想做他要我做的任何事情，以便他不再來煩我，讓我清靜……我很害怕，怕會有更多事情發生在我身上。從那之後我一直很害怕……

「所以我不知道該怎麼辦才好……德莫特以為我不處理是因為存心報復……其實不是這樣的。我曾經承諾過茱蒂不會讓她父親走掉，可是那時我太膽小、懦弱，已經準備屈從了……我但願……噢，我有多希望如此，希望他和瑪茱莉一起走掉，這樣一來我就可以跟他們兩個脫離關係……可以在事後對茱蒂說：『我沒得選擇……』德莫特寫信給我，說他所有朋友都認為我的舉動很可恥……他所有的朋友……又是這句！

「我等待著……我只是需要歇息，在某個安全的、德莫特抓不到我的地方。我太害怕他會又來摧殘我……人所以沒法屈從是因為嚇壞了。這是很不像樣的事，我知道自己是個懦弱的人，我向來都是個懦弱的人。我很討厭大吵大鬧，我會乖乖做任何事，只求放過我……我沒有出於恐懼屈從。我堅持到底……

「我在瑞士又堅強了起來……沒法告訴你這有多美好。每次走上山時，不會再想哭了。每次看著飯菜時，不會再覺得反胃，連原先很厲害的腦神經痛都消失了。身心一起受折磨實在是太讓人承受不起……人只能一次承受一樣，生理的或心理的，但不能兩樣都來……

「最後，等到我覺得真的恢復了氣力，我回到英國，寫信給德莫特，說我不相信離婚……我相信（雖然在他眼中或許過時又很不對）為了孩子應該繼續在一起，努力維持下去。我說人家常告訴你說，如果父母不合，最好就分開，這樣對孩子比較好。我說我不認為這是真的。兒女需要父母，兩個都需要，因為他們是父母的骨肉。父母爭吵對孩子來說，其實並沒有大人所想像的那麼嚴重，說不定還是好事，讓孩子學到人生是怎麼一回事……我的娘家太幸福了，結果把我養成了個傻瓜……我也說了，他跟我從來沒有吵過架，我們一向都相處得很好……

「我說，我並不認為應該把外遇看得很嚴重……他可以相當自由，只要他對茱蒂好，做個好爸爸就行了。我還告訴他，我知道他在茱蒂心中的分量比我重得多，我永遠比不上。她只有在肉體上需要我，就像小動物一樣，生病的時候要媽媽，但在心靈上他們卻互相屬於對方。

「我說要是他回頭的話，我不會責怪他，甚至不會唸叨他。我問我們能不能彼此客氣些，因為雙方其實都很苦。

「我說選擇在於他，但他得記住我是不想也不相信離婚的，因此要是他選擇離婚，那責任就只在於他。

「他回信給我，寄來了別的離婚新證據……

「我跟他離了婚……

「離婚……實在是件很醜惡的事……

「要站在大庭廣眾前……回答很多問題……很個人的問題……連管臥室的女傭人也要出庭作證……

「我恨透了這一切，讓我覺得很噁心。

「離婚肯定是比較容易的，不用再熬下去……

「所以，你瞧，我到底還是讓步了。德莫特得逞了。我大可一開始就讓步，省了自己許多痛苦和煩惱……

「我也說不上來自己是否高興並沒有一開始就讓步……

「我甚至不知道自己為什麼讓步，也許因為我太累了，想要清靜。又或者因為我已經認為這是唯一要做的事，要不就是因為，說到底，我是想要對德莫特讓步的……

「我想，有時候，這就是最後了……

「這也是為什麼從那之後，每次茱蒂望著我時，我就感到很內疚……

「你瞧，到最後，我還是為了德莫特而對不起茱蒂。」

第二章　內省

離婚判決手續完成幾天之後，德莫特就跟瑪茱莉．康乃爾結婚了。

我對希莉亞怎麼看待第三者頗感好奇，在整個故事中，她很少提到第三者，簡直就像這個女人不存在似的。她從沒有擺出「因為德莫特軟弱所以才被帶壞了」這種態度。一般妻子在碰到丈夫外遇不忠時，這種態度是最常見的。

希莉亞馬上很老實地回答了我的問題。

「我不認為他是……我是指，被帶壞的。瑪茱莉？我怎麼看待她？我不記得了……當時看來也無關緊要。重點是在於德莫特和我，不是在於瑪茱莉。是他對我的殘酷讓我無法釋懷……」

我想，在這點上，我看出了希莉亞永遠無法看出的一點。希莉亞基本上是心很軟、見不得人受苦的。換了德莫特，小時候別人在他帽子上釘了一隻活生生的蝴蝶，他是絕對不會感到難過的，反而會認定蝴蝶就是喜歡這樣！

他就是這樣對待希莉亞的。他喜歡希莉亞，但是他要瑪茱莉。基本上，他是個合乎道德的年輕人。德莫特要想娶瑪茱莉的話，就得先除掉希莉亞才行。由於他喜歡希莉亞，所以他也要希莉亞喜歡這個念頭。等到希莉亞不喜歡時，他就對她生氣。由於傷害希莉亞讓他感覺很不好，結果反而弄巧成拙傷害得更多，而且還很不必要地野蠻殘酷……我可以理解——幾乎同情起他來……

要是他能讓自己相信這樣對待希莉亞很殘酷的話，他就不會這樣做了……他就像許多殘酷的誠實男人一樣，對自己很不誠實，認為自己是個比實際上好很多的人……

他要瑪茱莉，因此非得要得到她不可，他向來想要什麼都能得逞，而跟希莉亞共度的生活並沒有讓他改進這點。

我想，他是愛希莉亞的，為了她的美貌愛她，也只愛她的美貌而已……

她愛他卻是終生的，誠如她提到過一次的形容：愛他入骨……

於是，唉，她緊緊依附著他，而德莫特卻是個受不了人依附他的那種男人。希莉亞的本性不狠，女人不夠狠的話，就很難管住男人。

米莉安就夠狠，儘管她愛約翰很深，但我不認為約翰跟她的婚姻生活一直都很輕鬆容易。她愛慕約翰，但也很考驗約翰。男人本性裡有個蠻橫之處，喜歡人家勇於與之對抗……

米莉安有些地方是希莉亞所缺乏的，或許就是俗稱的「膽量」。

當希莉亞終於起而反抗時，已經太遲了……

她承認如今對德莫特已經有了不同的看法，不再困惑於他那突如其來的沒人性了。

「起初，」她說，「似乎都是我在愛他，對他百依百順，然後……第一次我真正需要他而且處在艱難中時，他不但轉過身去，還在背後捅我一刀。這說法像是媒體報導，但的確表達出我的感受。

「《聖經》上就有這樣的話。」她停了一下，接著引述起來：

「原來不是仇敵辱罵我，若是仇敵，還可忍耐……不料是你；你原與我平等，是我的同伴，是我知己的朋友42！

「就是這個，你明白，這種傷害。『我知己的朋友』。

「如果德莫特可以這樣奸險，那麼任何人都可以是這麼奸險。人間變得很不確實了，我再也不能相信任何人或任何事……

「這實在太令人害怕了，你不知道有多嚇人，沒有什麼是安全的。

「你瞧……嗯，那個槍手無所不在……

「但是，當然，這其實也是我的錯，因為我太相信德莫特了。人是不該相信任何人到這樣地步的，這是不公平的。

「這些年來，隨著茱蒂長大成人，我有時間去思考……我想了很多，看出了真正的問題是在於我自己愚蠢……愚蠢又自負！

「我愛德莫特，但卻沒能留住他。我應該看出他喜歡以及想要的，那樣的話，我就會了解到（就像他說的）他會『要個轉變』……母親叫我不要丟下他一個人走開，我卻這麼做了。我太自負了，從沒想到會有這種可能發生。我太肯定以為自己才是他愛的人，而且也是他永遠愛的人。就像我所說的，太過相信人是不公平的，這太考驗他們，只因為你喜歡他們，就把他們捧得高高在上。我從來都沒有看清楚德莫特……我本來可以看清楚的，要是我沒那麼自負的話——一心以為發生在別的女人身上的事絕對不會發生在我身上……我很愚蠢。

「所以，現在我不怪德莫特了，他就是那樣的人。我早該知道且應留神看著他，而不是過於自信，沾沾自

42 出自《聖經．詩篇》第五十五篇。

喜。要是有件事對你來說比人生其他任何事都重要的話，你就得學著聰明點……我沒學會這聰明……

「這是個很常見的故事，我現在知道了。只要看看報紙就知道有多常見了，尤其是那些星期天專門刊登這類事情的特刊。女人把頭放進煤氣爐裡自殺，或者服用過量安眠藥。這個世界就是這樣子的，充斥著殘酷和痛苦，因為人很愚蠢。

「我愚蠢，一直活在自己的世界裡。是的，我愚蠢。」

第三章 潰退

「從那之後呢？」我問希莉亞，「你都做了什麼？那已經是挺久以前的事了。」

「是的，已經十年了。我去旅行，去看了那些我想看的地方，交了很多朋友，有過不少冒險經歷。我想，說真的，我玩得相當開心。」

她對所有這些似乎挺隱諱的。

「當然，還有茱蒂放假的時候。我一直對茱蒂感到內疚……我想她也知道我內疚。她從沒說過什麼，但我想，暗地裡她是怪我讓她失去了父親的……說到這個，當然，她是對的。有一次她說：『爸爸不喜歡的是你。他是喜歡我的。』我辜負了她。一個做母親的應該讓孩子的父親喜歡她，這是做母親的部分職責。我卻沒做到。茱蒂有時是無意識地殘酷，但對我有好處，她是毫不妥協地誠實。

「我不知道自己跟茱蒂的關係是失敗還是成功，也不知道她愛我還是不愛我。我給了她物質，卻未能給她其他東西——我在乎的東西——因為她不要那些。我只做了另一件我能做的，因為我愛她，那就是隨她去。我曾經努力要讓她覺得如果需要我的話，我會在那裡。可是，你瞧，她根本就不要我。我這種人對她那種人一點幫助都沒有，除了我剛才說的，物質上的東西……我愛她，就像我愛德莫特一樣，但我不了解她。我曾努力對她放手，但同時又要設法不是因為出於懦弱而對她讓步……我究竟對她有沒有用處，我是永遠不會知道了。我希望能知道……噢，我多希望啊……我這麼愛她……」

「她現在在哪裡？」

「已經結婚了。所以我才會來這裡。我是說，以前我不自由，得要看顧茱蒂。她十八歲就嫁了，對方是個很好的人，年紀比她大，很正直、人很好、頗富裕，可說是我的乘龍快婿了。我要她再等等，以便確定，但她不肯。你是鬥不過像茱蒂和德莫特這種人的，他們要什麼就得如他們願。再說，你怎能替人家去判斷呢？當你以為是在幫對方時，說不定反而是在毀了他們的人生。旁人一定不可以插手的……

「她到東非去了。偶爾寫信給我，都是很快樂的短信，就跟德莫特寫的一樣，信上除了一些事實之外，什麼都沒告訴你，但你可以感受到一切都好。」

「然後呢？」我說，「你跑到這裡來。為什麼？」

她緩緩說：「我不知道是否能讓你明白……有個男人曾經跟我說過一些話，讓我印象深刻。我告訴過他一點我的往事。他是個明白人，跟我說：『那你下半輩子打算怎麼辦？你還年輕。』我說還有茱蒂，以及去旅行、看看世界等等。

「他說：『這不夠的。你要不得找一個情人，要不就找幾個情人。總得決定要做哪一樣。』

「你知道嗎？聽了這話很讓我害怕，因為我知道他是對的……

「人，沒腦筋的普通人會說：『哦，我親愛的，有一天你會再婚的——遇到個好男人，補償你一切。』

「結婚？我害怕結婚。除了丈夫之外，沒有人能傷害你的……幾乎沒有人……

「我倒不是說永遠不跟男人有什麼了……

「但是那個年輕人嚇到我了……我並不老……還不算老……

「或許有個……有個情人？情人沒有像丈夫那樣嚇人，你不會那麼倚賴一個情人的。跟丈夫則是共享生活中無微不至的親密關係，這關係緊緊抓住你，一旦分開，這種親密就撕碎你……但是情人只是偶爾見個面，你的日常生活還是屬於你自己的……

「一個情人，或者幾個情人……

「有幾個情人是最好，幾個情人差不多可以讓你很安全了！

「但我不希望走到這一步。我還是希望能夠學會自己生活，我盡量學。」好一陣子她沒說話。「我盡量。」她說。幾個字道盡了一切。

「結果呢？」我終於說。

她緩緩說：「茱蒂十五歲的時候，我認識了一個人……他跟彼得．梅特蘭為人挺像的……人很好，不是聰明過人的那種。他愛我……

「他對我說，我需要的是溫柔體貼，他……他對我很好。他第一個孩子出生時，太太去世了，孩子也死了。所以，你瞧，他也很不幸福，他了解那種感受。

「我們一起享受各種事物……似乎很能彼此分享。他也不在意我做真正的自己。我是說，我大可以說玩得很開心，對什麼很興致勃勃，卻不用擔心他會認為我很傻……他……這樣說也許很奇怪，但他真的……對我來說像個母親。是像個母親，不是像個父親！他這麼溫柔……」

希莉亞的語氣也變得溫柔起來，臉孔像個孩子，快樂、充滿自信……

「然後呢？」

「他要我嫁給他。我說永遠沒辦法再嫁給任何人……我說已經嚇破膽了。他也了解這種感受……

「那是三年以前的事了。他一直是個朋友，非常好的朋友……需要他的時候，他總是會在。我感到被愛……這是很幸福的感覺……

「茱蒂舉行婚禮之後，他又要我嫁給他，說他認為如今我大可以信得過他了。他想要照顧我，說我們回老家去——我的老家。這些年來房子沒人住，交給一個看守人管著。我不忍回到那裡，卻一直覺得老家在那裡等著我……就只是等著我……他說我們回那裡去過活，然後所有這一切慘痛回憶都會變成只是一場惡夢……

「而且我……我覺得我也想要……

「但是，不知怎的，我就是沒辦法。我說，如果他願意的話，我們可以成為情侶。如今茱蒂已經結婚，所以沒關係了。以後，要是他想要自由的話，可以隨時離開我，我絕不會成為他的阻礙的，這樣一來，他若要和別人結婚的話，也絕不會因為有我擋了他的路而恨我……

「他不肯這樣做。他很溫柔卻很堅定。你知道，他以前當過醫生，是個外科醫生，還挺有名的。他說我得克服這種心理恐懼，說只要我一旦真的嫁給他之後，就沒事了……

「最後……我說我願意……」

❖

我有一、兩分鐘沒說話，希莉亞接著說下去。

「我覺得很幸福，真的很幸福……

「心情終於又恢復了平靜，彷彿安全了……

「然後，又發生了。就在我們要結婚的前一天，開車出城去吃晚飯。那是個很熱的夜晚，我們坐在河邊花園裡，他吻了我，說我很美麗……我現在三十九歲了，人老珠黃，但是他說我美。

「然後他說了讓我害怕的話，把我的夢想打破了。」

「他說了什麼？」

「他說：『你要永遠這麼美……』

「他說這話的語氣，完全就跟德莫特當年的語氣一樣……」

「我想你不明白的，沒有人能明白的……

「槍手又冒出來了……

「一切都很幸福又平靜，然後你就感到他在那裡……

「那種恐懼又回來了……

「我沒辦法面對又從頭來一次。先是幸福幾年，然後，病了或什麼的，跟著整個悲慘又出現了……

「我不能冒這個又從頭來一次的險。

「我想我真正的意思是，沒法面對要從頭來過的那種恐懼感……害怕同樣的經歷會逐漸逼近。每一天的幸福快樂只會讓它更加令人害怕……我沒法面對這種懸疑……

「所以我就一走了之……

「就這樣……

「我離開了邁克。我想他不知道我為什麼走掉，我只是找了些藉口，進了那家小客棧，問了火車站在哪裡，大概走十分鐘就到，於是我就跳上了一列火車。

「到了倫敦，我回到家裡拿了護照就走了，坐在維多利亞婦女候車室裡一直到早上。我害怕邁克可能會找到我，說服我……我可能會被他說服，因為，你知道，我畢竟是愛他的……他一向都對我那麼溫柔體貼。

「但我無法面對要再從頭經歷一次……

「我辦不到……

「生活在恐懼中實在太可怕了……

「而且沒有了信賴也很糟糕……

「我就是無法信賴任何人……甚至連邁克在內。

「這對別人和我都是很慘的……」

「那是一年前的事了……

「我一直沒寫信給邁克……

「一直沒有給他任何解釋……

「我這樣對待他實在很可恥……

「我不在乎，自從德莫特之後，我已經硬起了心腸。不再管我是否傷害到人家。當你受了太多傷害之後，你也不會在乎的……

「我去旅行，盡量讓自己對事物感興趣，建立自己的生活……

「可是我失敗了……

「我沒法獨自生活……我再也無法編造出關於人的故事，靈感似乎就是不來了……

「所以這意謂著即使置身在群眾之中，也一直是孤獨的……

「而我也無法跟人一起生活……我怕得要死……

「我心力交瘁……

「我沒辦法面對活著的前景，或許，再過個三十年吧。你瞧，我還是不夠勇敢……」

希莉亞嘆息了，垂下了眼皮……

「我記得這個地方，我是刻意來這裡的……這是個很好的地方……」

她補充說：「這是個很長的愚蠢故事……我好像講了一大堆話……現在一定已經是早上了……」

希莉亞睡著了……

第四章　從頭開始

嗯，你瞧，故事就到這裡了，除了這個故事開頭我曾提到的那個插曲。

整個重點是，這插曲重要嗎？還是不重要？

如果我是對的話，那麼希莉亞整個人生都是被引導到這一分鐘來的。

這個插曲發生在我送她上船道別的時候。

她睡得很沉，我叫醒了她並要她換衣服，我要盡快送她離開這個島。

她就像個累壞了的小孩，乖乖聽話照做，而且迷迷糊糊的。

我認為——說不定我搞錯了——但我認為危險已過去了……

然後，就在我說「再見」時，她好像突然清醒過來。她，可以說，是第一次「看到」了我。

她說：「我連你的名字都還不知道……」

我說：「沒關係，你反正也不會知道的。我以前是個有點名氣的肖像畫家。」

「你現在呢？」

「現在不是了。」我說，「戰爭期間我出了事。」

「怎麼了？」

「這個……」

我伸出了本來應該長著手的殘肢。

❖

啟程鐘聲響了，我得趕快下船離開了……

所以我只得到了她對於我的印象……

但這印象卻很清楚。

驚恐，然後是鬆了一口氣……

說「鬆了一口氣」還不夠，其實比這更甚。「解脫」可能是比較貼切的形容。

槍手又出現了，你瞧，她的恐懼感象徵……

這些年來，槍手一直追趕著她……

此刻，終於，她面對面見到了他……

而他只不過是個凡人而已。

也就是我……

❖

我是這樣看這件事的。

我堅信，希莉亞已回到那個世界開始了新生活……

她在三十九歲回去——去成長……

她留下了她的故事以及她的恐懼——給我……

我不知道她去了哪裡，甚至不知道她姓名。我稱她為「希莉亞」是因為覺得這名字跟她挺相稱的。想來，我大可以去向旅館打聽她姓名的，但我做不到……我想我永遠都不會見到她了……

特別收錄

瑪麗・魏斯麥珂特的祕密

露莎琳・希克斯（Rosalind Hicks, 1919-2004）

早在一九三〇年，家母便以「瑪麗・魏斯麥珂特」（Mary Westmacott）之名發表了第一本小說，這六部作品（編註：中文版合稱為【心之罪】系列）。與「謀殺天后」阿嘉莎・克莉絲蒂的風格截然不同。

「瑪麗・魏斯麥珂特」是個別出心裁的筆名，「瑪麗」是阿嘉莎的第二個名字，魏斯麥珂特則是某位遠親的名字。母親成功隱匿「瑪麗・魏斯麥珂特」的真實身分達十五年，小說口碑不錯，令她頗為開心。

《撒旦的情歌》於一九三〇年出版，是【心之罪】系列原著小說中最早出版的，寫的是男主角弗農・戴爾的童年、家庭、兩名所愛的女子和他對音樂的執著。家母對音樂頗多涉獵，年輕時在巴黎曾受過歌唱及鋼琴演奏訓練。她對現代音樂極感興趣，想表達歌者及作曲家的感受與志向，其中有許多取自她童年及一戰的親身經歷。

Collins 出版公司對當時已在偵探小說界闖出名號的母親改變寫作一事，反應十分淡漠。其實他們大可不用擔心，因為母親在一九三〇年同時出版了《謎樣的鬼豔先生》及瑪波探案系列首部作品《牧師公館謀殺案》。接下來十年，又陸續出版了十六部神探白羅的長篇小說，包括《東方快車謀殺案》、《ABC謀殺案》、《尼羅河謀殺案》和《死亡約會》。

第二本以「瑪麗．魏斯麥珂特」筆名發表的作品《未完成的肖像》於一九三四年出版，內容亦取自許多親身經歷及童年記憶。一九四四年，母親出版了《幸福假面》，她在自傳中提到：

「……我寫了一本令自己完全滿意的書，那是一本新的瑪麗．魏斯麥珂特作品，一本我一直想寫、在腦中構思清楚的作品。一個女子對自己的形象與認知有確切想法，可惜她的認知完全錯位。讀者讀到她的行為、感受和想法，她在書中不斷面對自己，卻自識不明，徒增不安。當她生平首次獨處——徹底獨處——約四、五天時，才終於看清了自己。

「這本書我寫了整整三天……一氣呵成……我從未如此拚命過……我一個字都不想改，雖然我並不清楚書到底如何，但它卻字字誠懇，無一虛言，這是身為作者的至樂。」

我認為《幸福假面》融合了偵探小說家阿嘉莎·克莉絲蒂的各項天賦，其結構完善，令人愛不釋卷。讀者從獨處沙漠的女子心中，清晰地看到她所有家人，不啻一大成就。

家母於一九四八年出版了《玫瑰與紫杉》，是她跟我都極其喜愛、一部優美而令人回味再三的作品。奇怪的是，Collins 出版公司並不喜歡，一如他們對瑪麗·魏斯麥珂特所有作品一樣的不捧場。家母把作品交給 Heinemann 出版，並由他們出版她最後兩部作品：《母親的女兒》（一九五二）及《愛的重量》（一九五六）。

瑪麗·魏斯麥珂特的作品被視為浪漫小說，我不認為這種看法公允。它們並非一般認知的「愛情故事」，亦無喜劇收場，我覺得這些作品闡述的是某些破壞力最強、最激烈的愛的形式。

《撒旦的情歌》及《未完成的肖像》寫的是母親對孩子霸占式的愛，或孩子對母親的獨占。《母親的女兒》則是寡母與成年女兒間的爭鬥。《愛的重量》寫的是一個女孩對妹妹的痴守及由恨轉愛——而故事中的「重量」，即指一個人對另一人的愛所造成的負擔。

瑪麗·魏斯麥珂特雖不若阿嘉莎·克莉絲蒂享有盛名，但這批作品仍受到一定程度的認可，看到讀者喜歡，母親很是開心，也圓了她撰寫不同風格作品的宿願。

（柯清心譯）

——本文作者為阿嘉莎·克莉絲蒂獨生女。原文發表於 *Centenary Celebration Magazine*。

未完成的肖像

作者／阿嘉莎・克莉絲蒂　譯者／黃芳田

主編／賴佩茹　副主編／陳懿文
編輯／余素維　特約編輯／楊憶暉
封面、內頁設計／邱銳致　企劃經理／金多誠
出版一部總編輯暨總監／王明雪

發行人／王榮文
出版發行／遠流出版事業股份有限公司　地址／台北市南昌路2段81號6樓
電話：(02)2392-6899　傳真：(02)2392-6658　郵撥：0189456-1
著作權顧問／蕭雄淋律師　法律顧問／董安丹律師
2012年10月1日初版一刷

行政院新聞局局版台業字第1295號
定價／新台幣320元（如有缺頁或破損，請寄回更換）

ISBN 978-957-32-7053-9

ylib 遠流博識網 http://www.ylib.com　E-mail: ylib@ylib.com
遠流謀殺天后 AC 粉絲團 http://www.facebook.com/ylib.AC2010

Unfinished Portrait

Agatha Christie, a Mary Westmacott novel.（本書係阿嘉莎・克莉絲蒂以瑪麗・魏斯麥珂特之名發表）

國家圖書館出版品預行編目資料

未完成的肖像 / 阿嘉莎．克莉絲蒂(Agatha Christie)著；黃芳田譯 . -- 初版. -- 臺北市：遠流, 2012.10
面；　公分. --（心之罪）
譯自：Unfinished portrait
ISBN 978-957-32-7053-9（平裝）

873.57　　101016781